IMĀGINOR, ERGŌ SUM.

想象即存在

幻想家

OVER NINE WAVES
> A BOOK OF IRISH LEGENDS <

爱尔兰神话全书

〔爱尔兰〕玛丽·希尼 著　项冶 译

MARIE HEANEY

CNS 湖南文艺出版社

谨以此书献给

谢默斯、迈克尔、克里斯托弗和凯瑟琳

目　录

前　言

本书重述的故事采自欧洲最古老的传说之林。它们所属的语言和文化孕育出了西欧最受推重的口述传统之一，历史悠久，连绵不绝，内容翔实。

这些传奇故事得以从古代幸存，有两个主要原因。第一个原因是罗马人没有入侵爱尔兰。职此之由，当时的口语很大程度上没有受到拉丁语的影响，而那些罗马治下的国家，本地语言不是被替代就是遭到边缘化。第二个原因是爱尔兰人是罗马帝国之外最早发展出写作技艺的种族之一。他们在接触罗马字母之前，就已经发展了自己的字母系统，掌握了丰富的本土知识，正是爱尔兰社会中坚韧的口述传统使之得以保存。这些知识由德鲁伊学校维系着。当书写技术随基督教一起来到爱尔兰，早期寺院聚落里的抄写人不仅将圣书用拉丁文抄写下来，而且用爱尔兰方言将这些他们熟知的故事也记录下来。

此后的数个世纪里，有许多此类羊皮卷册在战火和维京人的侵袭中丢失或损毁了，只有少数幸存下来。本书搜集的最古老的故事出现在11到12世纪的手抄本中，而它们转录自更早的一些手稿，后者则有可能是3到4世纪早期制作的。在这些原稿中保存了这些故事和诗歌的第一批文字版本，此前作为口述传统的一部分，它们已经流传了数百年之久。这些古代资料不断被转录、翻译、重述和发表，以不同的版本流传至今，这也佐证了它们的宝贵价值。

学者们将早期爱尔兰文学归入四个主要的故事集，即神话故事集、阿尔斯特故事集、芬恩故事集和历史故事集（又称为列王故事集）。神话故事集的主要角色是达努神族，他们是半神半人的种族，居住在爱尔兰，直到米利先人将其驱逐，后者则是今天爱尔兰居民的祖先。达努神族与弗摩尔人作战，这一半魔半人的种族居住在爱尔兰周边星罗棋布的海岛上，神话故事集主要就是描写他们之间的争斗。在最终被米利先人击败后，达努神族遁入地下，居住在仙丘之中，这类土垒和古堡散布在整个爱尔兰。他们在民间传说和传奇故事中以各种称谓为人熟知，比如"仙丘居民""仙子""精灵""好人"等。这些神秘的仙灵还会时不时进入凡间，特别是在万圣节或者五朔节时，他们会浪迹人海，神出鬼没，与他们在其他早期爱尔兰文学故事集中悠游来去如出一辙。

阿尔斯特故事集讲述了孔诺·麦克奈萨和红枝战士团的英雄事迹，据传他们生活在耶稣基督诞生的时代。这一故事集中最知名的角色是库乎林，大部分情节发生在爱尔兰北部，以艾文玛哈宏伟的山丘堡垒和阿尔斯特省边境一带为背景。芬恩故事集围绕由芬恩·麦克库尔和他的手下组成的芬尼战士团展开，他们在自孔诺和库乎林从艾文玛哈消失之后的三百多年间浪游整个爱尔兰。列王故事集则包含爱尔兰历代国王的传奇故事，大部分角色是历史人物，主要发生在王都塔拉。

我在本书中纳入了前三个故事集的内容，但用帕特里克、布里吉德和科伦基尔这三位爱尔兰主保圣人的故事代替了中世纪国王的传说。这些圣人传奇与民间传说的关系要更为紧密，它们就跟许多最早的世俗故事一样古老，并且出现在相同的手稿当中。

决定将什么纳入本书、将哪些内容剔除是非常棘手的任务。最后我选择保留知名度更大的故事，我觉得对任何想要从大体上了解爱尔兰神话传说的范围及种类的读者而言，这些故事是他们应该读到的。

我在编写过程中一直在参考不同的译本，通常取材于单一的文本，但是只要我觉得会对故事有所补益，就会时不时从其他文献中摘入一些细节。在某些故事中，出于篇幅的考虑，我不得不放弃某些事件和细节；在编写另外一些故事，尤其是圣人传说时，我又不得不倚赖于多个出处，拼接出一个完整的故事。我这样做的目的，是在尽可能忠实于原始文本的情况下，让这些素材变得更加通俗易懂。

我已经提到这些故事源自亘古，但它们丰厚的底蕴和趣味却并非由它们的历史或神话价值所赋予。实际上正好相反，它们得以在世界文学当中保有一席之地，正是由于它们超越时代，历久弥新，体现出为永恒的叙事艺术提供载体的价值。反映在故事中的这些社会和传统早已消失，但是其中的人物却依然鲜活如初，无论他们是英雄还是暴君，是惹是生非的闹事者，还是一往情深的男男女女。

玛丽·希尼
1993年8月于都柏林

3

致　谢

我首先要感谢19世纪和20世纪的学者们，他们对古老手稿的研究为拙著问世创造了可能。

我还要向爱尔兰国家图书馆、爱尔兰皇家学院和哈佛大学威德纳图书馆致敬，向帮助过我的这些机构的员工致以诚挚的感谢。

我非常感谢克里斯托弗·里德，他是我在费伯出版社的编辑，他的鼓励让我如逢甘霖，他的帮助和建议则让我受益匪浅。我还要感谢吉莉安·贝特及时地提出意见并予以协助。

最后我要感谢我的家人，感谢他们的爱意和支持。

九波之遥

神话故事集

达努神族

很久很久以前，达努神族驾着庞大的船队来到爱尔兰，夺取了原住民费尔伯格人的土地。新来的一族是女神达努的子民。这个部落中有一些法力高强的教士，他们精通魔法、预言和秘术等德鲁伊法术，像神一般受人敬畏。这些人来自北方诸岛的四大城市，即法利亚斯、戈里亚斯、芬狄亚斯和穆里亚斯，他们的德鲁伊法术也是在那里修炼完成的。

达努神族到了爱尔兰，在西海岸登陆之后，就一把火烧了船，断绝了自己的退路。燃烧的船只腾起浓烟，遮天蔽日，笼罩全岛，长达三天三夜，费尔伯格人还以为达努神族是乘着魔法之雾降临此地的。

入侵者们带来了达努部落的四大法宝。他们从法利亚斯带来了"命运之石"利亚符尔，将其带到王都塔拉。只要爱尔兰的真命天子一坐到这块宝石之上，它就会发出尖叫。他们从戈里亚斯带来了日神卢乌之矛。在战场上持有这件兵器的人将无往不胜。他们从芬狄亚斯带来了努阿哈的无敌之剑。这把神剑一旦出鞘，对手必定无处可逃，血溅当场。他们从穆里亚斯带来了众神之父达格达的神釜。它能让所有前来就餐的人饱食无匮。

努阿哈是达努神族的大王。他率领族人与费尔伯格人作战。双方在莫伊图拉原野展开了一场血腥的厮杀。这是达努神族在此地参加的第一场大战。数以万计的费尔伯格人战死于此。在这死去的十万人里面，就包括他们的大王奥基·麦克埃尔克。达努神族也死伤惨重，他们的大王努阿哈在这场战斗中被砍断了一条胳膊。

最后达努神族终于战胜了费尔伯格人，并将其彻底击溃，仅剩下寥寥数人死里逃生。幸存者们登船扬帆，驶向爱尔兰周边偏远的岛屿。

费尔伯格人逃走之后，达努神族夺取了这片领土。他们带着财宝去了塔拉，成为爱尔兰岛的主人。但是另一场恶战正在前方等候。虽然他们已经打败了费尔伯格人，但更强大的敌人还在后面。那就是弗摩尔人，他们是一支凶神恶煞的魔族，就盘踞在费尔伯格人逃往的那些岛屿之上。

"魔眼"巴洛

巴洛是弗摩尔人最强大的君王。他的手下要么缺胳膊少腿，要么长得丑陋不堪，看一眼就令人心惊胆战。巴洛在他的岛上建造了一座闪闪发光的高塔。它虽是由玻璃建成，但在阳光下就像黄金一样璀璨夺目。巴洛可以从这座塔上眺望过往的船只，一旦有船靠近，他就派出手下凶猛的海盗前去掳掠。弗摩尔人不仅掳掠船只，还经常驶往爱尔兰，向岛民发动侵袭，攻城略地，俘获奴隶，横征暴敛。他们的德鲁伊教士掌握着强大的法咒，巴洛大王的魔力和他的外号正是来自其中的一条咒语。

巴洛小的时候，有一天经过一栋房子，听到里面传来唱诵之声。他知道这个地方是个禁地，因为这里原是法师们集会并修炼新法咒的地界。可是他按捺不住自己的好奇心，瞅见墙上高处开了一扇窗户，就使劲一骨碌爬了上去。待他透过窗户悄悄展眼那么一望，却什么也看不见，因为此时整个房间里烟气缭绕。就在他隔窗窥视的时候，唱诵之声突然变大，一股烟气涌上来，直冲巴洛的脸。他的眼睛一下子就被毒烟迷住，怎么也睁不开了。他慌忙滚落地面，痛苦地挣扎翻腾。他还没来得及逃走，便有一名法师从房子里出来了。

法师了解到事情的经过之后，便对巴洛说："我们制作的这个咒语是死亡之咒，由它产生的烟雾将死亡之力赋予了你的眼睛。如果你用那只魔眼睖视任何人，他们将必死无疑。""魔眼"巴洛的名号就是这样得来的。

面对自己族人的时候，巴洛的那只魔眼一直紧闭，但是只要他想向谁施展它的致命力量，他只需朝着对手把眼睛那么一睁，对方就立马倒地暴毙。随着巴洛逐渐变老，他的眼皮也变得越来越重，越来越重，直到最后，要是不加辅助的话，那眼睛竟然睁不开了。于是他让人在眼皮上穿了一只象牙环，又在环上绕了绳子，做成一个滑轮。拉起这巨大沉重的眼帘需要足足十条汉子，但是这只眼睛只需要一个扫视，就能杀死数量十倍于此的敌人。这只魔眼让巴洛在弗摩尔人中占据了举足轻重的地位，他由此成为该族中权势最大的一人。巴洛的船队不断袭扰爱尔兰，这些海盗还把达努神族的德鲁伊教士掳为奴隶。

但是巴洛暗中却有一件揪心事。他手下一位教士曾预言说，他会死在自己外孙的手中。而巴洛只有一个孩子，这姑娘名叫艾瑟琳。于是巴洛就造了另一座高塔，把这个姑娘关在其中，还派了十二个侍女前来看守。他警告这些侍女，不但绝不能让艾瑟琳见到任何一个男人，而且在她面前，就连任何男人的名字都绝不可提起。既然没有丈夫，艾瑟琳就更不可能有孩子了，这样一来巴洛当然也就不会死了。这么安排妥当之后，巴洛便高枕无忧了。

巴洛对达努神族的侵扰与日俱增。他向达努神族横征暴敛，后者要向他贡献谷物收成的三分之一、牛奶的三分之一，最可恨的是，每三个小孩当中也要给他夺走一个。这样一来，弗摩尔人便因其贪婪与残忍让达努神族对他们又恨又怕，而巴洛又成了全部弗摩尔人中最可怕的一个。

在高塔的囚牢里，艾瑟琳渐渐长成了美丽的大姑娘。侍女们充满了爱心，陪她嬉戏，教她技艺，但是艾瑟琳依然倍感孤独。每当她从塔上的高窗眺望大海，她就可以看见长长的皮货船在远处分波逐浪，也能看到船里的水手与她以前遇见的人很不相同。而且同样的一张脸会在她的梦里一再出现，她内心产生了去会一会这个人的渴望。她就向守护她的女子们问起那些她从远处和在梦中所见的一类人，该怎么去称呼他们，可是她的女伴们都保持沉默。她们记得巴洛的命令，那就是绝不允许当着他女儿的面提到任何一个男人的名字。

卢乌诞生记

尽管巴洛拥有足够多的牛群，他还是特别觊觎一头名叫格拉斯盖夫兰的好牛，它的奶源源不断，从不干涸。它的主人是达努神族的基安。于是巴洛用各种办法伪装自己，跟在基安和他令人艳羡的奶牛身后，想伺机把它抓住并带到自己的岛上去。

有一天，巴洛看见基安和他的兄弟去了他们另一个兄弟戈夫努的铁匠铺，去取由后者打造的兵器。因为太多人想要偷这头牛了，根本不能放养，必须日夜严加看守，所以基安用一条牵牛绳把牛牵在身后。基安进了铁匠铺，去和戈夫努讲话，剩下的那个兄弟就留在外面，和格拉斯盖夫兰待在一起。巴洛一看机不可失，就摇身一变，化为一个红发青年，走上前去，与站在奶牛旁边的人攀谈起来。

"你也是来铸剑的吗？"他问道。

"是的，"基安的兄弟说，"一会儿等基安从铁匠铺里出来，他看着牛，就轮到我了。我会找戈夫努，让他给我打造我的兵器。"

"你别做美梦了，"红发青年说，"一会儿哪还有铁剩下给你铸剑呢。你的两个兄弟骗了你。他们正在用全部的铁给自己制造重武器，而你将一无所获。"

听到这话，基安的兄弟怒火中烧。他把牵牛绳向红发青年手上一塞，就跑进铁匠铺去质问自己的兄弟们去了。这一边巴洛立马恢复了原形，拉起这头牛，匆匆赶往岸边，放船下海，直奔自己岛上的安乐窝去了。

基安见自己的兄弟冲进铁匠铺朝他叫骂，立刻意识到他着了人家的道了。他急忙冲出去一望，只见巴洛正拖着格拉斯盖夫兰放船下海，他就这样眼睁睁地看着偷牛贼和他的宝贝牛儿在地平线上变成一个小小的点。这下轮到基安火冒三丈了，他斥责兄弟竟会这么轻易上当，但是一切为时已晚。奶牛已经回不来了。

基安去向一位德鲁伊教士求助。这位教士提醒他，因为巴洛的魔眼，无论是谁想要靠近巴洛，都是九死一生，万分凶险。但基安仍然铁了心想要把他的奶牛弄回来。于是他又去找了一位名叫毕罗格的德鲁伊女教士，此人的法力更加高强。她让基安男扮女装，唤来一阵强风，一吹就把她和基安送上了高天，一路送到巴洛的岛上。

待到强风收止，他们便安然降落在囚禁艾瑟琳的那座高塔之下。毕罗格对塔上艾瑟琳的看守们大声喊道："救命！请救救我们！我的同伴是达努神族的女王。有敌人想杀害她，我们躲避追杀来到此地。现在天光已暗，请可怜可怜我们，放我们进去避一避吧！"

塔里的女人不想拒绝落难的姐妹，于是她们就把基安和毕罗格放进来了。

她们一进来，毕罗格就施展了另一个法咒，让所有女人陷入昏睡之中。只有一个例外，那就是艾瑟琳本人。于是基安掀去身上的女式长袍，顺着台阶跑上去，在塔顶的一个小屋里找到了艾瑟琳，她正郁郁不乐地呆望着大海呢。基安觉得这姑娘真是自己所见过的最美丽的女人了。就在基安呆望的时候，艾瑟琳转过身来。啊！共处一室、觌面而立的，不正是她日思夜想的梦中人吗！一番你侬我侬的情话之后，两人快乐地相拥在一起。

既然两情相悦，基安就想要把恋人从牢笼中带走，将她带回自己的家去。他找到毕罗格，想要劝她使用法力，助他俩一起逃走。但是毕罗格害怕巴洛。她害怕弗摩尔人的大王会发现他们，用他的魔眼杀死他们，所以，尽管基安百般反对，她还是又召唤了一股神风，把他从艾瑟琳身边卷走，带着他回到了爱尔兰。

艾瑟琳因为基安的离去肝肠寸断，但当她发现自己怀上了他的骨肉时，她又多少得到些安慰。不久，她就生下了一个男婴，并给他取名叫作卢乌。

巴洛一听说自己外孙出生的消息，就拿定主意要立马杀死这个婴儿，这样德鲁伊教士的预言就不会成真了。他下令把这个娃娃丢进大海。艾瑟琳纵然百般哀求也无济于事，孩子就这样从她手上被夺走并带到了岸边。孩子被放在一条毯子里，用别针别好，包裹停当，便由艾瑟琳的一位看守投入了海浪之中。孩子的亲娘眼睁睁看着别针散开了，孩子滚落海中，留下空空的毯子铺展在波涛之上。巴洛听说卢乌已经淹死，便松了口气。既然他的外孙没了，也就不会再有人导致他的灭亡了。他又可以高枕无忧了。

可是卢乌却幸免于难。毕罗格当时正御风而行，目睹此情此景，便把这个娃娃从水中托起，带他腾空而去，从这座岛回到了爱尔兰。就像把基安带到艾瑟琳身边一样，她把卢乌带回到他的父亲身边。儿子获救令基安喜出望外，于是基安和一位公主一起把这孩子养大，养母将这孩子视若己出，爱护有加。

在养母的家里，卢乌学会了许多技艺。工匠们教他打金锯木，各种比赛的冠军力士和运动健将为他表演惊人的绝技，还邀请他参加他们的训练。诗人和乐师带他学习英雄的传说，教他弹琴击鼓。宫廷医生教他使用草药和圣水治疗疾病，法师向他展示他们的神秘法力。他渐渐长大，变得英姿勃勃、本领高强，人称"长臂"卢乌。不仅如此，他身上还蕴藏着足以杀死他外祖父"魔眼"巴洛的能力，尽管他自己对此一无所知。

布雷斯的统治

卢乌在养母家中长大，学会了族人们掌握的全部技艺；与此同时，达努神族迎来了另一个有着一半弗摩尔人血统的大王，他坐到了塔拉的王座上。他的长相也很英俊，并因此而获称"俊美者"布雷斯。但是这位大王却是一个既贪婪又怯懦的家伙。

在布雷斯被拥立为王之前，达努部落的首领是努阿哈。在与费尔伯格人的战斗中，正是努阿哈率领族人战胜了对手，让达努神族占领了爱尔兰。他率领大军把费尔伯格人赶出了爱尔兰，占领了全岛，在塔拉建立了堡垒作为王都。可是在那场战斗中，努阿哈失去了一条胳膊。这条胳膊是斯棱用剑从他身上砍掉的，尽管他赢得了战斗，但这次意外使他失去了继续为王的资格。因为达努神族有一条规定，只有形体完美的人才能够统治他们，这么一来，失掉胳膊的努阿哈便不能再继续做他们的大王了。

于是大家选出"俊美者"布雷斯登上了王位。布雷斯的父亲是个弗摩尔人，因为这一点，达努神族希望新首领能与巴洛结为联盟，从而最终结束弗摩尔人沿海路和河道而上发动凶猛袭击的局面。结果呢，布雷斯的统治却给达努神族带来了一场灾难。他与弗摩尔人的确建立起了一个联盟，但他们的协议只关照布雷斯一个人。弗摩尔人利用布雷斯的怯弱和贪婪，向达努神族不断加重税赋；与此同时，布雷斯自己也课以重税，使得臣民们更加不堪重负。他还剥夺了头领们的财富和权力，让他们去做低贱的事情。欧格玛被派去砍树，达格达则奉令为大王加固堡垒的围墙。

布雷斯变得越来越贪婪和吝啬，塔拉的宫廷也随之变成一个冷清郁闷的地方。诗人和乐手沉寂不语，冠军和英雄都变成了奴隶。头领们来觐见大王，既没有酒饭款待他们，也没有安排任何歌舞表演。

一天，诗人卡尔布雷来到布雷斯的堡垒，满心以为会受到热情款待，主人通常都会这样招待游吟诗人的。结果呢，他被带到一间矮小、破烂、黑黢黢的小房子里，连个床和家具都没有，壁炉里也没生火。给他吃的是放在一只小碟子上的三片干巴巴的蛋糕，别的什么也没有。卡尔布雷对布雷斯的这种羞辱行为火冒三丈，第二天一早就出了围墙，离开了塔拉，还在路上作了一首讽刺大王的诗。这是爱尔兰的第一首讽刺诗，诗人在里面咒骂布雷斯。"布雷斯的富贵荣华到头了！"他喊道。果不其然，自此以后，布雷斯时运不济，财富也大为缩水，而他的压榨更是变本加厉，人民变得越来越穷苦。

但是卡尔布雷的讽刺诗还有另外一重效果：它鼓动达努神族的头领们起来反对自己的大王。他们下定决心推翻布雷斯的统治，但问题是没有合适的人选来接替王位。他们原本很愿意让努阿哈复辟，但因为他只有一条胳膊，这让他们也无能为力。

这时凑巧发生了一件事，可帮了他们的大忙。达努神族的首席医师狄安·凯赫特及其子米亚赫妙手回春，让努阿哈的胳膊复原如初了。

狄安·凯赫特用银为努阿哈打造了一条胳膊。它像真的胳膊一样好用，肘部能弯曲，手指可以动，腕部很灵活。努阿哈很高兴又重新拥有了新胳膊。从此以后，人们称他为"银臂"努阿哈。

但是他仍然不够完美，因此还是当不了大王。狄安·凯赫特的儿子米亚赫从父亲那里学得了医药学的奥秘，他下定决心要用努阿哈的真胳膊换掉那条银胳膊。他找到了努阿哈的断臂，有人将它泡在防腐药液里，送到他手里。于是他卸下银胳膊，把断掉的真胳膊塞回臂窝，并对它念起了咒语：

关节连关节，肌腱连肌腱！
肌腱连肌腱，关节连关节！

手术一连进行了九天，在此期间，米亚赫守在大王身旁，寸步不离。前三天，他将努阿哈的胳膊绑在他身侧，直到胳膊在臂窝处重新连上躯体。随后三天，他弯曲胳膊肘，将其绑到大王的胸前，使其恢复了运动。最后三天，他将烧黑的芦苇灰粉末撒在上面，胳膊至此方才痊愈。复原的胳膊就像当初一样强壮灵活。现在努阿哈能够再次成为大王了，达努神族为此欢欣鼓舞。

但是米亚赫却为自己的仁心妙手付出了惨痛的代价。他的父亲看到自己的学生和亲儿子的医术竟然比他本人更加精湛高明，不禁妒火中烧，丧失了理智。在愤怒和妒忌的驱使下，他疯狂地用佩剑砍向米亚赫的头颅。第一剑划破了米亚赫的皮肤，米亚赫赶紧设法将自己治好。第二剑砍到了骨头，米亚赫再次将自己治愈。尽管第三剑穿透骨头插入了脑膜，米亚赫还是设法医好了自己。狄安·凯赫特挥出第四剑，把儿子的脑花给砍了出来，米亚赫终于倒地而亡。

狄安·凯赫特在塔拉野外的原野上埋葬了米亚赫。第二天，各种药草奇迹般地从地里冒了出来，这些药草勾勒出米亚赫身体的每一个器官、骨头和肌腱。从身体哪个部位冒出来的药草就对那个部位有着特殊的疗效。米亚赫的姐姐艾尔梅德过来哀悼她的兄弟，发现了从他的坟头长出来的这些药草，共计三百六十五种。她便将自己的披风铺展在地，开始采集这些药草，把它们晾干，按照其疗效特点加以分类。但是在她即将结束整理工作的时候，心怀嫉妒的狄安·凯赫特向她扑过来。他抓住那件披风，将药草四处撒开，使它们全部混到了一起，这样就没法再重新整理分类了。直到今天，再也没有人能真正了解各种药草的功效特点了。

卢乌来到塔拉

努阿哈又变得完美无瑕，有了为王的资格。达努神族下定决心放逐布雷斯，让努阿哈重回王座。

他们去找布雷斯，向他诉说怨愤，历数他对待子民的残忍吝啬，并且让他退位，把王位让给身体已经复原的努阿哈。布雷斯对这场罢免十分光火，但是他太怯懦了，不敢反对。于是布雷斯同意退位，努阿哈再一次成为达努神族的大王。

布雷斯下定决心要为自己遭受的羞辱复仇。他离开爱尔兰，前往他的弗摩尔族父亲居住的偏远岛屿，以寻求他的帮助。

"你怎么会跑到这里来啊？"他的父亲说，"你贵为爱尔兰的君王，大权在握。究竟发生了什么事，让你倒了台？"

"都怪我自己作孽。是我的不公、傲慢和贪婪导致了退位！"布雷斯承认道，"我给人民加征前所未有的苛捐杂税，我把他们搞得饥饿穷困。我这是咎由自取，自作自受。"

"这可真是太糟糕了，"他的父亲难过地回答说，"人民安居乐业本该比你个人的荣华富贵重要得多，赢得他们的祝福比受到他们的诅咒也要好得多。那你来找我又所为何事呢？"

"我此行前来是想召集一支军队，用武力夺回我的领地。"布雷斯说。

"因为处置不公而失去的东西，不应该又一次通过不公正的处置夺回！"他的父亲说道。尽管他自己不愿出手帮助布雷斯，他还是打发布雷斯去往巴洛的岛上，好在那里招募一支军队。

巴洛听说了布雷斯的故事，便率军前来相助，因为他知道如果爱尔兰的王座上坐的不是布雷斯，他自己的专制暴政和横征暴敛也会遭到威胁。他集合了一支庞大的舰队，船只多到可以连成一座连绵不断的浮桥，从他最偏远的岛屿一直通到爱尔兰主岛之上。大军纠集完毕，他便开始备战。

而此刻在塔拉执政的努阿哈对此还一无所知。布雷斯一走，他就恢复了王室昔日的荣耀。在布雷斯治下沉寂的诗人和乐手现在尽情施展才艺，酒水食物应有尽有，各种节庆宴饮的喧嚷声又开始回荡在塔拉城中。但努阿哈却忧心忡忡，因为他知道巴洛大军将卷土重来。

有一天，宴会正在进行之中，一位王子打扮的年轻战士出现在王城的大门口。他就像布雷斯那样英俊，但是仪态更加高贵，还带着一队战士。

当他带着队伍，控马来到塔拉的大门前，两位门卫官伽玛尔和卡玛尔对他进行了盘查。

"来者何人？"他们喝道，"来此何事？"

"我是'长臂'卢乌，"战士回答说，"我是基安和艾瑟琳的儿子，也是巴洛的外孙。告诉大王我在堡垒大门口，我想加入他的麾下。"

"只有才华出众的人才能在努阿哈的麾下找到自己的席位，"卡玛尔说，"所以我必须问一问，你有什么专长呢？"

"问就问吧。"卢乌说，"我会木工手艺。"

"我们已经有一个木匠了，他叫鲁赫塔，用不着你。"卡玛尔回答道。

"问就问吧。我还会打铁。"

"我们也已经有铁匠了，他叫戈夫努，所以我们不用再找一个了。"

"问就问吧。我武艺高强，力大无比。"卢乌说。

"大王自己的兄弟欧格玛就是一个冠军力士，一个这样的人就够了，我们不需要你。"

"问就问吧。我会弹竖琴。"

"我们有自己的竖琴师，他叫奥坎。你对我们没什么用。"

"问就问吧，门卫官。我是一名战士。"

卡玛尔回答说："我们不需要你。我们已经有一名战士了，他叫布雷萨尔。"

"问就问吧。我还会作诗，而且会讲很多故事。"

"我们有一个诗人了，不要再来一个了。"

"问就问吧。我会魔法。"

"我们有很多德鲁伊教士和法师，够多的了。"

"问就问吧。我会医术。"

"我们还是不需要你。我们的医官狄安·凯赫特是这片土地上最优秀的神医。"

"如果你们让我进去，我还可以在餐桌旁为大王持杯侍酒！"

"我们有九个上酒人，够多的了，我们不需要你。"

"最后一问！我精通打铜手艺和彩釉工艺。"

"我们的铜匠克雷涅，才艺闻名遐迩，我们不需要你。"

"好吧，"卢乌说，"去问问你们大王，他的麾下有没有一个人能够做上述所有这些事情。如果他有，我就离开此地，再也不想进入塔拉了。"

卡玛尔让伽玛尔留下守门，自己则带着卢乌的口信去向努阿哈大王禀报。

"有个青年人在大门外请求进来。他的名字叫卢乌，但据他自己所述，他满身才艺，应该叫索维尔多纳赫才对，也就是'全才'的意思。他说自己掌握了您麾下所有将领所具备的才艺、手艺和技艺。"

"让我们来看看，此人是否像他自称的那样才华横溢。"努阿哈大王下令道，"把棋盘拿给他，让他跟我们最优秀的棋手们对垒一番。"

卡玛尔得令，急忙跑去执行。卢乌便与塔拉最优秀的棋手们对弈，一举赢得了所有的棋局，击败了全部对手。

努阿哈听说这个消息后，就对门卫官说："快让这位少年英雄进来！索维尔多纳赫的称号名副其实。他确是一位全才。塔拉还从未有过像他这样的人才。"

伽玛尔和卡玛尔打开了城门，将卢乌迎进塔拉。他直接去往大殿，努阿哈坐在堂中，头领们、诗人们和各路豪杰围坐在他四周。达努神族的四位领袖也在那里，他们是德鲁伊大祭司达格达、医官狄安·凯赫特、冠军力士欧格玛和铁匠戈夫努。卢乌从他们跟前越过，一屁股坐在了大王跟前的智慧之座上。

冠军力士欧格玛向来对自己的巨力引以为傲，他被这个年轻人的傲慢举动给激怒了。他决定再考验一下卢乌，看看这家伙是不是真的掌握他所吹嘘的所有这些能力。殿中有一块巨大的石板，它原是好几头公牛拖到那儿的。只见欧格玛举起石板，出力一抡，砸穿了堡垒厚厚的城墙，把石板扔到了外面的原野上。卢乌便走了出去，来到石板落下的地方，举起石板，对准刚才的破洞又扔了回去。石板飞回大殿之中，刚好在它原来的位置落了下来。他又举起被石板砸掉并带走的那片城墙，把它安回原处，于是努阿哈的大殿又恢复了原状。

接着卢乌从肩头取下竖琴，开始弹奏。他轻轻地拨动琴弦，努阿哈和他的扈从们在琴声的抚慰下不觉陷入了安恬的梦乡。当他们苏醒过来的时候，卢乌又演奏起舒缓的曲调，让他们一个个情不自禁地哭了起来。而当卢乌的音乐欢快起来时，大家的眼泪又全部消失了，所有在场的人都喜笑颜开。他们的笑声越来越大，甚至连大殿的椽子都随之嗡嗡作响。

看到卢乌的确如他声称的那样多才多艺，努阿哈决定让他来协助自己对付巴洛及其爪牙。他向卢乌讲述了弗摩尔人的恶行，讲述了他们的横征暴敛、在沿海的海盗活动，以及他们如何残忍对待被其俘获的水手。努阿哈邀请这位年轻的战士来助他一臂之力，卢乌欣然答应成为他的盟友。随后努阿哈便走下王座，让卢乌取而代之，将统治权交给了这位年轻的战士。

卢乌当了十三天达努神族的大王，之后他便同努阿哈和四位头领一同离开了塔拉，去到一个僻静的地方筹划战事。这场战术讨论会持续了整整一年，他们从不暴露行踪和计划，这样弗摩尔人就不会产生任何的疑心。然后他们离开了藏身之处，约定三年后再会。努阿哈和其他几位领袖回到了塔拉，而卢乌则前去向威力无边的海王玛诺南·麦克李尔求援。

差不多三年之后的一天，努阿哈正从其堡垒的墙头眺望，突然看见一队战士向自己走来。他的眼睛仿佛直视太阳一般，被一阵映入眼帘的闪光弄得眼花缭乱。随即他就看清楚了，那灿烂的光华来自队伍主将的脸庞和他长长的金发。这位年轻的战士披坚执锐，马鞍上有着金色的浮雕，这一切无不光芒四射。战士闪亮的头发上戴着一顶金色的头盔，头盔正前方镶嵌一颗巨大的宝石，发出璀璨的光芒。努阿哈知道，这是卢乌回到塔拉来了。

这一次卢乌是骑着玛诺南·麦克李尔的神驹来的，这匹马可以在海面上如履平地般地奔驰，马背上的骑手稳如山岳，绝无跌落的可能。卢乌还穿着玛诺南刀枪不入的胸甲，手持玛诺南所向披靡的宝剑，那剑只消一击，足以致命。

努阿哈大王和达努神族的头领们迎接了卢乌，把他带回塔拉，围坐在一起。他们刚刚落座，另外一支军队就出现在了地平线上，也是冲着塔拉而来。但是这支部队与卢乌和他高贵的侍从相比，正如白昼与黑夜一般完全不同。他们懒散地向努阿哈的堡垒进发，行伍不整，凶横暴躁，就好像是这座堡垒的主人似的。卢乌刚来塔拉时仔细盘查过他的门卫官，此刻却迅速迎上前去，替他们打开了大门。这帮邋邋鬼毫无礼节地踅摸进了大王和卢乌所在的房间。他们刚一进来，努阿哈和他的侍从官们便纷纷起身致敬。卢乌见此情景，大为惊讶，登时火起。

"为什么你们要向这帮惨兮兮、凶巴巴的贱民起身致敬？我来的时候你们可没这么做啊！"他喊道。

"我们必须得起身示意，"努阿哈回答说，"不然他们会把我们赶尽杀绝，就连最小的孩子也不会放过！这些弗摩尔人就是在布雷斯统治下骚扰我们的那些家伙，现在他们又回来了。他们是来收税的，他们要收走我们三分之一的谷物和牲畜，还要带走我们三分之一的儿女去给他们做牛做马！"

听到这些话，卢乌怒不可遏，他拔出玛诺南的致命之剑，冲向那群弗摩尔人，大开杀戒，只留下了九个活口。"你们原本也是活不成的，"他对这些哭号着求饶的幸存者说，"但我这次放你们一条生路，这样你们就可以两手空空去找巴洛，告诉他在我们这里发生的事情！"这些信使一个个吓得半死，就像被追猎的野兽一样，用最快的速度从塔拉逃出去，奔向弗摩尔人的岛屿。

他们回到巴洛的高塔，向他诉说了同伴的遭遇，巴洛登时也像卢乌一样火冒三丈。他下定决心要起兵征伐爱尔兰，夺回对这片土地和居民的控制权。为此他召集了一个战争委员会，弗摩尔人中的精英贵胄都来到了他的高塔，其中包括他的妻子"歪牙"女王凯瑟琳和他的十二个儿子，以及他的将领和谋士。布雷斯恰好也在那里，他来到高塔，是为了与巴洛结盟，以便从努阿哈那里夺回王位。

"这个胆大包天的新贵是谁？"巴洛吼道，"他胆敢杀我的人，还给我递回羞辱我的口信！"

凯瑟琳回答说："根据手下人的描述，我已经很清楚这个人是谁了。这对我们来说是个坏消息。此人就是我们的亲外孙，我们的女儿艾瑟琳的儿子，人称'长臂'卢乌。预言说，他会将弗摩尔人从爱尔兰永远驱逐出去，而且巴洛，你自己也会栽在外孙的手上，丢掉你的性命。"

听到这些话，布雷斯便对巴洛说："我此行前来是想求你助我重登王位。现在看来，我们可以联手互助。请给我准备船只、人马和兵器，在船上装好补给品，我要亲赴爱尔兰，到战场上会一会卢乌。我要砍掉他的头，把它带回来送给你。"

"你既有此能耐，说干就干吧。"巴洛说，"不过我也要同你一道过去，就算我那目无尊长的外孙有天大的本事，我也要让他成为我的手下败将。获胜之后，我要把这座叛乱的大岛系在我船尾上，拖到这里来，谅他们达努神族也不敢尾随至此。我要让爱尔兰岛原来坐落的地方，变成空空如也的一片汪洋。"

于是巴洛率领着他令人胆寒的大军，在凯瑟琳和将领们的簇拥下，出发前往海港。一时间万舰齐发，乘着海风，扬起征帆，向爱尔兰驶去。

莫伊图拉之战

弗摩尔人的信使刚从塔拉逃走，卢乌和努阿哈就开始制订作战计划，他们知道巴洛一定会为被杀的人复仇，意欲控制达努神族并像从前那样横征暴敛。他们将所有身具才艺的人召集到一起——法师、上酒人、德鲁伊教士、工匠、诗人和医师，卢乌逐一询问他们能够对这场大战做什么贡献。

法师告诉卢乌，他可以让爱尔兰的高山崩塌，让它们一路向着弗摩尔大军滚过去，而同样是这些高山，在作战时会变成达努神族的屏障。

上酒人承诺说，他能让弗摩尔人感到干渴难耐，然后又让爱尔兰的湖泊和河流干涸，这样弗摩尔人就没有水可以饮用了。而努阿哈这边却水源充沛，即使战争持续七年也不会匮乏。

德鲁伊教士则说，他会在弗摩尔人头顶降下火雨，让他们失去力量，而达努神族每呼吸一次，力量就会增强一分。

卢乌用同样的方式继续询问工匠和谋士，问他们有什么特殊能力可以在战场上派上用场。

铁匠戈夫努答应制作不会失手的刀剑矛头，只要战事一起，他就会源源不断地向达努神族提供武器。

铜匠克雷涅说，只要需要，他会为刀剑矛头提供铆钉插槽，为盾牌镶边锁角。木匠鲁赫塔发誓会制作最坚硬的矛杆和最结实的盾牌，卢乌的军队一天不获胜，他就一天不会停工。

之后卢乌询问卡尔布雷，问这位诅咒过布雷斯的诗人能为战争做点什么。

"我的武器无形无影，"卡尔布雷回答说，"却并不会因此而缺乏战斗力。我在脑海中作战。天亮的时候，我会创作一首关于弗摩尔人的讽刺诗，这首诗会让他们羞愧不已，丧失取胜的斗志和勇气。"

卢乌最后问到狄安·凯赫特，这位医师回答说："我的女儿艾尔梅德和我每晚都会去战场带回受伤的人。我们将用药草替他们疗伤，把他们泡在我们的奇迹之泉里，只要他们受的不是致命伤，最终都能痊愈。第二天一早，他们就会以更加昂扬的斗志冲锋陷阵，而且会比以前更加勇猛。"

狄安·凯赫特说完之后，英勇的战地女神摩丽甘以一只乌鸦的形象出现了。她对达努神族的领袖们讲话，答应他们，她将在他们最需要她的时刻，在最危急的关头出手相助，并且预言说达努神族将取得这场战争的胜利。

"但是你们必须马上做好战斗的准备，"她说，"因为我已经在斯凯特涅看见了巴洛的大军，将士们从战舰上蜂拥而下，已经开始穿越爱尔兰，朝塔拉城进发了！"

卢乌召集部下，向他们转述了自己听闻的军情。他跟每一位将士一一讲话，给他们加油打气，勉励他们积极应战，为他们注满了战斗的怒火。

但是卢乌本人对达努神族来说太宝贵了，容不得半点闪失，因此大王和他的谋士们将卢乌禁闭在后方，并留下九个冠军力士守着他。战阵刚刚布好，普通士兵便做好了交战的准备，努阿哈和其他的头领们则与卢乌待在一起。两军朝着对方进发，在莫伊图拉原野上展开了大会战。尽管达努战士被卢乌的鼓舞点燃了斗志，勇猛无畏地投入战斗，但是弗摩尔人派来参战的士兵不计其数，努阿哈的军队还是无法战而胜之。双方陷入了旷日持久的鏖战，每天早上，曾在前一天受伤的达努将士都会重回战场，他们的伤势都已痊愈，武器也完好如初。弗摩尔人注意到了这一点，他们对达努神族采取的战术十分恼火，但是他们也因此更加勇猛和顽强地作战。战斗持续了很多天，双方都损失惨重，却没有任何一方占得上风。随着厌战情绪在部队里蔓延，弗摩尔人决定发动最后的猛攻。

巴洛本人偕布雷斯和凯瑟琳来到弗摩尔军队的阵前，指挥大军前往莫伊图拉原野。弗摩尔人尽管折损不少，却依然漫山遍野。成千上万的士兵头戴甲胄，武器精良，男女并肩，结成严整的队形，向前杀来。

达努神族也收紧队列，迎上前去。卢乌再也坐不住了。他使尽浑身力气挣脱了守卫，冲到前线，坐镇指挥达努大军。努阿哈、达格达以及其他冠军力士同他一起冲上前去，"战地之鸦"摩丽甘则在他们头顶盘旋，为其掠阵。卢乌身后的原野上，弗摩尔战士黑压压一片，他面向自己的部队喊道：

"你们现在要决一死战。因为如果我们战败，我们就会失去一切，永世为奴！"

于是他转过身来，面对步步逼近的敌军，发出一声大喊。两支军队插进对方阵列，顿时刀剑翻飞，场面相当残暴血腥。现在已经没有时间给医师来治疗伤口，让铁匠来修缮兵器了。双方将士短兵相接，贴身肉搏。一时间刀剑铿锵，长矛破风，战斧猛砸在盾牌之上。

拼杀的战士不住地怒吼，倒地的伤者发出哀号。战斗的喧嚣如巨雷般滚过莫伊图拉原野，血流成河，地面也因此而变得湿滑。但双方仍在激战。他们脸冲脸地厮打不停，甚至在滑倒跪下的时候还在互相劈砍，用额头死死顶住对方。死去的战士被河流冲走，不管生前是敌是友，此刻莫不并肩而卧。只见"歪牙"凯瑟琳挥动长矛刺向达格达，在他身上划开一条可怕的伤口。其他达努神族的头领，不论男女，也纷纷被撂倒，似乎弗摩尔人马上就要赢得这场战斗了。但是努阿哈召唤自己的人马，让他们重新投入战斗。他本人一马当先，冲在最前面，两军统帅终于狭路相逢。巴洛将他的长剑高高举过头顶，一剑将努阿哈击倒在地。达努神族看到自己的大王在巴洛脚下生命垂危，从心底升起了绝望的呻吟，他们畏缩了。正值此时，摩丽甘化身的黑鸦出现在战场上空，发出激越的尖叫，女神如她承诺的那样，在达努神族的至暗时刻出现，将勇气重新注入达努神族的战队之中。

卢乌冲到垂死的努阿哈身旁，怒吼着辱骂巴洛。他的叫骂使得这位外祖父大发雷霆。

"掀起我的眼皮，让我看看这个喋喋不休的大嘴巴是谁，竟敢这样侮辱我！"巴洛咆哮道。人群霎时变得阒然无声，大家都知道巴洛那只魔眼骇人的威力。十名弗摩尔力士拉动绳子，掀起他那沉重的眼皮，与此同时，那些离巴洛最近的人慌忙滚倒地面，以避开他致命的扫视。卢乌却站在原地一动不动，在他的弹弓里安上了一块石头，不慌不忙地加以瞄准，朝着巴洛刚刚睁开的眼睛直射过去。石头重重地砸在巴洛的魔眼上，抵着它穿透了巴洛的头颅，溅落在弗摩尔人的阵线之中。巴洛顿时倒地而亡，连带其麾下成百上千的战士，也因被那致命的魔眼扫过而当场丧命。

于是卢乌砍下了巴洛的首级，带领达努神族向弗摩尔人发起猛攻。摩丽甘在他们头顶盘旋掠阵，达努神族冲破了敌人的防线，将战斗变成了追袭。卢乌和达努大军一路追杀，将弗摩尔人逼到了岸边。弗摩尔人纷纷逃往他们的战船，匆忙登船，迅速升起船帆，直奔他们的海岛而去，自此再也不敢回到爱尔兰了。布雷斯在战斗中幸免一死，成了达努神族的俘虏。而此时卢乌已经取代努阿哈成了大王，他饶了布雷斯一命，条件是布雷斯分享他在农牧学方面的知识。于是布雷斯教会达努神族犁地、播种和收获，当达努神族掌握这些农艺之后，布雷斯也离开了爱尔兰，一去不返了。

幸存的达努战士清理了战场上的死尸。尸横遍野，数不胜数，就像天上的繁星、脚底的青草、空中的飞雪，甚或玛诺南的奔马——那些白顶的海浪。

待到这件令人悲痛的任务完成之后，战地女神摩丽甘宣布达努神族获得了胜利。从群山之巅到河岸港湾，女神向爱尔兰大地宣告了和平的到来：

> 让和平遍布此地，
> 从大地到天空，
> 再回到大地。
> 让蜂蜜和蜜酒源源流淌，
> 赐予众生无穷力量。

米狄尔和艾汀

"**骄**傲者"米狄尔是达努神族的王子，俊美的容貌和华丽的衣裳使他名声在外。他同自己的妻子芙阿姆纳赫住在布里雷一座金碧辉煌的地堡里，也就是所谓的仙丘。

达格达的儿子"年轻者"恩古斯在布里雷的地宫里度过了自己的少年时光，米狄尔对他视如己出，爱护有加。"年轻者"恩古斯长大后，回到自己的仙丘布鲁纳博恩（意为"博恩河畔的堡垒"），它是爱尔兰最重要的仙丘。

没有养子的陪伴，米狄尔感到十分寂寞。于是在扫阴节之前的一个秋日，米狄尔出发去看望"年轻者"恩古斯。他告别妻子芙阿姆纳赫，离开了布里雷。半路上，他碰到了一位叫作艾汀的公主。艾汀是举世闻名的大美女。她太美了，以至于世间流传着一条谚语，是这么说她的："世间美人何其多，一遇艾汀便失色。"米狄尔久闻艾汀之美，对她本人更是一见钟情，难以自拔，于是他就带着这位美人一同前往博恩河畔"年轻者"恩古斯的家。他们在布鲁纳博恩住了一年，米狄尔完全被艾汀迷倒了，当他和艾汀在一起的时候，他完全忘记了其他所有的人。

芙阿姆纳赫远在布里雷，通过她的养父，一位叫作布雷萨尔的德鲁伊教士的法力，获悉了米狄尔和艾汀的恋情。岁月迁流，时光荏苒，米狄尔竟然一直不回到她的身边，这让她满怀嫉恨，越陷越深，于是她请求布雷萨尔帮她把艾汀从米狄尔的脑子里驱逐出去。教士答应了，教给她一些自己的魔法。芙阿姆纳赫便开始琢磨如何除掉自己的竞争者了。

一年结束了，米狄尔终于决定回到自己在布里雷的家。他是带着艾汀一起回来的，芙阿姆纳赫对他们的到来给予了热情的欢迎。

"有王室来客真是让我们蓬荜生辉！"她对艾汀说道，然后又转头对米狄尔说，"还不快把你的财富向公主展示一下！"

艾汀和米狄尔在布里雷四处游览，欣赏美丽的殿堂、居所和竞技场，当他们看完了所有这些要看的东西，就回去找芙阿姆纳赫。

"让我带您回房间休息吧。"芙阿姆纳赫一边说着，一边将艾汀领进了一间卧室。房间里炉火熊熊，烧得正旺，温暖宜人。屋子正中摆了一把椅子，芙阿姆纳赫便请艾汀坐到上面。艾汀还未坐稳，芙阿姆纳赫便向她嘶吼道："您占据了一位良家妇女的椅子！"她随即抄起一根猩红色的花楸果魔杖击打艾汀。

艾汀立刻消失了，在椅子旁边的地板上留下了一小摊水。而芙阿姆纳赫则因为担心米狄尔发脾气，从房间跑了出去。她从布里雷逃走了，去布雷萨尔那里寻求庇护。

过了一会儿，米狄尔去艾汀的住处找她，因为他与艾汀稍微分开一会儿就受不了。当他进入艾汀的卧室，却发现里面空空如也。他把整个房子翻了个底朝天，还是没有找到她。随着时间一分一秒地过去，他越来越感到忐忑不安。他喊艾汀的名字，喊芙阿姆纳赫的名字，喊了又喊，却无人应答。他匆忙跑到布里雷地堡的大门口，跑到竞技场，两个女人都毫无踪影。米狄尔突然灵光一闪，意识到艾汀处境不妙，罪魁祸首就是芙阿姆纳赫和她的嫉恨。他回到艾汀的卧室，但那里仍旧没有艾汀的踪迹。米狄尔悲痛不已，心烦意乱地离开了房间，丝毫没有留意到地板上的那一摊水。

米狄尔离开之后，火烧得越来越旺，地板开始发抖，水开始沸腾并凝固。慢慢地，它凝结为一条蠕虫的模样，蜷缩在地板上水迹所在的地方。房间里的燥热不断加剧，直到那条蠕虫在躁动中变成一只深红色的飞虫。这飞虫又大又美，眼似宝石，光辉夺目，翅似珐琅，五彩斑斓。当这只飞虫从地板上挣扎着爬起来，开始缓缓拍打翅膀的时候，一种比竖琴、号角和管乐更加悦耳的乐声充满了房间。在黑暗和天光下，这只飞虫像宝石一样闪闪发光，无论她飞到哪里，哪里就溢满了甜美的馨香。露水从她的翅膀滑落，被这湿气所沾溉的人，心灵将得到抚慰，病痛将得以痊愈。尽管已化为飞虫的模样，艾汀依然保留了女性的特质，她随即飞出窗口去寻找心爱的米狄尔。

艾汀找到米狄尔时，发现他已经睡着了，便在他睡觉的房间里来回飞舞，她散发的芬芳充满了房间。米狄尔醒了过来，看见了栖停在窗台上的这只美丽的生物。他立刻意识到这就是艾汀。这只深红色的飞虫在屋内飞呀飞呀，她的翅膀发出乐声，四处播洒甘露，抚慰了米狄尔。他不再感到孤独，取而代之的是平和与幸福。于是艾汀和米狄尔一起在爱尔兰各地旅行，参加各种节庆和盛会，艾汀的美貌和芬芳让所有见到她的人欢欣愉悦。平日里艾汀替米狄尔守望，提醒他危险临近，用翅膀的乐声安慰他。米狄尔再一次感到幸福满足，现在他心中又只有艾汀一人了，他们便搬回了布里雷。

芙阿姆纳赫在布雷萨尔的家中避难，她的嫉恨更加难以遏止。她听说米狄尔在布里雷的一间闺房里养着一只美丽的深红色飞虫，她知道那肯定就是艾汀，米狄尔依然像从前一样深爱着她。最后芙阿姆纳赫再也无法忍受嫉恨的折磨，她出发前往米狄尔的地堡，琢磨着怎样才能进一步伤害艾汀。她到达布里雷后，米狄尔斥责了她因嫉妒而犯下的罪行。芙阿姆纳赫却毫无悔意，她告诉米狄尔，要是再来一次，她还会照样对艾汀辣手无情，只要艾汀还活着，不管变成什么模样，她都会想方设法去害她。接着她就念起了魔咒，面对这么强大的咒语，米狄尔毫无还手之力，他对艾汀的爱以及自己的魔法都失去了作用。芙阿姆纳赫召来了一阵狂风，让它扫过布里雷。大风呼啸着从地堡中穿过，将无助的艾汀席卷而去。狂风抽打着艾汀，令她惊恐万状，她就这样被抛过围墙，抢过开阔的田野。

最后艾汀被吹到了布鲁纳博恩，那是"年轻者"恩古斯的地堡，也是艾汀与米狄尔第一次欢会的地方。飞虫落在恩古斯披风上的时候，他正在堡外行走。他立刻察觉出这位筋疲力尽的旅者正是艾汀，便温柔地将艾汀带回家放下来。他为艾汀造了一间小小的玻璃屋，屋里充满了阳光和花朵，艾汀在这里终于获得了安全感。"年轻者"恩古斯也深爱着她，她为恩古斯带来了数不尽的幸福，正如她曾带给米狄尔的那样。芙阿姆纳赫听闻此事，再一次火冒三丈。她知道只要米狄尔或者"年轻者"恩古斯中有一人陪伴在艾汀左右，她就没有办法接近并伤害艾汀，于是她安排了一场她和两个男人的会面，地点就在离布鲁纳博恩不远的地方。

趁着恩古斯离开家去和米狄尔会面，芙阿姆纳赫绕着仙丘打转，趁无人注意，溜进了恩古斯的地堡。她在晶莹剔透的阳光房里找到了艾汀，便再一次施法，唤起跟之前一样的魔风，把艾汀从恩古斯的地堡里扫了出去。

却看另一边，恩古斯和米狄尔还等着芙阿姆纳赫来相会呢，可过了很长时间她也没现身，这令二人感到十分蹊跷。于是恩古斯跑回自己的地宫，当他看到艾汀空空如也的住所，方才明白芙阿姆纳赫妒性大发，又干了好事。他满怀愤怒和悲痛，决心要惩罚她。四处寻找之后，他发现芙阿姆纳赫躲在房子的另一头，身边还跟着布雷萨尔，一怒之下，他当场砍掉了芙阿姆纳赫的脑袋。

一连七年，艾汀被狂风抽打，在爱尔兰四处漂泊。她无法在任何高处停歇，树上也好，屋顶也好，悬崖也好，高山也好，都不行。她只能在岩石的罅隙、海边的浅滩或浪花的泡沫之上找到片刻的安宁。最后，精疲力竭、心胆俱裂的艾汀被吹向内陆一座宏伟的宫殿，穿过它敞开的大门。她被抛上大殿的椽子，奄奄一息地停在那里。而此时此刻，就在她的下方，一场宴会正在进行。原来这里是阿尔斯特力士艾塔尔的住所，他正在举行一场家宴。桌上陈设着金杯银盏，宴会的喧闹声在疲倦的飞虫耳边回荡。她用尽最后一点力气紧紧抓住梁木，但是她已因力竭而陷入了昏厥，再也抓不牢了，便从屋顶跌落，落到了艾塔尔夫人手中一只装满酒的金色高脚杯里。而这位夫人丝毫没有注意到杯中的艾汀，她举起酒杯送到唇边，就着一大口酒，将这只飞虫吞了下去。九个月之后，艾塔尔夫人诞下了一个漂亮的女婴，他们将这个孩子取名为艾汀。

艾塔尔夫妇十分疼爱这个姑娘，给了她一个公主渴望得到的一切，金银珠宝予取予求，应有尽有。艾塔尔还请来了六十位头领的女儿，将她们送到自己的住所，由他亲自照料，让她们不愁吃不愁穿，好让艾汀随时随地都有小伙伴。艾汀有任何需要，她们都能一一满足，艾汀就这样逐渐长大，出落得美艳如昔。

　　等到艾汀长到二十岁的时候，奥基·阿伦成了爱尔兰至高王。在他统治的第一年里，奥基传令，请各省的大王和头领带着他们的人民到塔拉来庆祝扫阴节。扫阴节相当于万圣节，是爱尔兰人一年中最重要的节日。

　　奥基收到回信，说至高王不娶亲的话，大王和头领们就不能到塔拉欢度佳节。他们说，根据传统，不带妻子的男子和不带丈夫的女子不能到塔拉参加盛会，就连至高王本人也得遵守这条规矩。

　　至高王急忙派出信使，为自己寻觅合适的王后。她必须出身贵族，且之前不能有过婚姻。信使发现艾汀各个方面都符合条件，就把她的名字报告了至高王。奥基·阿伦便带人前往艾塔尔的家中拜访，要向他的女儿求婚。

　　快到艾塔尔家的时候，至高王及其扈从看到一个美丽的女孩正在泉边梳洗。装水的盆子由黄金做成，边沿上镶嵌着一圈紫色的宝石。四只金色的鸟儿在盆沿上栖息，仿佛正在从盆中喝水。只见那女子身着一件丝质绿袍，缎面柔亮，金线刺绣，上覆佩巾。她胸前别着两枚金银锻造的神兽胸针，光彩夺目，肩头则披着一袭深紫色披风，垂着银色的流苏。太阳光铺洒在绿缎面金色的丝线之上，铺洒在姑娘华贵的珠宝和金色的头发之上，让眼前的艾汀如同太阳一般光华四射。对奥基·阿伦而言，她仿佛是来自另一个世界的尤物。她的头发编成长长的金色发辫，点缀着金色的头绳，在每条辫梢还挂着一只小小的金色尾饰。至高王直勾勾地盯着她，看她抬起胳膊放下头发，松开辫子准备梳洗。抬手之际，袖子滑落下来，露出她优雅纤瘦的胳膊和苗条的腰肢。艾汀仪态万方，令至高王张口忘言。展眼之际，她那皮肤好像清晨的白雪，又像白色的浪尖。她那眉毛又黑又亮，仿佛甲虫的翅鞘。她那眼睛像野生的风信子花一样碧蓝，她那脸庞像毛地黄花一样粉嫩。至高王出神凝望之际，她的双眸被愉悦的笑容点亮了，她光滑的脸颊上漾出两个小酒窝。她用纤纤素手拿着一把镶金的银梳子，梳理她那闪亮的头发。她的举止是如此优雅大方，一举一动都带着王后般的气度。

至高王示意随从们留在原地，他独自一人慢慢靠近这个姑娘。女孩并没有显露紧张的神情，当大王问起她的名字时，她落落大方地答道：

"我是艾汀，阿尔斯特的头领和力士艾塔尔的女儿。"

"我是奥基·阿伦，爱尔兰至高王，我正在寻觅佳偶。"奥基说，"我已对你一见钟情，不用再继续寻找了。如果你同意嫁给我的话，请跟我去往塔拉。"

"我知道你，"艾汀回答说，"我早就听说过你了，我年级尚幼时就已经爱上你了。我一直都在等你，为此还拒绝了所有上门提亲的年轻男子。"

奥基·阿伦简直无法相信自己的耳朵，这个回答让他喜出望外。艾汀和至高王马上结了婚，随后两人一同回到了塔拉。

既然奥基有了王后，爱尔兰诸王都愿意到塔拉参加盛会了，于是盛大的扫阴节就开始了。人逢喜事精神爽，艾汀看起来也比平日更美了，她以娴熟的技艺斟酒的时候，成了万众瞩目的焦点。但是这边还有一个人不得不提，那就是奥基的兄弟艾利尔，他就像至高王一样，也对她一见钟情。他在整个宴会上始终目不转睛地盯着艾汀。艾利尔身边有一位女子注意到他的失态，就责备了他。艾利尔感到羞愧难当，宴会还在继续，他却再也没有瞄艾汀一眼。但他对艾汀更加痴迷不舍，为伊消得人憔悴，害上了相思病。整整一年，他病得越来越重，表面上看不出任何病因，他还不能向任何人透露他的秘密。

奥基·阿伦前来探望他的兄弟，想要搞清楚这种神秘的病究竟是怎么回事。但是关于自己的心病，艾利尔最最不能坦白的对象就是他，至高王还没弄明白就离开了。可是奥基对艾利尔的病还是十分忧虑，便派来自己的医生法赫特纳帮他治疗。法赫特纳将手放在艾利尔的胸前，艾利尔叹了口气。

"你难受的原因必是以下两者之一，"法赫特纳说，"要么是因为妒忌而痛苦，要么是因为单恋而受罪。"

艾利尔知道医生所言非虚，但他无法向任何人坦白，因为他竟然爱上了兄弟的妻子，心中为此感到内疚和惭愧。日子一天天过去，他变得愈加憔悴。

至高王离开塔拉巡视爱尔兰的时刻到了。奥基担心他的兄弟会在自己离开的时候死去，就拜托艾汀来照顾他，确保艾利尔万一病逝，会办一场风风光光的葬礼。于是艾汀就开始照料艾利尔，在她的悉心照顾之下，艾利尔病情好转了。她注意到自己在艾利尔身边时，他是多么的高兴，便开始觉得有些奇怪。她决定向他询问病因，只要是她力所能及的，她答应一定会给予帮助。

"是爱情让我一病一年。"艾利尔说，"尽管我的爱天高海深，却像与空影为伴、听回声作响，因为我的爱无法实现。艾汀，我爱上了我兄弟的妻子！"

艾汀惊愕地望着他。她从小就爱恋着自己的夫君，且非他莫属，但是夫君的兄弟却因她而命在旦夕。她心烦意乱地离开了艾利尔的病床，对他的困境充满了同情。

艾利尔病得越来越重了，他饱受相思之苦，日益憔悴。他请求艾汀成为自己的情人，因为这是他获得救赎的唯一出路。艾汀不想对丈夫不忠，将自己的爱献给艾利尔，但是眼前的兄弟确实奄奄一息了。情急之中，她同意第二天一大早在奥基的屋外与艾利尔相会。

艾利尔彻夜不眠，期待着黎明，他的相思终将得到抚慰了。但是说来奇怪，恰在约定时间之前，他却陷入了沉沉的睡梦。艾汀来到他们约定会面的小山，伤心地等待艾利尔前来索爱。这时候突然有一个人出现了，向山上她所在的位置爬过来。他看起来很像艾利尔，但是等这个人靠近之后，艾汀意识到他尽管有着艾利尔一般的轮廓，却并不是艾利尔。她扭过身子，没有跟他说话，也没有看他，那个陌生人就离开了。

等艾利尔从梦中醒来，意识到自己竟然错过了魂牵梦萦的约会，他伤心欲绝，病情又加重了。于是艾汀难过地同意第二天在同时同地再约会一次。担心自己会再次昏睡过去，艾利尔整晚都向自己的脸上泼水，好让自己保持清醒。但是当第一道曙光出现在天际的时候，尽管他拼命驱赶睡意，却依然沉睡过去。艾汀再一次在山上空等，看起来很像艾利尔又不是他的那个男人，再一次走过来。艾汀则再一次扭过身子不看他。

艾汀还是同情艾利尔，于是又安排了第三次约会。第三天早上，同样的事情又发生了，但这一次，在山上等候的艾汀对那个看起来像艾利尔的人开口了。"你是谁？"她问，"为什么会到这里来？"

"我是来见你的，"那人说，"如你所允诺的那样。"

"我并没有答应要见你，"艾汀叫道，"我答应与艾利尔会面，可你并不是艾利尔，尽管你长得跟他很像！我来这里与艾利尔相见，是为了救他的命。我爱的是我的夫君。"

"那你前来与我而不是艾利尔约会就是对的，"那人说，"因为我就是你的夫君。"

艾汀愕然地盯着他。"你说什么呢？我的丈夫是奥基·阿伦，爱尔兰至高王，我从小就爱上他了。你究竟是谁？胆敢说出这样的话来！"

"我是布里雷的米狄尔，我是达努神族的大王，我们居住在地下。很久很久以前，你曾经是我的妻子。我一直深爱着你，艾利尔感受到的正是我对你的爱意。我将我的热爱放到他的心里，这样通过他你就会想起我的爱，重燃爱火。"

听到这些话，艾汀感到十分惊讶，但是她内心深处知道米狄尔说的千真万确。"如果事情真像你说的这样，"她问道，"你既然这么爱我，我们又为什么会分离？"

"是芙阿姆纳赫的妒忌和她的德鲁伊法咒导致了我们的分离。"米狄尔回答说，"现在我要请你离开你的人类丈夫，回到我的身边，回到你的族人身边。请你离开俗世的王，去追随地下的王吧——对你而言，这并不是不忠。我爱你，艾汀！为了你我施法让艾利尔沉睡过去，防止他前来向你索爱。我已经治好了他的病，他再也不需要你了。请你跟我一起回到布里雷吧，艾汀，你属于那里，我们会永远快乐地生活在一起。"

"可我对奥基的爱永无绝期，"艾汀说，"我是永远不会离开他的！"说完这些话，她就回到了艾利尔所在的堡垒。艾利尔在大门前迎候，一副健康快乐的样子，米狄尔让他染上的相思病已经荡然无存了。艾汀向他讲述了她同那个来自仙丘的男人——布里雷的米狄尔会面的经过。等到奥基出巡归来，他也从头到尾听完了整个故事。一家人欢聚一堂，正所谓世事如此，难关已过。兄弟俩对善良的艾汀心存感激，奥基·阿伦也比从前更加疼爱她了。

米狄尔归来

艾汀在塔拉和奥基·阿伦幸福地生活在一起，她成了美貌和优雅的代名词，人们公认她是最热情好客和无可指摘的王后。

在一个阳光灿烂的日子里，一场节日庆典正在举行。艾汀正在堡垒的门廊外观看马车比赛和各种竞技活动，这时一个相貌英俊的青年走上前来。他长得跟艾汀一样美，他的衣服也跟艾汀一样华丽。他穿着用红色丝绸制成的短袍，金光灿灿，上面还有金线刺绣。短袍外面罩着一件长长的绿色披风，用一枚华美的金色胸扣跨肩固定。他的鬈发用一根金色头绳绑定，跟他头发的颜色一样。他的肩头挂着一把银质的五齿长矛，镶着金边，带有金色的凸饰，从矛头到矛尾都饰有黄金回纹。艾汀看到这人，不禁呼吸一紧，待她转头向同伴示意，却发现她们都在专注地看比赛。艾汀意识到只有她一个人可以看见此人。这人走得越来越近，经过了其他女子，这些女子都在为冠军喝彩，完全没有留意到他的存在。他一来到艾汀跟前，便开口讲话。再一次，没有一个人循声扭过头来，艾汀意识到他只是在对她一个人讲话。

"金发的艾汀，你愿意跟我到一个被音乐环绕的国度去吗？那里人人都像你一样美丽，头发像野生的鸢尾花一样黄灿灿的，皮肤如雪一样白，脸庞如同毛地黄的花朵般粉嫩，双眸就像乌鸫的蛋一样漆黑。我的族人在凡人之间行走，他们却无法看见，因为我们不是凡人。我们无忧无虑，青春永驻。我们的河川里流淌着蜜酒和果酒，大家自由地分享着大地丰美的馈赠。可爱的艾汀，离开爱尔兰吧，尽管它很美丽，还有更美丽的地方在等待着你。在那叫作'不老乡'的地方，你会成为一名王后。"

艾汀说她不愿走，年轻人便恳求道："如果你的丈夫将你送给我，艾汀，你还愿意跟我一起到我的王国吗？"

"如果我的丈夫将我赐予你，"艾汀说，她确信这是不可能发生的，"那我就跟你走好了。"

年轻人笑了笑，随即消失不见了。

不久之后，在一个美丽的夏日早晨，奥基早早地就起来了，他爬上塔拉的城墙，眺望布雷原野。它在脚下向远处延伸，遍布露水湿气，翠绿肥沃，点缀着猩红的罂粟花和牛眼菊。至高王忽然感到身边有人，他迅速转身去看。只见在他身旁，一位他所见过的最俊美的男子与他同在高地上伫立。他紫色的短袍和金色的胸扣在阳光下闪耀，他一只手拿着一面银色的盾牌，盾心有一个金色的凸饰，另一只手握着一把五齿长矛，矛托用黄金打造。奥基瞬间感到一丝恐惧，因为他知道堡垒的大门还没有打开，这个年轻人也并不在昨晚的伙伴之列。

"你是谁？"他终于问道，"我好像不认得你吧？"

"我是布里雷的米狄尔，"那战士回答说，"我对你倒是知根知底。"

"你到塔拉来有何贵干？"至高王又问他。

"与你下一盘棋。"米狄尔回答说。

"如果你想要同我对弈的话，"奥基说，"我希望你棋艺高明。"

"下了才知道高明不高明。"米狄尔回答说。

奥基开始觉得不妙。"很不巧，棋盘在王后的寝室里，"他说，"她还在睡觉，所以我们下不了。"

"我随身带了一副棋盘，"米狄尔说，"同你的一样精致。"说话间，他从肩头取下一只用金线编制的袋子，从中取出一副镶银的棋盘，只见棋盘四角安着闪亮的宝石，将灿灿光华洒向盘面。盘上的棋子全都由黄金制成。

米狄尔支起棋盘，等待至高王先行，但是奥基仍然不愿意出手。

"没有赌注我是不会下的。"他说道。

"你愿意接受什么样的赌注呢？"米狄尔问道。

"什么都行，这我倒是不挑！"奥基说。

于是米狄尔提出一个绝妙的赌注：五十匹绝好的圆点战马，附带五十副彩釉的辔头。

他们便你来我往地下起棋来，最后是奥基赢了。米狄尔随即飘然离开，至高王搞不清楚他是怎么走的，也不知道他去了哪里。

第二天一早，在堡垒大门洞开之前，奥基又来到城墙上，米狄尔再一次出现在他的身旁。五十匹膘肥体壮的马匹正在高坡上吃草，彩釉的辔头在阳光下熠熠生辉。

这些奖品让奥基非常高兴。于是当米狄尔提出再来一局的时候，他欣然接受了新的挑战。这一次米狄尔提出的赌注比上一次更加丰厚：五十头猪、五十头牛再加五十头羊。奥基聚精会神地下棋，再一次赢得了棋局。第二天一早，米狄尔又一次将允诺的牲畜驱赶过来，放牧在塔拉城外的牧场之上。

当米狄尔第三次现身，准备继续比赛的时候，奥基告诉客人，这一次由他自己来设置赌注。他给米狄尔下了三个艰巨的任务：第一个任务是清理石滩，并将清除出来的石头铺成一条穿越特斯瓦沼泽的长堤；第二个任务是让堡垒周围长满灯芯草的土地变得肥沃；第三个任务是让这个地方的荒山都披上绿装。米狄尔答应如果他输掉棋局，就履约完成这些任务，尽管它们看上去都不可能实现，而他的条件是当晚奥基和他的族人不得从堡垒门廊向城外眺望。

于是他们继续比赛，米狄尔又一次输掉了棋局。奥基喜出望外，米狄尔则像之前那样神秘地消失了。

当天夜里，等到大门紧闭，大家都上床歇息了，奥基来到他的首席侍从的住处。他叫醒侍从，让他爬上城墙，向墙外眺望。"仔细观察，切记要保持隐蔽。明早你再过来把你看到的情况向我报告。"他叮嘱道。

侍从悄悄地爬上城墙，向外张望。借着月色能辨认出很大一群人，仿佛全世界的人都被召集到了布雷原野之上。人群像蚂蚁一样四处走动，弯腰起身，抬起石头，挖掘修造，忙个不停，而米狄尔则在一座小山顶上坐镇指挥。然后侍从发现米狄尔站立的小山竟然是一大堆衣服，那是这些劳工在干活时脱下的衣服堆起来的。在他的注视之下，原本熟悉的地貌发生着改变，令他十分惊讶。如同奥基指示的那样，一座穿越沼泽的长桥修建起来，用的正是从牧场上清理出来的石头，橡树和榛树也很快就覆盖了群山。

第二天一早，侍从正在向至高王报告他所看到的神奇景象，这时米狄尔忽然出现在他们身旁。他的脸气得刷白，眼睛里冒着火。奥基立刻知道米狄尔发现自己违背了诺言。

"至高王啊，枉我对你真心实意，"他说，"你骗起我来却不留余地！"

自己的欺骗行为被当场抓包，奥基既感到非常羞愧，又对米狄尔的怒火感到畏惧。他想要安抚他并做出补偿。

"我不会以怒还怒。"奥基说，"你尽管提要求，我会一一满足。"

"我们来一场开放赌注的赛局吧！"米狄尔回答说，"不论谁赢了，都可以指定自己的奖品。"

奥基被这条件搞得惊惧不安。米狄尔会设定怎样的赌注？他若是赢了，又将索求怎样的奖品？他非常担心，但是他又不得不同意，因为他刚才已经做出了承诺。于是两人又坐到精美的棋盘跟前，你来我往下起了棋。奥基下得非常谨慎，好像命悬赛局一样，但是这一次却是米狄尔赢了。

"你的赌注是什么？"至高王用低沉的声音问道，揣测着最可怕的事情。

"我要将艾汀王后挽在我的臂弯，"米狄尔说，"还要给她一个吻！"

奥基听到这话，吓得一言不发，过了一小会儿，他才镇定下来，对米狄尔说："一个月之后你回到这里，我会让你得到你的赌注。"

在这一个月里，奥基向爱尔兰所有的大王和头领传令，让他们带着战士集中到塔拉来。约定的时间已到，塔拉城中聚集起了一支大军。他们层层包裹，列阵于城墙之外，在城墙之内，他们组成了同样严整的队形。

到了米狄尔预定要出现的时刻，奥基和艾汀坐在大殿正中，被头领和战士们环卫着。大门紧锁，门闩紧插，整个堡垒由全副武装的士兵围得密不透风。正当艾汀弯腰为至高王斟酒之际，人群忽然变得阒然无声。艾汀抬起头来，看见那位在竞技场上向她现身的年轻人正站在大殿中央。米狄尔一向英俊，但是这一次他的俊美让所有看到他的人都叹为观止。

"我是来收取我的奖品的。"他说。

"之前我没有对你的要求做出充分的考虑。"至高王说道，希望拖延时间。

"欠债总要还，该交还得交。"米狄尔回答说，"你自己将艾汀交予我作为赌注，而她答应如果你将她送予我手，她就会跟我回到布里雷。"

艾汀想起了那句无心的承诺，登时羞红了脸庞。

"你无须羞愧，艾汀，"米狄尔温柔地对她说，"你没有对你的丈夫不忠。尽管我愿意献上美丽的礼物和无与伦比的金银财宝，你都不愿意依从于我。因此我只会在奥基将你送给我的时候，才会把你带走。这就是我们棋局的赌注。"

"那就这样吧！"艾汀说，"如果我的丈夫允许，我就会与你同行。"

"我是不会让你离开的！"奥基向艾汀保证。于是他转向米狄尔，说道："现在就把赌注给你，我准许你将胳膊环抱艾汀，索取一吻。"

米狄尔将长矛和盾牌放在一只手上，另一只胳膊环过艾汀的腰肢。当他低头去亲吻艾汀之时，他紧抱着艾汀，突然跃入空中，然后从大殿的天窗穿过，从王宫里蹿了出去。战士们跟随至高王一起冲出去，想要阻止米狄尔和艾汀离开塔拉，但他们已杳然无踪，外面的卫士也什么都没有看到。紧接着人们听到了翅膀拍打的声音，他们看到远在高天之上，两只天鹅相伴飞行。他们绕着塔拉盘旋了一圈，然后向着布里雷的方向飞走了。

奥基对米狄尔对他耍的花招火冒三丈，他下定决心要把王后找回来。他召集了宫中所有的力士和他集合在塔拉周围的大军，立即出发去扫荡布里雷。他们到达这座山包之后，战士们便开始挖掘。他们挖了整整一天，但是到了第二天一早，之前挖掉的土又填回了原处，这座仙丘又变得完好如初。日复一日，月复一月，同样的事情反复发生，但奥基始终不肯放弃。整整九年，他和他的大军包围和攻打着爱尔兰的每一座泥土工事，挖穿土岗，希望抵达其间的地下居所。最后，在把绝大多数的地堡捣成废墟之后，奥基又回到了布里雷的土岗。正当他要对这座仙丘发起总攻之时，米狄尔提出了停战条件。他从地宫里朝奥基大喊："如果你能找到艾汀，并且向我指出她是哪一位，你就可以把她要回去！"

这时，六十位女子出现在布里雷地宫破损的围墙之外。奥基目不转睛地盯着她们，一开始还是惊讶，接着就陷入了困惑，因为每位女子看起来都和艾汀一模一样。"让她们上酒！"奥基最后喊道，因为他知道艾汀有一种独特的倒酒方法。

女子们逐一上前斟酒，直到只剩下两位，奥基还是没有发现艾汀。这时倒数第二位女子拿过酒罐，开始斟酒。她看起来很像艾汀，斟酒的方式也是艾汀所独有的，至高王觉得她一定就是自己的妻子。但是他又非常不安。"这人看起来很像艾汀，却又不是她！"他一边向她伸出手去，一边在困惑中喊出声来。但是既然他已经选择了这位女子，那女子就走上前来，两人一起回到了塔拉。

不久之后，奥基·阿伦发现自己选中的不是艾汀本人，而是艾汀同自己的女儿。他又回到布里雷去破坏这座仙丘，为米狄尔的花招而惩罚他。但是他还没来得及破坏地下的居室，艾汀就用种种明显无疑的方式向他暴露了自己的身份。奥基终于找到了自己的妻子，将她从布里雷带走，回到了塔拉。就这样，米狄尔再一次失去了心爱的艾汀。

李尔的子女

李尔来自达努神族，他的妻子伊芙生了两个孩子，叫作芬努拉和艾伊，他们非常疼爱这一双儿女。过了几年，双胞胎兄弟孔恩和菲亚赫拉也出生了，李尔夫妇非常高兴。但是好景不长，双胞胎诞生不久，伊芙就一病不起，直至去世。她的丈夫悲痛欲绝，既然美丽的妻子已不在人世，自己活着也没什么意思了，是他对孩子们的爱让他努力活了下来。

伊芙的父亲是达努神族当时的大王，名唤波伏·达里格，即"红发"波伏。波伏是一个智者和受人爱戴的君主，他对女儿的死亡也很悲痛。波伏疼爱李尔，不愿意失去他的友谊，便将他请到自己的堡垒，让他娶了自己的养女伊菲，以为续弦。伊菲像伊芙一样美丽，对姐姐的孩子也宠爱有加，于是接下来的一两年里，李尔一家又变得非常幸福。李尔的子女人见人爱，大王本人也很喜爱这些孩子，他经常离开自己的堡垒，去李尔的家中看望他们。李尔自己则全身心投入在孩子们身上，并让他们睡在自己屋里，这样他早上醒来第一眼和晚上睡前最后一眼，都能看到孩子们的身影。

过了一段时间，孩子们从李尔和波伏那里得到的关爱让伊菲变得嫉妒起来。随着孩子们渐渐长大，她的妒忌不断加深，最后变成了仇恨。她再也无法忍受孩子们的存在，竟然病倒在床。整整一年，她躺在那里被嫉妒折磨。最后她下定决心要除掉这些孩子，这样她就可以独占丈夫和养父的关爱。

一天早上，她让孩子们来到自己的住处，告诉他们要一起去拜访外祖父波伏·达里格。小一点的孩子们喜欢王宫的热闹，觉得非常开心，但是芬努拉却感到害怕。因为头天晚上她做了一个让人不安的梦，她感觉到伊菲想要谋害他们。于是她试图劝说继母不要去拜访大王，但是伊菲却决心要执行自己的计划，不愿意听从芬努拉的恳求。姑娘很难过，无奈地听从了命运的安排。

他们叫来了车夫，车夫们将马套到双轮马车上。伊菲催促孩子们从房里出来，上了马车，因为她不想让李尔看见是她带着孩子们走了。他们快马加鞭，从李尔的堡垒飞驰而出。在去往波伏堡垒的半路上，伊菲让车夫勒马停车。她把孩子们丢在车里，却把手下人叫到一旁，命令他们将孩子们带到树林里杀死。车夫们被这个命令吓呆了。他们是久经沙场的战士，却无法执行伊菲残忍的命令。他们对伊菲说，他们无法杀死无助的孩子们。他们还警告她，这样的罪行一定会招来惩罚的。盛怒的伊菲从其中一位车夫身上抽出一把剑，想要亲手杀死这些孩子，但是她自己也硬不起心来，对往日自己疼爱的孩子们痛下杀手。

芬努拉在车中候着，疑虑重重，心惊肉跳，但是她也不想惊动她的兄弟们，因为他们还没意识到情况不妙，所以她什么话也没有说。等伊菲回到马车里，坐到孩子中间的时候，她当着孩子的面又伪装出一副温情脉脉的样子。车队向西驶去，那是波伏·达里格宫廷的方向。当他们来到一处橡树环围的湖畔时，他们再次停住了。这个地方叫作德拉瓦拉湖，意思就是"橡树湖"。

伊菲问孩子们要不要到湖水里洗个澡，洗去一路的风尘。三个男孩随即从车里跳出来，一头扎进了湖里，泼水嬉闹起来，但是芬努拉却畏缩了。伊菲看到她不肯就范，就命令女孩也加入兄弟们之中，于是芬努拉也涉水进入了湖中。

待到孩子们聚到一起，伊菲就从自己披风的袋子里拿出一根德鲁伊魔杖，逐一指向每个孩子，提高音量，念起了法咒：

"李尔的孩子们，好运一直追随你们左右，但现在你们的好运结束了！从现在开始，水禽的聚落将成为你们唯一的家，你们的叫声将和群鸟混杂难辨。"

她的吟唱一结束，芬努拉、孔恩、艾伊和菲亚赫拉就消失了，湖面上刚才孩子们游泳的地方，出现了四只美丽的白天鹅。

四只天鹅转向站在湖岸上的伊菲，用李尔子女的声音向她哭诉："唉，您为什么这么对我们？我们没有伤害过您。您是我们的继母。您从前那么疼爱我们，现在请对我们发发慈悲，让我们恢复原样吧！啊，求求您，我们哀求您不要这样丢下我们呀！"

伊菲没有回答。她对这些可怜的惨叫充耳不闻，对这些小动物在水上疯狂的拍打视若无睹。芬努拉冲向湖边，向伊菲发出嘶吼："你会为此付出高昂的代价，伊菲！我们的亲人会替我们复仇，他们会为这个残忍的咒语惩罚你。他们会尽最大努力来安慰我们。"伊菲还是一言不发。于是芬努拉向继母伸出长长的脖子，向她发出最后的恳求。

"噢，伊菲，如果你不将我们恢复人形，至少对这个法咒施加一些限制吧！不要让我们永世成为天鹅！"

听到芬努拉不顾一切的哀求，伊菲冷硬的心肠最后软化了一下，但是她的悔恨来得太晚了，已经无法拯救孩子们了。

"如果我现在还能打破这魔咒，我当然会这么做。"她大喊道，"但是已经做了的事不能取消，这条法咒太过强大，我无法将它解除。虽然我不能让它失效，但是我有法力将其减轻。你们不会永远做天鹅，但是你们会保持天鹅的样子九百年，你们必须待在水上而不是旱地！你们要在德拉瓦拉湖待够三百年，在莫伊尔海上游荡三百年，最后三百年要在大西洋上度过。当来自北方的王和来自南方的后缔结连理，你们会听见钟声轰鸣，唱出新的信仰之声，那时你们就会知道流亡的日子结束了。在那之前，尽管你们有着天鹅的外形，你们却能够用自己的声音讲话，用自己的头脑思索，用你们自己高贵的心来感受！你们的叫声不会是天鹅那样怪异的高喉。你们会得到一份甜美的嗓音作为赠礼，它会抚慰所有听见它的人。现在快从我身边离开吧！看到你们，对我而言是一种折磨。我无法承受我给你们带来的悲痛和苦难，我也害怕李尔的怒火和悲痛。"

芬努拉的头在绝望中垂了下来，她慢慢地从伊菲跟前转过身去，游回兄弟们中间。然后四只天鹅慢慢地游走了。伊菲开始明白自己的行为有多么恐怖，她从岸边跑向了等待的马车，吓坏的车夫们像她一样焦灼不安。他们匆匆离开了此地，鞭打着马匹，一路狂奔来到波伏·达里格的堡垒。她的养父在那里迎接她，但当他看到伊菲孤身一人，又觉得十分惊讶和失望。

"你的继子们呢？"他问她，"为什么不把他们带来看我？"

这正是伊菲惧怕的时刻，但她早已为此准备好了一番说辞。

"我是独自前来的，"她对波伏·达里格说，"因为李尔嫉妒你对他子女的疼爱，不让我带他们到你的宫殿来。他害怕你会带走他们，将他们当作你亲生的骨肉来养育！"

波伏·达里格一开始听到这话十分生气，但之后他就怀疑起来。他觉得伊菲在撒谎，便向李尔送信，邀他第二天过来做客，因为他想要同女婿谈一谈。他还告诉李尔，一定要把孩子带上。李尔收信后十分恐惧，因为当他听说伊菲不同他通气，就带着孩子匆匆离开堡垒去看望大王的时候，他就已经紧张起来了。他知道妻子对他的孩子早已怀恨在心，现在他担心她已经对孩子们造成了伤害。

第二天一大早，李尔带着一队人马，出发前往波伏的堡垒，去探查孩子们的命运。他们选了伊菲走过的同样一条西南方向的路线，最后也来到了德拉瓦拉湖。

孩子们从湖中央看见了马车和卫队的到来，芬努拉高兴地呼喊兄弟们向湖岸眺望。艾伊、菲亚赫拉和孔恩正眺望着这一队人马走过来，他们的姐姐喊道："我知道是谁来了！是我们父亲的卫队。看，李尔自己在前头带领着他们呢。他们在寻找我们，所以他们看起来很悲伤！让我们凑近一些，这样他们就能听见我们的声音了。"

四个化身为天鹅的孩子飞到湖岸边，拍打着翅膀落了下来。他们高喊着父亲和官兵们的名字。李尔听见了孩子们的声音，却搞不清楚声音是从哪里来的。他站在那里，莫名其妙，极力倾听，孩子们则重复着他的名字。李尔一下子就明白了，是这四只天鹅在呼喊他，他的心都碎了。他登时就意识到这道恶毒的魔咒一定是伊菲所为，这些天鹅正是他的宝贝孩子们。

"芬努拉，艾伊，菲亚赫拉，孔恩！我心爱的孩子们！我怎么才能帮助你们？"他大声喊道，"有什么法力能够帮你们恢复人形吗？"

"没有！"芬努拉喊道，"是伊菲的妒忌让我们化为天鹅。我们注定要保持这个样子九百年，没有任何法力能够改变我们的命运。"

听到这话，岸上众人发出愤怒的叫声，李尔哭喊道："上岸来吧，我亲爱的孩子们。唉，我的孩子们啊！你们有自己的感觉和声音，你们可以来到干爽的地面，与我们一起生活，我们会保护你们的安全。"

"在那九百年尚未过去之前，我们不能驻足在旱地之上，或者与我们自己的族人一起生活。"芬努拉回答说，"我们必须待在这里，在德拉瓦拉湖面上度过整整三百年。"这时她看到父亲脸上惨痛的表情，便想要抚慰他："但是我们可以对你说话，为你歌唱。我们的歌声具有魔力，能够安慰你，这样你就能够忘记所发生的悲剧了。"

天鹅们开始吟唱，李尔心中的惨痛逐渐消散。他的怒火消失了，他和他的卫队被歌声所陶醉，他们待在那里一直倾听，直至夜晚来临，大家都安然睡去。

第二天一大早，天鹅们远远出现在湖心，李尔的悲痛再次袭来。他咒骂他将伊菲娶回家的那一天，不断地高喊着孩子们的名字。天鹅们飞到湖畔来同他讲话。然后他向这些化身为天鹅的孩子哀伤道别，出发去告诉大王这条可怕的消息。

波伏·达里格正在等候女婿到来，而伊菲就在他的身旁。当他听到马蹄的嘚嘚声后，他赶忙跑出去迎接李尔。当大王听说了伊菲的卑劣行径，他对养女怒吼道："你让李尔的子女陷入了残酷的命运，你应该受到严酷的惩罚。我要把你变成空中之妖，让你注定被不停地驱赶，在云朵和高天之间恓惶无依，直至永远！"

他将自己的德鲁伊魔杖指向伊菲，一阵刺骨的狂风忽然扫过，瞬间伊菲就被它擢起在半空，像一枚枯叶一样高高卷起，狂风的呼啸声中夹杂着她的尖叫和哭喊。人群寂寂无声地看着她被吹得越来越高，越来越高，直至从视野中完全消失。但人们还是能够听到她的尖叫和呻吟在风中回荡。人们说，直到今天，在暴风雨的夜晚，我们仍然可以在风声之外，听到伊菲的哭泣和叹息之声。

当伊菲的号哭声消失之后，李尔、波伏和他的随从们来到德拉瓦拉湖。孩子们见到众人，十分开心，他们同朋友们说话，用歌声安慰他们。人们从爱尔兰四面八方聚到此地，前来倾听他们的歌声，病人听了，从心底感到平静和安泰。波伏·达里格和李尔待在那里，一处大型的聚落围绕湖畔逐渐发展壮大。每天早晨，天鹅们会游到岸边，为大家讲述故事，倾听人们从爱尔兰各地带来的消息，然后他们就用歌声让大家进入梦乡。

春去秋来，李尔的孩子们被有爱心的家庭和忠诚的朋友们包围着，常常忘记了他们遭遇的不幸。尽管受到了命运残酷的提弄，他们仍然感到无比幸福。

年复一年，便是十年；十年来复，便是百年。一天早上，芬努拉知道三百年已经过去了，他们就要离开这里了。她满怀悲伤地将这个消息告诉了自己的兄弟，告诉了李尔和波伏·达里格。

"父亲，我们很快就要离开您了。"她告诉李尔，"我们只能在德拉瓦拉湖再待上一晚。我们获准在这儿停留的日子已经过完，我们要飞到北方的莫伊尔海上。您的爱和陪伴已经把这些平静的水面变成了我们最好的家园，我们不能陪您回到我们真正的家，这是对我们最刻骨的打击。受可怖的命运驱使，我们现在就得离开这片宁静的湖水，去往莫伊尔海荒凉的碧波之上。那里再没有人像您在这里这样，与我们说话并安慰我们。到了那里我们将一无所有，只剩下孤独和苦痛。"

李尔和波伏跟孩子们一样肝肠寸断，他们整天寸步不离地待在湖畔，讲述着故事，哀叹残酷的咒语将他们分开。随着夜幕降临，天鹅开始唱起他们的魔法之歌。父亲和朋友们最后一次聆听这些乐曲，就像在过去三百年的守候中那样，音乐将他们的悲痛化为乌有，大家都进入了沉沉的梦乡。

第二天天刚破晓，一行人聚集在湖岸伤心地话别，随后四只天鹅便升空而去。他们在哀泣的人群上空盘旋，随后在芬努拉的带领下，一起转向北方飞去。四个化身为天鹅的孩子要出发奔赴莫伊尔海去了。只见他们排成箭镞的形状，时高时低，一边飞一边相互唱和着哀怨的曲子。众人凝望的天空中，天鹅的踪影已经杳然，人群中升起一声长叹。波伏·达里格和李尔现在都已垂垂老矣，他们准备动身回家，因为他们再也无法在德拉瓦拉湖这个伤心之地逗留。波伏一回到家，就发布了一条禁令，不允许任何人伤害天鹅，这条禁令一直流传至今。

在伊菲诅咒的驱使下，天鹅们一路北行，最终抵达莫伊尔海。这是爱尔兰和苏格兰之间的风暴地带，春季里狂风怒号，冬季里冰雹交加。在这个荒凉的地方，孩子们唯一的伙伴是海豹和海鸟。巨大的海浪将他们推来挤去，他们又冷又孤独。没有人聆听他们的故事，欣赏他们精妙的乐音。他们的歌声抚慰不到任何人，也无法为他们悲伤的心绪带去一丝安宁。

一天晚上，一场猛烈的暴风雨突然来临。在海浪的轰鸣声中，芬努拉向她的兄弟们喊道，如果失散，他们就到海豹礁碰头。

风暴变得越来越猛烈。乌压压的巨大雷雨云在天空堆积，风势更加狂暴。海浪相互撞击，像墙壁一样高高涌起。闪电撕裂了天空，就像喷溅的海水，天鹅们失散了。整个晚上他们都在狂风中飞跃扑腾，黎明到来的时候，芬努拉精疲力竭，几乎不能飞行，但她还是想办法挣扎着来到了她指定的约会地点，在那里落了脚。她瞭望着太阳从平静的海面喷薄而出，升上清澈的天空，但是四面都没有孔恩、菲亚赫拉或者艾伊的影子。芬努拉扫视天宇，开始为自己和兄弟们的命运悲泣起来。她颓丧地栖停在礁石之上，绝望地哀叹着自己的孤独和失亲之痛。

突然她看见孔恩向礁石飞来。他太累了，几乎不能冲过海浪。待到他落在芬努拉身边，他已经精疲力竭，不能说话，芬努拉便将他收拢在自己的右翼之下。过了一会儿，菲亚赫拉出现在地平线上，他的翅膀因为海水而沉重难举，头也一直耷拉着，当他满身疲倦地降落在礁石上，芬努拉便将他收拢在自己的左翼之下。最后艾伊也到了，他饱受摧残，心力交瘁，爬到芬努拉的胸前，蜷伏在她的羽毛之下。他们就这样在那里休息，直到恢复力气。

又一个严冬来临，霜冻酷烈，莫伊尔海化为一片冰原。李尔的孩子们在礁石上瑟缩成一团，想要保持温暖。他们的羽毛变得像玻璃一样又硬又脆，他们知道如果不展翅飞翔就会冻死在这里。但当他们想要起飞的时候，却发现大家已经在礁石上冻住了。天鹅们努力挣脱束缚，当他们成功起飞之时，他们脚蹼的皮肤和翅膀的羽尖竟然被生生撕裂，留在了冰冷的礁石之上。当海水冰释，他们不得不忍受着伤口被咸水浸泡的剧痛。

　　一个个冬天就这么过去了，天鹅们忍受着酷寒的折磨；每到春天，他们又被大风从一块礁石驱赶到另一块礁石之上。他们开始觉得苦难至此，永无盼头了。

　　有一天，他们正在爱尔兰北部沿海的班恩河口附近游弋，忽然望见了一队骑士在岸边策马飞奔。他们游到岸边，用人声互相询问是否认得这一群英俊的骑手。骑士们听到天鹅的交谈，便明白他们是李尔的子女。这些骑士早就听说过伊菲的残忍行径，因为他们正是波伏·达里格的子孙。孩子们急切地同这些新朋友交谈，询问李尔和波伏的消息。骑士们告诉他们，两个老人同在芬纳基仙丘庆祝老年节，那里是李尔的堡垒。尽管他们为失去孩子而伤怀，他们依然知足常乐。芬努拉记起了她从前的生活，思乡的痛楚使她大声嘶喊：

　　"李尔和他的族人在温暖的宫殿中举杯畅饮，共度良宵，而他的孩子们却无处遮风躲雨。

　　"我们曾是身披朱紫的天潢贵胄，如今却只有白羽遮蔽一身。

　　"我们曾手持珍异的高脚杯，从中啜饮琼浆玉液，如今却以海水解渴，以沙砾充饥。

　　"坚硬的礁石就是我们的床铺，海浪的尖儿就是我们的寝处，而昔日里我们总是睡在用鸟儿胸腹的软毛做成的枕席之上。

"君王的子嗣曾与我们在波伏大王的山头跃马奔逐，可如今我们唯一的伴侣却是大海的白浪。

"从前我喜欢躺在芬芳的草地上感受阳光，现在却不眠不休地漂泊在莫伊尔海冰凉的洋流之上。"

骑士们伤感地聆听着芬努拉的哀哭，然后向她和她的兄弟们道别，带着李尔子女的消息奔赴他的堡垒。

这一天芬努拉把兄弟们叫来，告诉他们，又是三百年过去了，他们就要离开艰苦难耐的莫伊尔海，前往西边的大洋，去到伊尼什格洛拉，在那里度过他们最后三百年的流放生活。

"途中，我们要拜访芬纳基仙丘，去看望我们的父亲。"她说。

他们飞往海豹礁，在那里降落下来，他们曾在这块礁石上躲避过太多次的风暴。他们最后望了一眼莫伊尔海荒凉的碧波，然后感激不尽地升上高天，向西扶摇而去。

他们飞过一片景色优美的土地，那是承载着他们童年记忆的故园。他们定睛扫视着下方的地面，搜索着李尔堡垒的踪影，但他们要找的东西踪迹全无，这令他们感到十分困惑，便越飞越低，怀疑是不是走错了路线。最后他们终于望见了熟悉的山丘。他们在芬纳基仙丘往日矗立的地方盘旋，但每飞一圈，心中不妙之感就加重一分。下面根本看不到古堡、城墙或绿色的竞技场。那里毫无生活的气息，只有一座荒芜的土岗，上面生满了丛丛的茂草。他们降落在土岗的中央，悲伤地凑到一起，惶惑地望着四散的石堆和断壁残垣，只见昔日的门廊已被荨麻和千里光覆盖，坡道上层层叠叠地挤满了低矮的荆豆丛。

此情此景令他们畏缩不前，掠过鼓丘的风吹乱了他们的羽毛。

他们想起了那个厄运笼罩的早晨，想起了伊菲带他们离开时的芬纳基仙丘，悲痛快要把他们的心都撕裂了。他们回忆起宫廷的宴会，头领和夫人们倾听着音乐，竖琴师和游吟诗人高唱着英雄的传说。他们想起了自己的伙伴，那些俊秀的少年和美丽的姑娘，他们一起观看打猎和马车比赛，一起在宫殿里下棋，一起在绿地上玩板棍球，一起放声欢笑。他们还记得足智多谋的德鲁伊教士和拔山盖世的冠军力士。现在没有门廊，没有篝火，没有宴会，举目荒凉，看不到任何生命的迹象。

于是李尔的孩子们高声唱起哀歌，怀念逝去的一切。歌声回荡在荒弃的鼓丘之上，只有他们自己能够听见。他们难过地飞向空中，绕着废墟做最后的盘旋。接着他们向西边的汪洋飞去，去消磨他们那最后三百年的流放时光。

大西洋上刮着风暴，但不像莫伊尔海那样寒冷荒凉。大大小小的海湾凹嵌在海岸线上，当风暴从西边席卷而来时，化身为天鹅的孩子们可以在海湾里寻求庇护。一座名为伊尼什格洛拉的小岛便坐落在其中一个海湾里，岛上有一处小小的湖泊，天鹅们可以飞到那里躲避风暴。他们在那里唱着举世无双的歌，引得各种各样的鸟儿从阿基尔、阿兰和爱尔兰西岸的其他岛屿汇聚到伊尼什格洛拉。鸟儿们降落在树林中，静静地听着他们无与伦比的天鹅之歌，于是人们便将这一泓湖水称作群鸟湖。天鹅的歌声里充满了对另一个时代的向往，在风平浪静的日子里，它会漂洋过海，听到它的人就会回忆起关于李尔子女的古老传说。

这时爱尔兰的新时代已经曙光乍现，达努神族已经被其他的种族所取代。新的宗教传遍了大地，带来了圣帕特里克和他的修士们。现在的人们崇拜基督教的上帝。古老的神祇隐入地下，玛诺南、卢乌、努阿哈和李尔的子女都变成了昔日的传奇。

群鸟湖上来了一位圣人，他来到湖中一座小岛上生活。就像其他许多人一样，这位圣人早已听说伊尼什格洛拉的天鹅能口吐人言，也听说了李尔的孩子们所遭遇的厄运。他感到天鹅们解放的日子已经近在眼前，他希望自己能够在场提供帮助。于是他在岛上建起了一座小小的教堂，不论晨昏，他都会敲响铜钟，进行祈祷。

一天晚上，天鹅们从南方飞回伊尼什格洛拉。黎明时分，孔恩、菲亚赫拉和艾伊惊慌地听到一阵从未听过的声音在水面上大声回荡。他们惊恐的哀鸣声惊醒了芬努拉。她也听到了钟声，但是她却因为开心而流泪。她知道这钟声的轰鸣宣布了伊菲千年前承诺的自由已经到来。

四只天鹅向小岛的树林望过去，在那里看见了一座茅屋。透过门可见一位隐士跪伏地上，在他身旁，惊醒天鹅们的铜钟正闪耀着光辉。他们倾听着修士吟唱晨祷，并用自己甜美的歌声加以回应，如今千年的孤独和祈望已被希望的音符所替代。

听到天鹅们的歌声，隐士赶忙下到湖边。在微熹的晨光中，他看见了四只天鹅。于是他隔着碧波向他们大声召唤："你们是李尔的孩子吗？你们是不是芬努拉、艾伊、菲亚赫拉和孔恩？"

四只天鹅聚拢在湖面上，但是他们没有回答隐士的问题，也不愿意靠近陆地。接着芬努拉低下头表示肯定。

"不要害怕！我不会伤害你们。"圣人说，"我是为了你们才到这里来的。数百年来，你们美妙的歌声四处回荡，你们流亡的故事众口传扬。你们艰苦的试炼现在就要结束了。一种全新的宗教，一种仁爱的信仰已经来到爱尔兰，它会将你们解放。"

天鹅们听着隐士安慰的话语，相信了他，于是他们决定跟他上岸。他制作了一条银色的链子，将它绕在天鹅的颈上，将天鹅们连在一起，这样他们就永远不会分开了。李尔的孩子们住到圣人的茅屋里，同他说话，一起祷告。他给天鹅们喂食并保护他们，天鹅们则为他吟唱歌曲。尽管伊菲的魔咒尚未全部终结，他们尚未恢复原貌，但他们终于获得了安宁和幸福。

当他们与隐士在伊尼什格洛拉一起生活的时候，康诺特王莱尔格伦到南方的芒斯特来迎娶一位公主，正是这件婚事促成了伊菲最后预言的实现。

新王后来到康诺特，听说了群鸟湖上生活着会唱歌的神奇天鹅，便要求夫君将天鹅们带到她的跟前，她想要亲自聆听一番那美妙的天鹅之歌。莱尔格伦拒绝了这个要求，因为他知道圣人是不会让天鹅离岛的。但是他的新婚妻子决意要听一听天鹅之歌，她威胁说，如果她的愿望得不到满足，她就要离开夫君，回到她父亲的宫廷里去。这对莱尔格伦而言可谓奇耻大辱，于是他派人给隐士送信，命令隐士将天鹅送到宫中，作为献给新王后的礼物。隐士拒绝了这个要求，信使只好回报大王。莱尔格伦见谕令不被理睬，顿时火冒三丈，便亲赴群鸟湖。隐士看到大王渡水而来，为了安全起见，便将天鹅们藏在小教堂里，这才下到湖畔，迎接君王的到来。

"你拒绝了我的信使，不愿意答应我的请求，这是真的吗？"大王责问道。

"是的，"圣人回答说，"我拒绝了大王的信使，我还会拒绝大王本人。李尔的孩子们在我的教堂里得到了庇护，我会将他们留在那里！"

莱尔格伦将隐士推到一边，冲进了教堂。他抓起拴住天鹅的链子，拉着受惊的动物们从教堂出来。惊骇的天鹅全力挣扎着，他们的翅膀疯狂地拍打着空气，但是莱尔格伦将他们从门口拉出，向水边走来。他刚刚走了几步，身后的扑腾声就停住了，他迅速转身察看究竟。他眼瞅着天鹅的羽毛散落地面，面前出现了四位被银链拴在一起的老人——一个满脸皱纹、颤颤巍巍的老太太和三个弱不禁风的老头子。莱尔格伦对眼前的情景惊恐不已，便冲向自己的小船，从这个地方逃走了，只留下隐士愤怒的斥责声在身后回荡。

隐士赶忙来到四位受到惊吓的老人身旁，他们无助地倒在地上。隐士想要安慰他们。芬努拉知道自己的生命已经到达尽头，她请求圣人给他们四人举行洗礼。圣人将群鸟湖的湖水泼洒在他们头顶，祈祷神的庇佑。洗礼结束之后，芬努拉对他说："我们就要死了。亲爱的朋友，我们怀着哀伤离开你，你也一样不舍我们离去。请将我们就地掩埋，这是我们获得安息之地。当我们还是天鹅的时候，我将兄弟们罩在我的双翅之下，孔恩在我的右边，菲亚赫拉在我的左边，艾伊在我的胸前，请你就这样将我们埋在一起吧。"

就这样，李尔的孩子们在圣人身旁安然逝去，圣人遵照芬努拉的遗愿，将他们四人葬在一起。在他们的坟头，隐士竖起了一块石碑，并用欧甘字母刻上了他们的名字。

米利先人来到爱尔兰

在莫伊图拉之战后，弗摩尔人不再回到爱尔兰袭扰。现在强大的达努神族成了统治者，大地上恢复了和平。爱尔兰是一个美丽的国度，沿着海岸线群山蜿蜒，山坡之上森林披覆，山坡之下深谷逶迤，还有肥沃的平原和湿软的沼泽。河流湖泊水产丰美，平原上放牧着牛群，还有放养的猪群在橡树林中拱掘着橡子。蜜蜂在沼泽的石楠花丛中嗡鸣，鸟叫声在树林中回荡不息。气候宜人，冬温夏清，五谷丰登，仓廪充实。不仅如此，岛上人口尚不算多，有足够的空间留给每一个人。

与此同时，在西班牙北部生活着另一个部落米利先人（意为"米利的子孙"）。他们也擅长魔法，数个世纪以来都在游牧四方。他们穿越了遥远的国度，还曾去过希腊和埃及，最后定居在西班牙。他们的大王布雷甘修建了一座高塔，米利先人可以从塔上远望四方。一个晴朗的日子，一位学识渊博的法师伊瑟爬上高塔，在西北方发现了一道朦胧的轮廓。他盯着看了看，认为自己在远处迷蒙之中发现了一座岛屿，上面群山耸立。他看的时间越长，那轮廓就变得越发清楚，他确信地平线之上存在着另一个国度。于是他迅速地从塔上下来，跑去把自己的发现告诉兄弟们。他想要说服他们与自己一起找到这个遥远的岛屿，一探究竟，但是当他描绘自己所看到的景象时，其他人却对他哈哈大笑起来。

"你什么也没有看到，那只是地平线上堆积的风暴云。我们是不会派水手和舰队，冒着凶险的暴风雨，在海上追寻海市蜃楼的。"他的兄弟们嘲笑道。但是伊瑟的儿子还有少数几个人却相信了他的话，于是他们做好了远征的准备，就扬帆出发了。

这可真是一场风雨交加的航程，一路上伊瑟时常担心他兄弟的判断恐怕是对的，但他还是沿着向北的航线继续前行。过了很多天，他和他的伙伴们终于望见了地平线上一道微茫的海岸线。当船靠得更近之后，他们看到这个岛屿是如此美丽。于是这些米利先人赞美着伊瑟，将船划向一片浓荫蔽日的海湾，在那里他们把船拖上了岸。

他们毫不迟疑地踏上征程，穿过这片国土，直到他们来到达努神族领袖们的集会之地艾利亚赫。

那时统治爱尔兰的三位君王是三兄弟。当伊瑟到达他们在艾利亚赫的堡垒之时，三兄弟正在争吵不休，讨论谁该取得父王的遗产和领地的最大份额。伊瑟对此感到非常惊讶，在这样一个家给人足、物产丰裕的国度，居然会产生这样的争端，真是不可思议。

"赶紧把你们的矛盾解决掉吧，"他告诉这三兄弟，"兄弟之间不需要为这种事情争吵。你们应该公平地对待彼此。你们的父亲对你们十分慷慨，你们继承的国度如此美丽。土壤肥沃，水产丰美。谷物、蜂蜜和鲑鱼任你们取食。气候又如此宜人。这座可爱的岛屿会给你们所需要的一切。"于是三位大王停止了争吵，来倾听伊瑟的高见。伊瑟发表完意见，就回去找自己的船只了。

但是伊瑟对他们国土的赞美让三位大王深感不安。他们担心伊瑟想要将这座岛据为己有，因为他的赞美实在太过热情。情急之中，他们忘记了彼此间的争议，联手制定了一个杀死伊瑟的计谋。他们派兵追踪伊瑟，在他回船之前伏击了他，给他留下致命伤后将他丢下。他的儿子和一众伙伴尽管也受了伤，还是想办法把伊瑟运到船上，尽快扬帆起航，踏上了归程，但是当他们刚到达陆地，伊瑟就死去了。他们将伊瑟的遗体抬上岸，哀悼他的死亡，并将遗体展示给他的亲族。伊瑟是一位贤人和智者，他的被害激怒了米利先人。于是他们决心前往爱尔兰，对达努神族卑鄙的行径展开复仇。

于是米利先人和他们的邻族盖尔人向四方派出信使，奔赴多年来他们曾经去过的各个国家。他们告诉自己的盟友伊瑟被害的经过，四处招募战士。这些信使带着大军、船队，载着给养回到自己的领地，做好了远征的准备。米利先人和盖尔人蜂聚在布里伽顿，从头领到战士，均率领着男男女女的普通民众。

扬帆出海的是一支巨大的舰队，一共有六十五艘舰船。在五月一日的前一天，他们望见爱尔兰岛慢慢从海底升起来，矗立在他们的面前。于是水手们争先恐后，全力扬帆划桨，想要看看谁将是第一个踏上爱尔兰的人。

这一回有达努神族在等着他们过来。这些达努神族匆忙赶到岸边，无可奈何地看着米利先人的舰队飞速驶来。可是达努神族还没有做好作战的军事准备，所以他们的头领要求法师使用德鲁伊法术，来制止入侵者靠近。

德鲁伊教士开始念咒，海岸线便摇晃抖动起来，直到米利先人看到天海盘旋，搅作一团。前来的舰队完全被迷雾吞没。浓云四合，水手们完全失去了方向。他们环绕岛屿航行了三圈，惊骇万状，无可奈何。最后在浓雾的狭缝中，他们看见了一条小小的海湾，他们的舰队可以驶向那里，于是他们就在此地抛了锚。

米利先人迅速下得船来，高兴地登上陆地，开始向塔拉进发，前去迎战达努神族的三位大王。在路上他们碰到了爱尔兰人的三位王后——爱尔、芙拉和班瓦，她们预言爱尔兰岛将永远属于入侵者和他们的子孙。这让米利先人欢欣鼓舞，他们振作精神，继续推进，来到了塔拉。他们到达的时候，之前谋害伊瑟的三位大王正在那里会商。于是米利先人派出阿梅尔津与达努神族的首领们会面。阿梅尔津是米利先人的领袖之一，同时也是一位诗人，他带来了米利先人的最后通牒。他进入达努神族三王会商的大殿，告诉他们，他们要做出选择：要么拱手让出他们的领地，要么殊死一战守住疆土。谋杀伊瑟的代价就是失去他们的江山。

尽管无意战斗，达努神族却并不想随随便便就交出自己的领土，于是他们想办法拖延时间。"让你们的诗人和智者给出方案，"他们说，"这方案必须公平，否则我们的德鲁伊教士会用咒语杀死你们。"

于是阿梅尔津给出了他的方案。

"我们会回到船上，从岸边退出九道海波之遥的距离。然后我们会驶过这九道海波，下船，占领这座岛屿，必要的话，我们会使用武力。但是如果你们能够制止我们上岸，我们就掉转船头回家，而且再也不会打扰你们。"

达努神族对这个提议很满意。他们确信本族的德鲁伊法术力量足够强大，一定能阻止米利先人顺利登陆，所以他们答应了这个条件。

阿梅尔津和他的伙伴们驶向大海，越过九道海波的距离，然后掉转船头向海岸驶来。说时迟那时快，一场巨大的风暴骤然袭来，大风把海底的乱石都掀上了海面。船前陡然掀起的大浪，像海岸边的悬崖那样高耸。在汹涌澎湃、四溅奔流的白浪中，船儿们被抛起砸下。舰队在波浪的深谷里四散飘零，散落的船只向西方漂去，在浪涛里挣扎，直至精疲力竭。一路上太多太多的船只在沸腾的大海上失事沉没了。

阿梅尔津和其他头领知道这场风暴绝非天灾，而是德鲁伊法术所致。而且他们也并不知道船队从陆地漂开了多远，所以阿梅尔津的兄弟爬到桅杆的顶上瞭望，看看惊涛骇浪之外的陆地是否依然可见。但是他却被一阵狂风从桅杆上吹下来，抢在下面的甲板上摔死了。船上众人愤惧交加，他们向阿梅尔津大声吼叫，请求他施法让大海平复，救大家的命。阿梅尔津冒着狂风巨浪的推搡，向前走去，攀住船头。他的声音穿透了海浪的咆哮，召唤爱尔兰的大地之神，向他呼喊，礼赞他的丰美。大风立刻就消停下来，可怕的噪音停止了，大海又恢复了平静。很快船儿就向陆地驶去，越过九道海波，而阿梅尔津就好像艏饰像一样在船头向前倾斜着。船的龙骨一碰到海滩，阿梅尔津就跳下船来，涉水上了岸。他的右脚踏上了斯根纳河口干燥的土地，他就这站在爱尔兰的海岸上唱起了歌：

　　　　我是海上的风。

我是大洋的浪。

我是强壮的牛。

我是岩石上的鹰。

我是太阳的光辉。

我是凶猛的野猪。

我是池塘里的鲑鱼。

我是艺术的真谛。

我是战场上锋利的长矛。

我是用火点亮智慧的神。

其他的船也靠了岸，从暴风雨中幸存下来的男女战士下了船。他们为活着而感激不已，达努神族的魔法让他们失去了许多生命，他们杀敌的斗志更加坚决了。他们组成战队，前去迎敌。

达努神族发现尽管有德鲁伊法术的阻挠，米利先人还是成功登陆而来，不禁惊惶万分。他们匆忙召集部队，开往战场。

在第一场遭遇战中，盖尔人和米利先人取得了胜利。但是达努神族又重整旗鼓，在塔尔廷原野上与入侵者交战。这是一场你死我活的血战。米利先人缅怀着伊瑟和逝去的亲人，奋勇作战。达努神族也知道他们家园的归属取决于此战，不惜以死相搏。达努神族的三位大王和三位王后都战死沙场，他们手下的官兵目睹此景，便失去了继续作战的勇气。米利先人乘胜追击，将他们逼退入海。米利先人这边也有伤亡，但是他们赢得了战斗，也赢得了新的领土。

米利先人将爱尔兰全境分成四个省份：北边是阿尔斯特，南边是芒斯特，东边是伦斯特，西边是康诺特，王都塔拉则位于正中央。每个省都有自己的大王、头领和武将，但是至高王只有一个，他居住在塔拉，在四省大王和头领们的支持下统治着整个国度。

尽管在塔尔廷之战中被米利先人击败，达努神族却并没有离开爱尔兰。他们退入地下，居住在被称作"仙丘"的鼓丘和土垒之中，这些仙丘散布在整个爱尔兰岛。在达努神族的头顶上是地上王国，爱尔兰的人类居民，也就是米利先人和盖尔人的后代在这里生老病死，有时凡人会得到仙丘居民的帮助，有时又会遭到仙丘居民的妨害。世代相传，这些神秘的永生者会不时进入凡人的世界。有时他们会与人类共坠爱河，有时他们俊美的容颜和迷人的音乐会让人神魂颠倒。但是达努神族的王国终归是泥土之下的"极乐之地"，他们终归是要回去，回到那青春永驻的"不老乡"。

布兰的远航

一天，在费亚尔的儿子布兰的堡垒里，迎来了一场头领的聚会。他们来自附近的堡垒，带着随从来庆祝五朔节，节日将在五月的第一天举行。

客人们听着音乐和诗歌，为勇士们的表演而欢呼，正当其推杯换盏、酒兴正酣之时，布兰本人却离开了集会，想要躲个清净。守门人打开堡垒的大门，布兰走上城墙，站在那里眺望熟稔于心的原野，正为能够安静独处而感到十分高兴。突然在他的身后传来了音乐声。这并不是他刚离开的宴会上的那种竖琴的声音，而是一种他从未聆听过的奇异优美的曲子。他转身来看究竟是谁在演奏，是谁竟然把音乐演奏得这么朴实美丽，但荒凉的城墙上空无一人。音乐再次在他背后响起，他迅速转身，循声而去，却又是阒无一人。再一次地，音乐又从他背后传来。

布兰一开始有些迷惑，但随即便意识到自己正在聆听的是来自仙丘的音乐，他开始害怕起来。他听说过来自极乐之地的音乐，那是来自被驱逐的达努神族的居所，就在青草覆盖的鼓丘之下。他曾听人说，有时会从大海上飘来一丝半缕这样的音符。这种仙乐据说非常悦耳，无论是痛苦的女子还是受伤的男子，听到音乐后都会感到安宁平和。

神秘的乐声抚慰了他，他倾听着，陶醉着，直到不再恐惧，越来越昏沉。然后他再也无法保持清醒了，就在青青的草坡上躺下，坠入了梦乡。

布兰醒来后，周围是一片欢乐祥和的春日天籁，一如平日，先前那神奇的乐声不再在空中回响。他坐了起来，在这个他十分熟悉的地方环视四方，在自己身旁的草间发现一个闪闪发光的东西。那是一根苹果树枝。

布兰盯着树枝，魔怔了一般。它的主干用银子做成，闪着明亮的寒光，在叶丛中则藏着一朵苹果花，像玻璃一样晶莹。他小心翼翼地捏起树枝，回到堡垒中，向会众诉说自己所听到的神秘音乐，向他的客人们展示这根非凡的树枝。当布兰高举着珠光宝气的树枝进入大厅，整个现场鸦雀无声。人们惊喜地盯着它，思忖它是从何而来。布兰张口告诉大家他是怎么发现这东西的，并且描述了他所听到的音乐。这时不知从哪里冒出来一个女人，站在了大厅的中央。她穿着大家从未见过的别致的衣服，她惊人的美貌让在场的人都屏住了呼吸。大门紧锁，戒备森严，大家意识到，站在他们面前的女子不可能是一个凡人。他们敬畏地盯着这个来自仙丘的女子，她是那些生活在大丘和水泽之下的永生族中的一员。他们听说过这些异族的仙子，千百年间他们会不时以人类的形貌拜访凡间，但他们却并不是人类，因为他们天赋异禀，青春永驻，令凡人羡慕不已。只见这女子转向布兰，开始吟唱下面的歌谣：

这银色的苹果枝来自辽远的海屿，

那是海神玛诺南的跑马场。
海岛的南侧是灿烂的原野，
四根闪亮的柱子将它高擎。
银白的原野上人山人海，赛会正酣，
赛艇与马车竞相奔逐，
树林间落英缤纷。

从一株苍然的古树上
传来群鸟报时的和鸣。
这里的一切宁静和睦，
大地肥沃，耕作有序，
妙曲愉耳，华彩悦目。
光明从天空洒落，
大海冲刷着峭壁，
仿佛水晶的帘幕。

这座美丽的岛上没有苛酷的恶行，
听不到啜泣哀哭，
不曾有背信弃义。
既无人悲痛哀怨，
也无人疾病衰残，
更没有生灵在这里死去。

在这海中的平原上，黄金的战车随巨浪

一齐跃起，奔向太阳。
在这开阔的竞技场上，白银和青铜的战车
熠熠生辉，光彩夺目。
五彩的神马在浪尖奔突，
黄色、金色、红色各异，
还有的马儿像碧空一样苍绿。
破晓时分，这片平川上出现了
一位俊美的男子，并被他照亮。
他在海水冲刷的平路上驭马前驱，
搅动着大海直至它化为血色猩红。

一群陌生人将会踏波来到这座海渚。
他们会听到来自石头的歌唱，
千百人的声音在其中滚涌。
这些勇士对疾病和死亡毫不畏惧。
命运会将他们送往女儿岛，
在那里高潮不会退去。

虽然大家都能听见我的歌声，
布兰，我却是为你一人吟唱。
不要让疲倦耽搁你的脚步。
不要贪恋杯中的玉液琼浆。
去吧！开启你的远航，穿越开阔的海洋，
去到我应许的美丽之乡。

随着她歌声落下，布兰手中的树枝开始震动。布兰紧紧地将它抓住，但它还是从他的手中逃离，飞向了那个女人伸出的手掌，接着那女子便和亮晶晶的树枝一起猝然消失了踪影。

事不宜迟，布兰赶紧召集了一群水手，一共三十个，第二天就扬帆出发了。他们轮流划桨，不停地划呀划呀，一连划了两天两夜，在雪白的浪尖上飞掠而去。一路上，他们没有遇到任何其他的船只，也没有看到任何的陆地和生物。突然，地平线上浪尖变得越来越高，他们看见一辆战车迎面驶来，一匹高头大马牵引着它，马鬃在海浪中飞扬甩动。他们看见海神玛诺南·麦克李尔正坐在车上。玛诺南靠近之后，便开始放声歌唱：

> 布兰的船划开平静的波浪。
> 他的船儿在开阔的大海上尽情奔驰，
> 但是在我的战车里，我看到的却是
> 一片开花的平陆。
>
> 我是海神玛诺南·麦克李尔，
> 我的家园是一片柔软的领地，
> 马儿在阳光下熠熠生辉，
> 河流向其中倾注琼浆。
> 布兰眼中的浪花，
> 其实是我的花圃。

布兰眼中的花斑鲑鱼，

其实是我的牛犊和羔羊。

他看见一匹马朝他靠近，

却看不见那匹马身旁的千军万马。

他的小船在一片橡树林里穿航，

船头是芬芳的果园，

开满了鲜花，结满了硕果。

葡萄藤的香气在空气中萦绕，

阳光下闪亮的金叶永不凋零。

我是玛诺南，李尔的儿子，

我以人形向布兰现身，

驾着战车在波涛上奔腾。

稳稳地划吧，布兰，

稳稳地划过我的王国，

日落之前你就会到达女儿岛。

　　玛诺南·麦克李尔和他的战车随即消失在波涛之下，布兰和他的伙伴们则继续划船。

　　海神造访不久之后，布兰一行到达了一座岛屿，布兰命令水手们上岛之前先绕岛划行一圈。只见海滩上人山人海，这些人都指指点点地嘲笑异乡来客。

"我是布兰，费亚尔的儿子，"他提高音量，想要压住嘈杂的人声，"我们离开爱尔兰岛，在海上已经划了三天，我们在寻找女儿岛。"

并没有人回答他们，笑声反而更大了。布兰再次环岛而行，岛上奇异的居民不停地瞪着他们，一阵阵大笑声飘到他们的船上。

布兰手下的一个船员被选中，登岸去探看这座欢笑岛，于是他们将船拖到岸上。没有人伸手帮助他们停靠沙岸，笑声却持续不停。那名水手刚在岸上落脚，也开始大笑起来，瞠目结舌地指着布兰和他的船员。于是这水手加入了沙滩上的人群，尽管布兰一遍又一遍喊他的名字，他也不做回答，只是瞪着他们笑，好像他之前从未见过这些水手，而且他的笑声比谁都要大。

布兰的船继续绕岛航行了一圈又一圈，当船儿靠近大笑的水手时，船员们喊他的名字，催促他离开这座岛屿，回到船上来。每次他都是瞪着眼睛笑回来，好像这些人完全是陌生人。当他们最后一次绕岛航行时，水手们对这个伙伴大声呼喊，告诉他他们要离岛而去了，求他回到船上来，但他表现得仿佛压根儿没有听到一个字。他们难过地掉转船头，远离这一帮干瞪眼的人群，设定航线，开赴远海。

夜幕降临，天光晦暗，他们在远处的迷雾之中望见了另一座岛屿的轮廓。他们更加奋力地划桨，很快便到达了沙滩。他们看见了一个小码头，旁边站着一个女子。就像玛诺南·麦克李尔预言的那样，他们明白自己已经抵达了女儿岛。

"欢迎你们的到来，费亚尔之子布兰。"那个女人说道，她招手让水手们停泊在码头。布兰对欢笑岛上那个水手的厄运心有余悸，便让船只离岸停靠，不让船头接触岛屿。突然这个女人将一个线团径直向他的头扔过来。布兰本能地想要伸手去阻止它，结果线团打在他的手上。他一次又一次想要将线团扔回去，却总是以失败告终。那个女人仍然拿着线的另一头，现在她开始狠狠把这根线往回拉。虽然这根线看起来十分纤细，布兰和他的船员们却发现自己的船已经被那个女人缓慢却稳当地拉向了陆地。

布兰在恍惚中跳下了船，他的船员们则跟在他身后。他们就像一群梦游者，跟着这个女人从沙滩来到一座大房子，里面全是女人。进屋后，只见一顿大餐正摆在眼前。这么多天在船上吃够了配给的食物，水手们开始狼吞虎咽地吃起来，但是不论他们吃掉多少东西，盘子里还是满满当当的。最后他们都撑得不行了，领头的女人便带他们去宿舍。每个人都有自己的床铺，他们感激不尽地舒展开来，很快就进入了梦乡。

第二天早上，又一场盛宴摆在他们面前。从早到晚，宴饮不断，他们醉倒在温柔乡里。时光飞逝，他们予取予求，早已忘记了爱尔兰，忘记了家人，忘记了他们在欢笑岛上丢下的同伴。女儿岛上供他们享用不尽的欢愉和安适让他们忘记了一切。

布兰和他的手下在这里心满意足地住了一整年，直到其中一个水手奈赫同感到一阵思乡之情袭来，他开始怀念往昔的日子。他告诉其他人他心里很难受，但是没人愿意听他的抱怨。这些水手说他们永远也不会离开女儿岛，放弃岛上的安逸欢乐，他们让奈赫同也忘了回家这件事。岛上的女人也跑来劝说奈赫同留下。虽然有这么多人劝阻，但是奈赫同的思乡之情却愈加强烈，他越来越坚决地要求回爱尔兰去。

布兰不情不愿地同意了带奈赫同回家，他们都做好了出发的准备。在离开的前夜，领头的女人来找布兰，警告他说，如果他回家的话，他定会抱恨终身。布兰听到这话，下定决心要继续待在这里。他告诉手下自己计划有变，这些人听了都很高兴。但是奈赫同却怎么都不肯让步。他提醒其他人想一想以前的日子，坚持要大家带他回家。他不断的抱怨让同伴们不得安宁，于是布兰又打算启程了。

　　"如果你非走不可，"领头的女人对他说，"请带上你们在欢笑岛上的伙伴。但是等你们到达爱尔兰之后，可千万不要踏上那儿的土地。"

　　女人们陪伴着布兰和他的水手们来到码头。男人们伤心地离开了女儿岛，他们在这里度过了整整一年的欢乐时光。

　　当他们到达欢笑岛后，他们先前那个同伴看见他们过来，便从张嘴狞笑的人群中走出，涉水向船走来，然后爬上了船。他的朋友们非常高兴地迎接他，然后掉转船头驶向远海，扬帆朝着家的方向开去。

　　在海上航行了三天三夜，他们终于抵达了爱尔兰海岸上一个叫作鸦嘴的地方。有个人站在码头，船靠近陆地的时候，他跑过来帮水手们将船拉上沙滩，但是布兰保持着距离。他们的船停在了岸边，这时有一群人聚拢过来，其中一人对布兰喊道："你是谁？你在这里干什么？"

　　布兰回答说："我是费亚尔的儿子布兰。我一年前离开爱尔兰，现在我回来了……"

　　陆地上的人们惊愕地吸了一口气。

"我们听说过费亚尔的儿子布兰，"人群中有人说道，"他数百年前扬帆出海，乘船去寻找一个叫作女儿岛的魔法国度。从那以后就失去了消息，但是布兰的远航是众人皆知的故事。这是我们这里最古老的传说之一。"

听到这话，奈赫同再也无法忍耐，他越过船头，涉水上岸。但是他的脚刚踏上陆地，他就变成了一把尘沙，就像他已经被埋在那里好几百年后的样子。

布兰和他的水手们目睹朋友的厄运，不禁发出一阵号哭。他们回忆起那个仙丘女子的预言，意识到他们已经注定要永远在海上飘零。他们站在船上，将自己的冒险故事讲给岸上的人们听，一位抄书人将这个故事记载下来。随后，他们向众人道别，掉转船头，再次向大海进发。

岸上的观众望着他们，直到帆影消失在茫茫大海。从那天之后，再也没人见过或者听说过布兰和他的伙伴们。

美名传世

————

阿尔斯特故事集

阿尔斯特人的虚弱

克伦户是一个富农，他居住在阿尔斯特山间一处僻静的地方。他全身心投入，辛勤劳作，很快就富起来了，拥有了很多的仆人和资产。他的夫人为他生了四个孩子，但是孩子年纪尚幼的时候，他的夫人就死了。多年来克伦户形单影只，身边没有女人相伴。

这一天，他正独自在家休息，一个身材高挑的年轻姑娘走进他的客厅。她穿戴得庄重而华贵，浑身散发出一股尊贵和自信的气派。她走进克伦户的房间，就好像自己是这儿的主人一般。她并不同主人讲话，而是直接走到暖炉边，蹲下来，安静地拨起了炉火。她在火炉边坐了一整天，也不跟人说话。

吃饭的时间快到了，她站起来直接去了放厨具的地方，熟悉得好像是她把东西放在那里似的。她取下揉面槽和筛子，开始准备晚餐。晚餐做好后，克伦户一家和这位神秘来客坐在一起一声不吭地吃着饭，随后这个女子拿了个桶就出去挤牛奶。她回来进屋之后，直接去了厨房，在那儿第一次打破沉默，指挥起仆人们来。然后她回到大厅克伦户坐的地方，在他身边坐了下来。睡觉时间到了，每个人都去自己的住所，这女子留在后面确保炉火安全了，然后就整理房间准备过夜。稍后她去了克伦户的房间，在他身边躺了下来。于是她就成了克伦户的妻子，他们幸福地生活了许多年。他们相亲相爱，夫妇协和，一同劳动，随着时间流逝，这家人变得越来越富足。

这一天，阿尔斯特正举办一个大集。当时有许多这样的集会，男男女女都跑去观看表演和参加比赛。克伦户也决定要参加这个集会，于是他把自己的打算告诉了妻子。

"你可别去！"妻子对他说，"万一你说漏嘴，让人知道我跟你在一起就坏了。只要你向人提到我的名字，我们在一起的好日子就到头了。"

"关于你，我一个字都不会吐露的，放心吧。"克伦户承诺说，然后他就出发去参加这个集会了。

场面非常精彩，好多人聚在一起，热闹非凡，连大王和王后也在那里，还带着阿尔斯特的众多勇士和英雄。大集上有各种锦标赛和竞技赛，有各种展示力量和技巧的节目，有队列表演和游戏活动，但是盛会的高潮部分是马车比赛。

大王华美的赛车来到场上，他的两匹最快的骏马已经套上车轭。其他车手都派上了各自最好的马匹，要同大王的赛马一决高下，但是大王的马车轻松取胜，人群爆发出欢乐的吼声。接着游吟诗人出现，开始为大王和王后唱颂歌。然后他们又赞颂诗人和德鲁伊教士，然后是冠军力士和角斗士们。最后王室成员和所有臣民集合在一起，同声赞美大王的骏马，每个人都争相发言。

"大王的这两匹骏马是国土上最棒的神驹！"他们交头接耳地议论道，"这一对赛马真是空前的好马。他们是爱尔兰最快的骏马！"

克伦户一激动就忘记了自己对妻子的承诺，他忽然大声叫道："我老婆跑得比大王的骏马还快！"

大王听见了克伦户的话，勃然大怒，低吼道："抓住那个口无遮拦的家伙！把他的妻子给我找来，同我的赛马好好比一比，找到之前先把他人扣在这里。届时我们再看看究竟是谁会赢得比赛！"

克伦户立马被捆起来，变成了因犯，同时大王派出了信使去带他的妻子到赛会现场。

大王的信使到了克伦户的堡垒，他的妻子前来迎接这些客人，并询问来客到此有何贵干。

"我们是过来带你同我们一道去集会的，"他们说，"你的丈夫向大王吹嘘说，你跑得比大王的骏马还快，现在你必须证明他没有撒谎。你要是不去比赛，你的丈夫就会一直被扣作因徒。"

这妇人沮丧地叹了口气。"唉，好你个克伦户！这么傻的话也说得出口！"她自言自语道。然后她转向信使说道："你们自己看看，我这随时就要生孩子了。我这个样子怎么能赛跑呢！我是不会去集上的！"

"那对你的丈夫可是一个坏消息！"信使说，"大王会把他杀掉的！"

听到这话，女人心急如焚起来。"这样的话我就不得不跟你们去了。"她一边说着，一边就上了马车，跟着信使来到了集上。

人群围过来看她，因为她有孕在身，大家这么盯着看，让她羞愧不已。

"我这个样子被带过来，"她哭诉道，"还被这么些人盯着看，这是不对的。你们是在羞辱我。为什么要把我弄过来啊？"

"去和大王的骏马赛跑啊！"这帮人向她叫道。

"你们难道看不出来我的孩子随时就要出生了吗？"她哭着说，"我根本不能参加比赛。"

"拔出你们的剑，杀了她丈夫！"大王给信使下了命令。

听到这话，她转向旁观者，悲愤交加。"你们当中可有一人，肯出手帮我一把？"她哀求着说，"你们每个人都是母亲生养的，想想你们的母亲，现在就来帮帮我吧！"

这些人纹丝不动。抓狂的女人转向大王。"可怜可怜我吧！"她恳求道，"过一会儿我的孩子就要出生了，到那时我就同您的马比赛！"

"我可等不了！"大王说，"你现在就来赛一赛好啦，不然你的丈夫就没命了！"

"你们这些可耻的家伙，"这个女人说，"在这样的时刻，对我毫无尊敬和怜悯！你们会为你们的残忍付出沉重代价的。"

"你叫什么名字？"大王喝问道。

"我和我怀着的孩子的名字会同这个地方永远连在一起！"她说，"我是玛哈，是大海之女。现在把你的马牵过来吧，让我来同它们竞速！"

骏马被放了出来，玛哈与它们赛跑，她轻松地跑在了前面。就在她快要到达赛道终点的时候，她摔倒在地。马儿通过终点的那一刻，她生下了一对双胞胎——一个女儿和一个儿子。双胞胎生下来的时候，玛哈高声尖叫了一下。听到这声音的男人们感觉力量瞬间消失了。他们全都像玛哈一样瘫倒在地上，因为生产的痛楚而虚弱无助。

这时玛哈又开口说话了："从今天起，你们就要遭受这种虚弱的折磨，因为你们对我如此残忍。今后在你们最需要力量的时刻，当你们遭到袭击的时候，每个阿尔斯特男子就会像一个生产的女人一样茫然无助，失去保护。你们整整五天四晚会一直处在这种状态，你们的子嗣也会遭受同一种虚弱的折磨，一直向后延续九代人。"

这些预言后来都成了真。从那以后，这个地方就叫作艾文玛哈，意思是"玛哈的双胞胎"。孔诺·麦克奈萨和红枝战士们就生活在这里，伟大的英雄库乎林也是在这里长大，在这里学习武艺。因为曾残暴地对待玛哈，阿尔斯特的男人们的确遭到了惩罚。之后的许多年里，在那些最危急的关头，他们都躺倒在地，无可奈何。女人和孩子们则不受玛哈诅咒的影响，而勇士库乎林是男人中唯一不受这弱点束缚的，因为他的父亲卢乌跟玛哈一样，是达努神族的一员。当梅芙召集大军向阿尔斯特动手，想要俘获库利棕牛的时候，库乎林只能单枪匹马对抗整个爱尔兰大军，而其他的阿尔斯特男人正如玛哈预言的那样，全都躺在艾文玛哈，无能为力。

库乎林诞生记

阿尔斯特王孔诺·麦克奈萨有个妹妹，叫作德克缇拉。她住在艾文玛哈哥哥的堡垒里，有五十个姑娘陪伴左右。有一天，毫无预兆地，这些女孩全都消失得无影无踪。大王和其他族人都没有看见她们是怎么消失的，也没有听到任何有关她们的下落。

三年多来，没有任何有关她们的消息。直到有一天，一大群鸟儿忽然飞越大地，降落在艾文玛哈。这些鸟儿吃掉了艾文玛哈周边生长的所有食物，直至吃光田地里最后一片草叶，树上也不再有绿叶悬挂。孔诺和阿尔斯特壮士们只能眼睁睁地看着鸟群肆虐，却毫无办法。整个领地遭到了严重破坏，孔诺的火气也变得越来越大。最后他下令把马车牵过来，他要去追踪这些鸟儿，一定要把它们给抓住。他带上了几位心腹：曾经做过大王的费古斯·麦克罗伊、诗人阿梅尔津、冠军力士科纳尔·卡尔纳赫及其母亲芬库艾姆。一同前往的还有大王的军需长布拉伊、阿尔斯特王庭大法官"智者"申哈，以及讽刺诗人"毒舌"布里克鲁。其他族人也跟着去了。

大王率军从堡垒跃马而出，鸟儿们随即腾空而去。它们向南方飞去，越过福阿德山，向着博恩河的方向飞翔，这一带巨大的鼓丘下密布着达努神族的居所。大王和他的手下跟在鸟群后面紧追不舍，一路上畅通无阻，因为那时候的爱尔兰没有石墙、壕沟和防御工事，只有一望无际的原野。尽管他们纵马狂奔，鸟儿们却始终在他们的正前方，优雅而美丽地飞着。只见这些鸟儿成双成对，被银色的链子拴在一起，二十只组成一队，每一队前面还有一只领头鸟。天光渐暗，三只鸟儿从群鸟中纷飞而出，带着大王和他的队伍向"年轻者"恩古斯的布鲁纳博恩仙丘飞去。他们刚刚抵达河岸，一场大雪忽然从天而降，三只鸟儿不见了踪影。于是孔诺下令众人下马，取下马背上的车轭，去找个避雪过夜的地方。

费古斯·麦克罗伊前去打探，结果找到了一座小房子。房间狭小，家具也很简陋，但是主人夫妇却很热情，于是他回禀大王。整队人马挤进这座房子，总算有地方过夜了。

但是布里克鲁觉得这地方实在太简陋了，空间局促又没有吃的，他就出去进一步找寻。当他在黑暗中茫然乱走的时候，忽然听到了一个奇怪而低沉的声音。他看不到是什么在发声，便循声走去。突然间，一座宏伟敞亮的大房子矗立在眼前。他走上前去，从大门向里面张望，一对俊美的夫妇出现在他眼前：年轻的战士衣饰华美，强壮挺拔，他旁边站着一位明丽的女子。

"欢迎您，布里克鲁！"男子说。当他听到这位战士直呼其名的时候，布里克鲁就知道此人定是达努神族的一员。他望着这位光彩照人、英俊可亲的青年，知道自己面对的正是"长臂"卢乌，他可是不老乡最重要的人物。

"我们千百次地欢迎您过来做客。"卢乌身旁的女人高兴地笑着说。

"为什么您的夫人这么热情地欢迎我？"布里克鲁问道。

"我欢迎您正是因她之故。"卢乌回答说，"这段时间是不是有人从艾文玛哈失踪了？"

"三年前，大王的妹妹德克缇拉和她的女伴们忽然失踪了。"布里克鲁说。

"如果您见到她们，您还能认得出来吗？"卢乌询问这位阿尔斯特汉子。

"只要时光没有改变她们的容貌，我是能认出来的。"布里克鲁回答说。

"她们就在这座宫殿里，"卢乌说，"我身边的女人正是德克缇拉本人。正是她和她的女伴们变化成群鸟，前往艾文玛哈招引孔诺和阿尔斯特的战士们来到布鲁纳博恩。"

布里克鲁定睛看着这个女人，她果然就是德克缇拉。

德克缇拉给了布里克鲁一件金色流苏的披风，他立即出发回到同伴们中间。

回程的路上，布里克鲁这个心术不正、淘气搞怪的家伙，手里摸着这件可爱的披风，心里却打起了小鼓：孔诺不是悬赏一大笔财宝，想要找回妹妹和消失的姑娘们吗？他思忖道："那我就不说我找到了德克缇拉。我就说我找到了一个富丽堂皇的宫殿，里面都是美女，我们全都可以在那里过夜。"

孔诺听到消息后很开心。他和同伴们毫不迟疑地跟着布里克鲁前往卢乌的宫殿。迎接布里克鲁的女子并没有来迎接大王，因为她要回去生宝宝，但是他们受到了卢乌热情的接待，并在这里休息过夜。

第二天一早，卢乌不见了，德克缇拉和她新生的儿子却出现在他们当中。从艾文玛哈被拐走的那五十个姑娘将德克缇拉团团围住。

大家都知道这个孩子——卢乌的儿子注定会成为一位盖世英雄，于是他们互相商量，应该怎样来养育这个孩子。孔诺说，孩子应该交给芬库艾姆抚育。芬库艾姆是德克缇拉的妹妹，她很高兴被选中做这件事。

"我会宝贝这个孩子，将他当作自己的儿子科纳尔·卡尔纳赫一样来养的。"

"他同你的关系离母子只差分毫，"布里克鲁说，"他可是你亲姐姐的孩子。"

但是其他人表示反对，因为他们都想在抚养孩子的事情上插一手。

"应该由我来抚养这个娃娃。"大法官申哈说，"我弓马娴熟，格斗勇猛，而我又是一位法官，颇有学识，裁处争端明智而审慎。只有大王会在我之前开口讲话，而且连他也要听从我的意见，接受我的仲裁，恐怕只有他本人才比我更有资格抚育这个孩子！"

听到这话，军需长布拉伊站起来说话了："还是让我来抚养这个孩子吧！这样他就要什么就有什么。我家中物资极其充沛，就算把阿尔斯特全省的人交给我，我也能让他们饱食一周，身上不掉一块肉。如果孩子给了我，我会把他当王子一样来抚养！"

"你们这帮自以为是的家伙！"费古斯说，"我才是那个养育孩子的人选。我是大王信任的使节，论财富，论地位，都只在他一人之下。我不仅久经沙场，勇敢无畏，是一个知名的冠军力士，还是一名精工良匠。此外我处事公道，乐于除暴安良，锄强扶弱。让我来做这个孩子的监护人，那才叫当之无愧。"

"既然你们都已经发过言了，"阿梅尔津开口了，"也许你们愿意听一听我的主张。我会把这个孩子当大王一样培养。大家都夸赞我勇敢、高贵、智慧、幸运，赞扬我美名广播，令人景仰，血统纯正，雄辩无敌。在这些方面我声名赫赫。尽管我是个诗人，在战斗中我却不输于任何人。除了大王，我对任何人都没有亏欠，我只听大王的号令！"

"我们自己永远没办法决定如何是好！"申哈说，"这样吧，先让芬库艾姆照顾这孩子，等我们到了艾文玛哈，莫兰会就我们的主张给出裁决的。"

于是芬库艾姆抱起孩子，一行人马出发回到了阿尔斯特。在大家征求了莫兰的意见之后，莫兰宣布了他的决定，那就是所有人一同来抚养这个孩子，每个人将自己的专长传授给他。莫兰对大王说："孔诺，您就做他的特别监护人，因为他是您的外甥。申哈，你可以将他培养成一名雄辩的演说家。布拉伊，你可以满足他的各种物质需求。费古斯，你可以让他拜你为师。芬库艾姆可以喂养孩子，科纳尔·卡尔纳赫可以做他的哥哥。这个孩子注定要英雄盖世。他的大名将会被战士、谋士和君主们赞颂。他会成为许多人的救星。他将成为阿尔斯特的冠军力士，会替她报仇雪恨；他将保护阿尔斯特的大小河川，替她出头作战！"

于是芬库艾姆和阿梅尔津带着孩子去了穆尔海弗纳原野上的邓布雷瑟。孩子的生母德克缇拉改嫁了苏阿尔达夫·麦克罗伊，他们也一起来养育这个孩子。他的抚养者们精心指导他，教给他各自的绝技。五岁之前，这孩子住在邓布雷瑟一座由橡木建成的房子里，取了一个名字叫作谢坦塔。

库乎林的童年

这孩子五岁之前都叫谢坦塔。他和父母在穆尔海弗纳原野上生活，见证他出生的那些亲人在这里悉心照顾他，教导他。

等他长到六岁的时候，谢坦塔听说孔诺·麦克奈萨在艾文玛哈的红枝战士团总部建立了一支童子军。这些由大王精选的孩子修习武术，不论是矛枪还是刀剑都极为娴熟。他们还会比赛，特别是板棍球。孔诺对这支精锐部队的战绩非常自豪，每天会花上三分之一的时间观看孩子们武装训练，看他们在艾文玛哈的绿地上打板棍球。另外三分之一的时间，大王会用来下棋；剩下的三分之一，他则用于宴饮和享乐。

谢坦塔决定加入艾文玛哈的这支初出茅庐的战士团，同时也可以与他的舅舅孔诺·麦克奈萨见面。于是他问妈妈能不能去参加童子军，同他们一起比赛。

"你太小了，儿子，"德克缇拉对他说，"你得等到某个冠军力士或者孔诺派来的信使护送你到艾文玛哈，保护你不被其他的孩子伤到才行。"

"我可等不了那么久！"谢坦塔喊道，"我现在就要去，你还是赶紧告诉我走哪个方向好了。"

"向北走，"他母亲说，"但是前路漫长，旅程劳顿，在抵达艾文玛哈之前，你会经过陡峭的福阿德山。"

"我来试试运气吧！"谢坦塔叫道，他扛起铜棍、球、标枪、玩具矛和一面小小的木盾牌就出发了。他一路玩耍着，好让路途轻快些。他先是用铜棍打球，将球打到很远的地方。紧接着他把棍子也扔过去。然后他把标枪也一路投过去。最后投出的是长矛。它们在空中飞行的时候，谢坦塔就跟在后面，从地上捡起棍子、球和标枪，在长矛落地前把它从空中拈起。这样一路耍个不停，他很快就来到了艾文玛哈。

谢坦塔到达的时候，一百五十个男孩正在绿地上操练。一些人在练习角斗，其他人在打板棍球，他们的队长叫作福拉曼，他是孔诺·麦克奈萨的儿子。谢坦塔立马冲过去加入了比赛。他拿到球，绕过惊呆的男孩们，将球滑过他们身旁，得了一分。福拉曼对闯入者的捣乱很是生气，他把目瞪口呆的孩子们召集到一起。

"没有礼貌地征求过我们的允许，谁也无权加入我们的队伍，更不能像这样打断我们的比赛！"他生气地说，"这是对我们的侮辱。伙计们，我们一起围攻他，把他干掉。这是他活该，自找的。他肯定是一个无名之辈，某个小头领的儿子。一个没出息的家伙，不然他到了这儿，一定会规规矩矩的。"

孩子们将球棍向谢坦塔的脑袋招呼过去，但是他低头躲闪，没有一个人击中目标。球像雨点一样向他砸来，他用胳膊、拳头和手肘格挡。他们还向他扔过来许多长矛，但是他都用玩具盾牌挡掉了。突然这个受到围攻的小男孩爆发了。他的脸因为怒火而变色变形，他的眼珠圆睁着，骨碌碌打转，他张开嘴巴，露出牙齿，头发一根根竖起来，在他的头顶形成了一道明亮的光环。

谢坦塔不顾一切地冲向这一群男孩，把其中的五十个撞倒在地，这些人可都是比他大很多的孩子。然后他追逐着其他五个人穿过大厅，大王和费古斯正在那里下棋。谢坦塔为了走捷径，便从两个成年人摆开的棋盘上跳将过去。孔诺抓住他的胳膊说："嘿，小伙子，悠着点儿！你对这些孩子可别太狠了。"

"他们活该！"这个男孩回敬道，"我是谢坦塔，苏阿尔达夫和你妹妹德克缇拉的儿子。我走了很远的路过来加入他们的行列，他们却给我来了这么一个别扭的欢迎仪式。"

"你难道不知道他们是有规矩的吗？"大王责问说，"根据一条最为严格的规则，这些孩子不会允许新人加入，除非来人能够首先获得他们的保护才行。"

"这我可一点都不知道，"谢坦塔说，"不然我是会照规矩来的。"

于是孔诺把童子军召集起来，排好队列，就这件事对他们做了解释。他让他们将谢坦塔作为保护对象。他们答应了，于是谢坦塔获准进入孩子们的队列。

比赛还没有重新开始，谢坦塔又开始攻击他们。他刚向前一冲，五十个孩子就倒在了地上。旁观的父亲们都吓呆了，还以为这些孩子都被撞死了，但是大多数人倒在地上，主要是因为害怕谢坦塔。

"现在你又想干什么？"大王喊道，"你是不是有毛病啊！"

"我要把他们都撂倒，"谢坦塔大声回应道，"直到他们同意受我的庇护，就像我得受他们的庇护一样！"

孩子们吓惨了，同意接受谢坦塔的庇护，尽管他的年龄还不到七岁。

库乎林得名记

谢坦塔和童子军一起，学习战斗技巧，参加体育锻炼。在比赛中，他能一人独对整支队伍，并且战而胜之。这一天，在他击败大家之后，男孩们一拥而上攻击他。谢坦塔为了自卫，把五十个孩子打翻在地。然后他跑到大王的房间避难，躲在了孔诺的躺椅下面。鉴于他对那些孩子的所作所为，孔诺、费古斯和其他阿尔斯特壮士都跑进这个房间，把那个躺椅围了起来。三十条壮汉跳到躺椅上，但是谢坦塔将躺椅一把举起，连着这三十个人一起在肩头上扛着，走到了大殿的中央。见到这个情况，费古斯和大王觉得最好还是在谢坦塔和其他童子军成员之间进行干预，把这个问题调和解决一下。经过他们的努力，艾文玛哈又恢复了往日的平静。

谢坦塔在一张大王为他特制的床上睡觉，床头床尾都用巨石支撑。一天早上，大王的手下进来叫谢坦塔起床，这孩子从梦中突然惊醒，一拳就把来人打晕了。自此之后，没有人敢在他睡着的时候再靠近他了。

谢坦塔快七岁的时候，一个叫作库林的铁匠来到了艾文玛哈，想要向大王献殷勤。

"我并不富有，"他对孔诺说，"我没有领地，也没有继承财产。我拥有的一切都是用钳子和砧子挣来的。我想要邀请您到我的堡垒，向您表示敬意，但是我请您控制宾客的数量，这样我才能够为宴会提供足够多的食物。"

于是孔诺挑选了族人中名气最大能力也最强的几位，同他共赴库林的宴会。

大王习惯在离开艾文玛哈之前去童子军营巡视一番，于是他来到竞技场。孩子们正在那里比赛。他正好看到谢坦塔一个人对抗一百五十个孩子并且将他们击败。他观看的时候，孩子们转而进行射门比赛。谢坦塔将每个球扔过对方队伍，然后一个人在门区挡住了所有伙伴投过来的球。之后他又与整个球队摔跤，把所有人都摔倒在地。最后在扒衣比赛中，他把所有人的披风和短袍全给扒拉下来了，而其他人甚至连谢坦塔披风上的胸扣也没能摘下来。

这孩子有如此非凡的表现，孔诺既感到高兴，又感到惊讶。他意识到谢坦塔会成为一名伟大的冠军力士。旁观这位神童的战士们对这一点也都表示赞同。于是大王走到男孩面前，对他说道：

"我和我一些威望最高的手下今晚要去赴宴。谢坦塔，我想要你也作为贵宾一起过去。"

"我要打完这场比赛。"男孩回答说，"等我玩够了，我就去追你们。"

大王同意了，于是他和手下出发，乘坐五十辆马车前往库林的堡垒。当他们到达后，铁匠前来迎入大厅，宴席已经在此摆开。待所有人都坐好后，库林问孔诺："所有人都到齐了吗？还有人没来吗？"

"没有了。"大王回答说。他已经忘记了和谢坦塔的约定。

"那我就要放狗了。"铁匠说，"这家伙是我从西班牙搞来的，野得很，特别强壮，需要三条链子，每个链子后头放一个汉子才能拉得回来。但是它把我的牛羊看守得非常好。现在我要关上围场的大门了，让这条大狗在墙外面自由活动。"

于是这条猛犬被放出来，它绕着堡垒的城墙迅速巡行了一番，然后在一个小山包上躺下来，从那里看守着整个围场。它蜷伏着，脑袋支在爪子上，凶猛而警觉，随时准备跳起来发动进攻。

谢坦塔和孩子们在艾文玛哈玩到散场，然后其他人都回家了。谢坦塔一个人出发，前往库林在穆尔海弗纳原野上的堡垒。一路上，为了让旅途轻快些，他又用球棍打球，然后在球落地前，把棍子扔上去再击球。他一路玩着这个游戏，直到离铁匠的房子咫尺之遥。

猎犬看到这孩子越过绿地向它跑过来，便发出一声嗥叫，这声音在原野上翻滚、回荡，令人毛骨悚然。听到的人无不吓得心胆欲裂，但是谢坦塔听到后却并没有停止他的击球游戏。猎犬张开血盆大口扑了上来，要把这孩子撕碎。谢坦塔用尽全力把球击出，球滚进了这条大狗的食道。由于球的力道实在太大了，它带着狗的肚肠，穿出了它的身体。然后谢坦塔抓着狗的后腿，将它用力抢在一块大石头上，竟把狗的身体摔得四分五裂，血肉撒了一地。听见猎犬凶狠的嗥叫在大厅里回荡，孔诺恐惧地一抖。当他缓过劲来，他脱口说道："今晚我过来做客真是一场悲剧！"

"何出此言？"战士们担心地问。

"因为我的外甥谢坦塔要跟我来参加宴会。不料猎犬的嗥叫竟成了他的丧钟！"

听到这话，阿尔斯特汉子们腾地站起来，就像一个人一样整齐划一，他们如数从堡垒里蜂拥而出。有些人从大门穿过，其他人则从城墙上翻越而过，焦急地寻找这个男孩。费古斯·麦克罗伊是最快的，他第一个找到了谢坦塔。

当他找到这个孩子的时候，发现他站在猎犬的碎尸中间，还好好地活着呢。费古斯把孩子扛在肩头，将他带到孔诺身边。而此时孔诺还坐在大厅里，吓得一动不动。费古斯把谢坦塔放在大王的膝头，战士们方才如释重负，发出欢庆的吼声。

但是铁匠库林在外面待了一会儿，看着自己的猎犬散落的碎尸，十分伤心。最后他回到了宴会大厅，向孔诺和他的手下说道：

"今晚你们的来访的确是一场悲剧。邀请你们对我来说的确是一场厄运。孩子，我替你的母亲感到高兴，你幸亏还活着，可是我却惨了。没有我凶猛的猎犬看家，我的土地会被袭击，我的羊群会被抢走。这狗保护着我家所有人不会遭遇危险。小男孩，你杀死了这条狗，也杀死了我最珍贵的仆人，你让我失去了保护。"

"不要生气，库林！"谢坦塔说，"我会补偿你的。"

"你要怎么补偿，孩子？"大王问道。

"我会找一条同样品种的狗，我会把它养大，直到它像被我杀死的那条那样能够给你提供同样的保护。同时，库林，我会保护你的牛羊还有领地。我会守卫整个穆尔海弗纳原野，只要我在守卫，就没有人会对你发动袭击或者抢劫。我会成为库林的猎犬！"

"这个解决方案很好。"大王说。

"好得不能再好了。"德鲁伊教士卡瑟瓦思说,"从现在起,谢坦塔,你就号称库乎林,也就是库林的猎犬!"

"我更喜欢自己的名字。我宁愿被叫作谢坦塔,苏阿尔达夫的儿子!"男孩抗议道。

"别这么说。"卡瑟瓦思回答道,"假以时日,库乎林这个名号会在整个爱尔兰和苏格兰威震四方。"

"那好吧,我就用这个称号吧!"谢坦塔果断地同意了。于是从这一刻起,他就被称为库乎林了。

库乎林成为战士

库乎林七岁的时候，有一天他在艾文玛哈的东北角玩耍，他看见在堡垒另一侧稍远的地方，德鲁伊教士卡瑟瓦思正向八个挑选出来的学生教授德鲁伊传说。有一个学生问卡瑟瓦思，今天有什么预兆，是凶是吉。卡瑟瓦思回答说："今天受赐武器成为战士的那个人会成为爱尔兰声名最显赫的战士。尽管他的生命短暂如飞，他的传奇功业却将被人永远传颂。"

这句断言远远地传到库乎林的耳朵里，他立刻扔掉自己玩耍的玩具武器，跑到孔诺·麦克奈萨的房间来。"一切荣耀归我王，大王英勇世无双！"他喊道。

"一般是有人要赏赐才会这么打招呼。"孔诺笑着说，"小家伙，你想要什么？"

"请赐我武器，让我成为战士。"库乎林说。

"成为战士，"大王又惊又喜地说，"是谁把这种想法塞进你的小脑瓜里的呢？"

"德鲁伊教士卡瑟瓦思。"库乎林回答说。

大王思考了一小会儿。"卡瑟瓦思不会给你错误的建议，孩子。"他说道，于是就给了库乎林两支长矛、一把剑和一面盾牌。

库乎林拿着武器，就开始操练起来。只见他弯杆振把，把矛嗖嗖地投向空中。左试右试，掂来掂去，揉捏刀刃，不一会儿这些兵器就碎了一地。于是大王又给了他一套，这一套也被库乎林的神力给弄坏了。就这样，库乎林一连玩坏了十四套兵器。最后他告诉大王：“这些武器都不太适合我。还是给我一些配得上我满身武艺的东西吧！”

　　于是孔诺把他自己的武器给了库乎林。库乎林把剑弯了弯，剑头碰到了剑柄，但这一次这把剑没有碎。他又抖了抖长矛，撒开式子挥舞起来，试了试力度，长矛也没有断掉。盾牌也还不错。“这些武器挺适合我！”库乎林说，“我向武器的主人——大王和他治下的人民和疆土致敬！”

　　恰逢此时，卡瑟瓦思来到孔诺的房间，他看到库乎林全副武装站在那里，便惊讶地问道：“那边的小家伙是拿到武器了吗？”

　　“的确如此！”孔诺回答说。

　　“对他的母亲而言，这可真是一个伤心的日子啊！”德鲁伊教士惊呼道。

　　“你说什么呢？”大王责问道，“难道不是你劝他来拿武器的吗？”他转向库乎林。“你这个骗人的小魔头！”大王叫道，“你为什么向我撒谎？”

　　“不要对我发火，”库乎林恳求道，“我没有撒谎。的确是卡瑟瓦思让我动了来拿武器的念头。我亲耳听到他告诉他的学生，哪个孩子在今天拿起武器，荣耀就会追随其后，虽然他的生命会很短暂。卡瑟瓦思还说，他会在爱尔兰赫赫有名，流芳百世，所以我就来找你了！”

"我的确做了那个预言，"卡瑟瓦思说，"它也定会实现。你将成为爱尔兰最受尊崇、最有名望的大英雄，但是你也要记得，你的生命会很短暂。"

"我不在乎生命是否短暂！"库乎林叫道，"只要我的大名和声威传扬身后，哪怕只有一天，我也会快乐地度过。"

"那快到马车里来吧，小伙子，这样我的预言就能够实现了。"德鲁伊教士说道。

一辆马车被拉了过来，库乎林抓住车辕，猛力抖动车架，车辕碎裂，马车倒在地上，散了架。又拉来一辆车，再一次被他毁掉。就这样，一连十七辆马车被他震碎，零件散落一地。

"孔诺，我的主君，这些车不适合我。请拉一辆值得拥有的好车来！"

于是孔诺把他自己的车夫伊瓦尔叫到身旁，对他说："把我自己的两匹马牵来，给它们套上车轭，让他试试吧！"

伊瓦尔遵令行事，库乎林在车辕上悠了悠，猛地摇晃它，车辕经受住了这股力道。"这辆车倒还挺让人长脸的！"库乎林宣布道。

"它的确挺让我长脸的！"伊瓦尔回应说，"现在咱们带马出去吃草吧！"

"别慌，伊瓦尔，"小男孩说道，"先带我绕艾文玛哈兜一圈吧。"

伊瓦尔与库乎林钻入马车，他们绕着堡垒跑了三圈。

"好了！下来吧，娃娃，我要解开缰绳，让马吃点草了。"伊瓦尔说。

"早了点吧。"库乎林说，"我知道这马是你的心肝宝贝，但是我也是个小宝贝呢！我们开到童子军营去，他们会恭喜我成为战士的。"

孩子们看到库乎林坐着大王的马车跑来，一阵欢呼声震天动地："库乎林成为战士啦！库乎林成为战士啦！"他们围在马车旁边，祝福库乎林好运，在战斗中一击得胜。"虽然我们都觉得你成为战士太仓促了些，但是我们希望你百战百胜，库乎林。"他们说，"你将离开我们，而我们会怀念与你朝夕相伴、同场竞技的日子。"

"我不会一去不回的，"库乎林告诉他们，"我拿起武器只因为今天是个好日子。"

"这下好了吧，小家伙，"伊瓦尔说，"我们该松开车轭让马儿吃点草了。"

"不要！"库乎林说，"打起马儿，我们走！"

"去哪里？"车夫问道。

"大路朝天，带我们去到路的尽头！"小男孩说。

"你还真是会开玩笑！"伊瓦尔说。说完他们便上路了。

他们跃马前往阿纳弗林那，它是福阿德山的瞭望哨。

"它为什么叫这个名字？"库乎林问伊瓦尔。

"它之所以叫这个名字，是因为每天都有一个最勇敢的阿尔斯特战士去那里守卫全省。如果有人带着武器穿过边境，他就要准备迎接一场决斗。而如果来的是一位诗人，他经过这个堡垒，是因为对艾文玛哈的接待心怀不满，想要离开阿尔斯特省，值班的战士就要前去安慰他，补偿他。如果诗人是要进入阿尔斯特省，向着孔诺的堡垒进发，这位守卫的勇士就要给诗人颁发通行证，并会获赠颂扬他的诗歌作为回报。"

"你知道今天是谁值班吗，伊瓦尔？"小男孩又问道。

"我知道，"伊瓦尔说，"是科纳尔·卡尔纳赫，他可是勇士中的佼佼者。"

"我们去瞭望哨看看吧！"库乎林命令道。

在河边，他们碰上了科纳尔。他看着这个全副武装的小孩，不敢置信地说："这个娃娃已经当上战士了吗？"

"确实如此。"车夫回答说。

"我祝你战无不胜，"科纳尔说，"尽管我认为你当战士的年龄还太小。"

库乎林对此话毫不在意。"你在这里做什么，科纳尔？"他问这位冠军力士。

"我在这里保卫阿尔斯特省。"

"回家去吧，科纳尔。让我接过今天的值班任务。"库乎林说道。

"我不同意，小宝贝！"科纳尔说，"你或许能对付一位诗人，但是你根本无法与一个战士抗衡。"

"那我就一直向南，走到艾赫特拉湖。我相信有另外一个战士在那里守卫边疆。这样的话，今天结束之前，我还有机会让我的双手染上第一道血迹！"

"我要跟你一道去，娃娃，保护你免受伤害。"科纳尔说。

"我才不要呢！"库乎林回应道。

"我是一定要跟你一起去的，我可不管你要不要！"科纳尔反驳道，"万一你遭受什么伤害，孔诺·麦克奈萨和阿尔斯特的兄弟们都会责怪我的！"

就在科纳尔忙着给他的马套上车轭的时候，库乎林朝着边境，风驰电掣地开溜了。他听到科纳尔的马车在后面追赶，他知道一旦有机会战斗，科纳尔是不会让他上手的。所以等到科纳尔的马车刚赶上来，两辆车齐头并进的时候，库乎林就在自己的弹弓里塞了个石头，向另一辆车射击。石头击穿了车辕，科纳尔的马车倒在地上。科纳尔本人也被甩了出去，他落下来的时候还把肩膀也给摔脱臼了。

"你为什么这么做？"科纳尔发出怒吼。

"我只是想试试弹弓的准头。"小男孩说。

"你和你的准头见鬼去吧！"科纳尔叫道，"我走不了了。即便有敌人要砍掉你的脑袋，我也不会救你的！"

"正合我意！"库乎林说，"这下你必须掉头回去了，因为我知道按照军规，阿尔斯特战士是不能乘坐有缺陷的马车行进的。"

科纳尔掉头走向福阿德山的瞭望哨，而伊瓦尔和库乎林则一路向南来到艾赫特拉湖，在湖边停了下来。

天色渐晚，伊瓦尔对库乎林说："我知道我来提这个醒不太合适，但是小兄弟，我认为现在咱们应该回艾文玛哈了。这对你来说算不得什么，毕竟孔诺大王在他跟前给你留着位置呢，可我得在侍卫和信使这一大帮人之间争抢。我早点回去，才能在他们中间扒拉出我那份伙食来！"

"那你去牵马吧。"库乎林说。车夫照办了，于是他们便出发向北，奔家的方向而去。

"那座高山叫什么名字，伊瓦尔？"库乎林问道，"山顶上那堆白色的石头又是什么？"

"那是穆尔纳山，山顶上那堆石头是芬恩冢，也就是'白冢'。"

"那地方一定很好玩。"库乎林说。"请带我去芬恩冢吧,伊瓦尔,"他劝诱车夫说,"毕竟这是你第一次跟我出来!"

"你真是个一根筋的小讨厌!"伊瓦尔说,"你说得对,小家伙,这是我第一次跟你出来,要是我还有幸能活着回到艾文玛哈,这铁定是我最后一次跟你外出了。不过要是你不再折腾我,我就带你去芬恩冢走一趟。"

于是他们来到墓碑所在的地方,眺望着脚下无垠的大地。

"给我指出那些地标,"库乎林说,"因为我对这一带还不熟悉。"

于是伊瓦尔向库乎林指出布雷原野及其附近的山丘和堡垒,指出远处博恩河波光粼粼的水道,以及恩古斯在布鲁纳博恩的堡垒。

"那个呢?"库乎林指着远处一座堡垒问道,"那又是谁的堡垒?"

"那是奈赫同的三个儿子的堡垒,那地方凶险得很。奈赫同本人是阿尔斯特人在战斗中干掉的,但他的儿子们夸口说,当时他们干掉了一半多的阿尔斯特人。"

"我们过去看看吧!"库乎林说。

"你疯了吗?"车夫说,"谁爱去谁去,我可不去!"

"你可一定得去。是死是活你都得跟着我!"

"我们去的时候都活得好好的,"伊瓦尔说,"但我们会死在那里,出不来了。"

于是他们来到奈赫同堡垒前面的绿地,库乎林从车上跳下来,跑到地上埋着的石柱跟前。石柱上围着一条铁带,铁带上雕刻着一则通告，那是奈赫同的儿子们写给读到这则通告的人的，这是一封邀人单挑的挑战书。

库乎林读了通告，便伸出双臂抱住这根石柱，全力将它从土里拔出来，随后将它扔到附近的一汪小湖里去了。

伊瓦尔吓得要死。"你最好把它丢到远处，库乎林！"车夫说，"你这么干会有报应的，马上就会小命玩完的！"

"别吵啦！"库乎林说道，"把毯子和盖被拿出来给我盖上。我要睡觉了。如果只有一个人过来的话，别叫醒我。那可不值得费劲。但是如果人多的话，我还是醒一下吧。"

"你处境很危险，朋友。"伊瓦尔警告说。

于是这个小男孩就睡着了，伊瓦尔则害怕得要死，把缰绳紧紧攥在手里。很快，奈赫同的一个儿子就跑了出来，来到这片绿地上。

"胆儿够肥呀，干吗不把马具解下来呢！"他警告伊瓦尔。

"我可没打算这么干。"车夫回答说，"你看，我不是抓着缰绳吗？"

"这是谁的马？"

"他们是孔诺·麦克奈萨的花斑马。"伊瓦尔回答说。

"我琢磨着也是。"奈赫同的儿子说道，"孔诺的马儿在我的地界干什么呢？"

"有个小孩今天拿起武器成了战士，他希望碰个好运气，就跑到这里来展示他的能耐。"伊瓦尔回答说。

"他在这里可找不到好运气。如果他年龄够大，能够跟我比一场，我就打发他横着去见孔诺！"那汉子生气地说。

"他年龄太小，还够不上比武。"伊瓦尔说，"他才七岁，不值一提的。"

库乎林掀起盖被，气得满脸通红。"我当然够年龄比武！"他吼道。

"你既然这么说，那可真是你的不幸！"奈赫同的儿子语带威胁地说道。

"你在渡口碰到我，才是你更大的不幸呢！我不攻击手无寸铁之人，你还是回去拿上你的武器吧。"

那汉子跑回去拿武器的时候，伊瓦尔对库乎林说："你最好小心些，孩子！你刚才挑战的人可是福伊尔·麦克奈赫同，他是个刀枪不入的家伙。"

"那我会把他的脑浆砸出来的！"小男孩回答说。福伊尔跑回来发起了进攻，库乎林朝他的脑门上击出一只铁球，把他给干掉了。然后他砍掉了福伊尔的脑袋，将它放在脚边。

图阿赫尔·麦克奈赫同从山包上跑过来。"我猜你一定在吹嘘自己刚才的战绩吧！"

"干掉区区一条汉子有什么值得吹嘘的！"库乎林叫着答道。

"你再也没机会杀人啦！这事包在我身上！"那汉子高叫道。

"那就抄起你的家伙吧！"

趁这人跑回去拿武器，伊瓦尔对库乎林说："对付这家伙要小心。如果你第一下打不中，就别想有第二下了。"

"我会用孔诺的宝剑，一出手就把他捅个大窟窿！"库乎林夸口说。图阿赫尔还没来得及拔剑，库乎林果真上去就一剑封喉，把他给干掉了。接着，他砍掉了这家伙的脑袋，把它也放在地上，就在他兄弟脑袋的旁边。

这时奈赫同最小的儿子冲出来，跑到绿地上，对着库乎林喊道："我的哥哥们都是傻子，跑到草地上跟你决斗。我要和你在深水里打。下到河里来吧！"

"这是范纳尔·麦克奈赫同，你得提防着他！"在他们往河边走去的当儿，伊瓦尔对库乎林说，"范纳尔的意思是'燕子'，他就像一只燕子或者黄鼠狼，可以浪里横渡。世界上最好的游泳健将都游不过他！"

"这可吓不倒我！"库乎林说，"你知道穿过艾文玛哈的卡兰河吗？我的伙伴们勉强挣扎的时候，我可以每个肩膀上搭一个人，两手再各带一个人，然后从水上轻轻飘过，连脚都不带湿的。"

范纳尔·麦克奈赫同跳进河里，库乎林也跟着跳了下去。他抓住范纳尔，把他按进水里，然后用孔诺的宝剑砍掉了他的脑袋，提溜着它来到河岸上，留下范纳尔的尸体给湍流带走了。随后库乎林和伊瓦尔洗劫了奈赫同的堡垒，在战车里装满了战利品。他们将三兄弟的脑袋系在马车的前面，掉转车头回家去。他们风驰电掣，很快便穿过布雷原野，来到了福阿德山。

在福阿德山山脚下，他们惊动了一群野鹿。野鹿听见马车过来的声音，就像箭一样逃走了。

"这些骚动不安、怪模怪样的牛是哪一种牛？"库乎林惊奇地问伊瓦尔。

"它们可不是牛，它们是野鹿，"伊瓦尔对他说，"它们生活在福阿德山的旷野里。"

"打马上前，我要抓一只！"库乎林下令道，伊瓦尔依令打马上前。他们追逐着鹿群，但是大王的马吃得肥肥的，跑不过鹿群，马车的轮子陷在柔软的地里。于是库乎林跳过挡板，徒步追赶野鹿。他抓住两只最大最神气的公鹿，把它们带回车旁，系在后方车辕上。然后他们扬鞭跃马，离开了沼泽地。

在他们经过福阿德山的时候，一群天鹅在他们上空飞过。

"那些是什么鸟儿，伊瓦尔？"男孩问道，"它们是家禽还是野鸟？"

"它们是天鹅，是野鸟，"伊瓦尔说，"它们飞进内陆来，到爱尔兰的原野和河流上寻找食物。"

"我想把这些鸟带回艾文玛哈的话，是活的好呢，还是死的更好？"库乎林问道。

"你要是能把它们活着带回去那可真是奇了。其他人都是带回来死的，但是能带一只活的回去那可真是稀罕呢。"

库乎林在弹弓里放了块石头，一下子就从鸟群里打下来二十四只。

"把天鹅捡上，伊瓦尔！"他命令说。

"我不能从马车里跳出去，"车夫说，"马在撒开丫子飞奔，我可不敢放掉缰绳。轮子像镰刀一样锋利，如果我要从边上下去的话，它们会把我砍倒在地的。如果我从后面出去，那就要经过公鹿，它们会拿角叉我的！"

"伊瓦尔，你可真算不上勇士！"库乎林说，"我告诉你我会怎么做。我会瞪大眼睛盯着这些马，在你放下缰绳的时候，让他们老老实实的不敢乱蹦。然后我会盯着这些公鹿，同样制服它们，这样他们就会服软，低下头来，然后呢，你就可以从它们的大角上走过去了。"

他朝这些马投去森然的一瞥，眼神凌厉，于是尽管伊瓦尔放掉了缰绳，两匹马却稳稳地继续小跑。库乎林又以同样冷酷凶狠的眼神转向公鹿，两头鹿也吓得低下了大角。于是伊瓦尔从鹿角上方越过野鹿，把地上击晕的天鹅们捡了起来。这些大鸟立刻醒了过来。库乎林把它们系在马车的后面。就这样他们走过了最后一段路程，抵达了艾文玛哈。

孔诺的信使莱沃罕从城墙上瞄见了一辆奇怪的马车正向堡垒驶来，此情此景令她惊骇不已。她赶忙跑进红枝大殿，孔诺和他的侍从们正坐在那里。莱沃罕大声喊道："有一辆马车正飞快地驶来，看起来非常吓人。车上挂着流血的脑袋，上面飞着一群雪白的大鸟，车屁股后面还拖着两头凶猛的野鹿，把个鹿角左晃右晃。最可怕的是那个战士本人！他显然杀红了眼，战斗的激情让他血脉偾张，脸孔扭曲，头顶杀伐之气四溢。如果我们不阻止他的话，艾文玛哈的泥土就要被童子军的血染红了！"

"我知道战车上的那个战士是谁！"孔诺叫道，"他就是我妹妹的儿子。他今天拿起武器，成了战士，就去往阿尔斯特边境，寻找第一场战斗，想要以血衅刃。他现在杀红了眼，如果不能阻止他，他会把他所有的小伙伴都杀掉的。"

孔诺和他的妻子穆甘及其他女眷商议，迅速制定了一个方案来抓住库乎林，并把他嗜血的激情冷却下来。

这男孩驾驶战车，在艾文玛哈的城墙外兜圈子，他故意让车的左边朝着堡垒以示侮辱，向里面的所有人挑战示威。这时大门突然打开了。库乎林冲向城墙，准备一战。但出来的不是全副武装的战士，而是王后本人带领着七十位女子，一丝不挂地走了出来。

"小家伙，这就是你今天要与之决战的战士们！"穆甘大声喊道。

看到这些女人赤身裸体地朝他走过来，库乎林的脑袋一下子就蒙了。他把脸藏起来，又羞又腆。他弯下腰，用前额抵住战车的前挡板。说时迟那时快，大王的手下们赶紧扑上去把他抓住，将他带到三大桶凉水跟前，这是为了浇灭他战斗的狂热而专门准备的。

壮士们把他放进第一桶水里，水登时喷涌而出，蒸汽翻滚，桶箍被这冲力挣飞，侧板也炸裂开来。他们又将他放进第二桶水里，它立刻就沸腾了，冒出拳头大小的气泡来。当他们将他浸入第三桶水里，水温骤升，烫得不能入手，但是库乎林终于冷静下来，恢复了神志。然后，他换上最华丽的衣袍，坐到了孔诺·麦克奈萨脚边他平时的位置上。大王抚摸着他的脑袋，所有人都惊讶地看着这个小男孩，他年仅七岁，就成功地拿起武器成了战士，并且击败了最可怕的对手。

追求艾娃

孔诺·麦克奈萨的宫廷位于阿马城附近的艾文玛哈，库乎林就是在这里长大的。孔诺是一位很有权威且颇受爱戴的大王，阿尔斯特和平丰饶，整个省在他的统治下日益繁荣昌盛。孔诺既富有又好客，经常在他金碧辉煌的宴会厅里举办各种宴饮和娱乐活动，弹琴、读诗、说书、唱歌应有尽有，在大墙之间还系着绳子，勇士们在绳子上表演平衡和抛接杂技，耍弄刀剑戈矛。

一天晚上，红枝战士团的头领们欢聚一堂，大家从一口大缸里喝酒，这缸里头的酒可多着呢，够他们喝上一晚上的。科纳尔·卡尔纳赫、费古斯·麦克罗伊、莱里、杜弗塔赫、斯凯特，这些最英勇的阿尔斯特战士都在场，其中也包括战士们当中最年轻的一个——库乎林。他们轮流飞身来到绳子上展现武艺，但是库乎林让所有人都相形见绌。科纳尔宫中的女子们都爱看他表演战车技巧。他灵巧敏捷，身型健美，不但明智和善，说话温和，而且还是这些人中最英俊的一个。除非是像他成为战士那天那样杀红了眼，平时的他既恭谨得体，又棋艺娴熟，还能明断是非。除了这些禀赋之外，他还有未卜先知的本领。

其他人对库乎林产生了嫉妒之心，因为他太年轻、太勇敢、太

110

英俊，还太有女人缘，于是他们决定给库乎林找个老婆。他们盘算着，如果库乎林有了妻子，那他们自己的老婆和女儿就会减少对库乎林的关注，这样就不会因为他的魅力而有风险了。而且，既然预言说他的生命短暂而英勇，如果他能尽早有个儿子，岂不是很好？而且也只有库乎林能够教养一个像他本人一样天纵英才的儿子，不是吗？

于是孔诺派出九个人到爱尔兰各省去寻找一个女子，她得是一位大王或头领的女儿，才配得上库乎林，做他的新娘。整整一年之后，信使们回来了，没有一个人找到一个跟库乎林门当户对的姑娘，于是库乎林决定亲自来处理这件事。他和自己的车夫洛伊格·麦克里昂加弗拉出发前往一个叫作卢乌园的地方，去拜访一个库乎林认识的女孩。这女孩名叫艾娃，她是"机灵鬼"弗伽尔的女儿，也是爱尔兰最美丽、最有才华的女子。洛伊格终究是这个国家最好的车夫，令其他人望尘莫及，他们很快就来到了弗伽尔的堡垒。

艾娃坐在父亲堡垒前面的绿地上，被附近地主家的女儿们簇拥着。她正在教这些年轻的女孩刺绣，忽然听到远处嘚嘚的马蹄声，伴着兵器的铿锵声和鞍辔的哐当声，一辆战车轰隆隆疾驰而来。

艾娃对她的妹妹菲雅尔说："去看看来者是谁，是谁这么鲁莽，把车驾驶得这么快。"

菲雅尔跑去路上一看。"我看到了两匹活力四射的骏马，"她说，"一黑一灰。它们拖着一辆高大的木车，车子两侧用柳条编织而成。马具是银质的，车杆是铜质的。车里坐着一位黝黑忧郁的公子，爱尔兰的帅小伙里他能排到第一。他身披猩红色的披风，披风上别着金质胸扣，他的武器是由白银和青铜打制。在他身旁站着一位红发的车夫。"

不一会儿，洛伊格便勒紧缰绳，让马车停在女孩跟前。库乎林从车上一跃而下。他的眼睛一看到艾娃，便立刻闪出兴奋的光辉。女孩抬起美丽的脸庞去看，发现来客是库乎林。"一路顺风，来去平安呀！"女孩招呼他说，"您这是从哪里来啊？您来这里有何贵干？"

库乎林没有直接回答艾娃。他的答复是一个谜语，只有艾娃一个人明白。艾娃也用同样的方式编成谜语来回复他。她从库乎林的谜语里得知，他是来向她求婚的。因为她自己也很钦慕和喜欢对方，所以她为此而感到开心。

接下来库乎林就开始卖力示爱。"我从小是在孔诺的宫廷里抚养长大的，"他告诉艾娃，"不是与厨房里的仆人厮混，而是与头领、力士、战士、德鲁伊教士、法官和诗人们为伍。从他们身上，我学会了热情慷慨、战斗技巧、勇士荣光、智慧明断和背诵传奇。我的父亲是'长臂'卢乌，我的母亲是大王的妹妹德克缇拉。我是王国里最受敬仰和爱戴的英雄，我的头衔是'阿尔斯特之犬'，我为阿尔斯特全体人民的荣耀而战。你呢，艾娃，你是怎么长大的？"

"我从小就受到传统的熏陶，敬仰古典的价值。我谦逊而规矩，优雅而美丽，与王后不差分毫。我是爱尔兰最受赞美和钦佩的女子。"

"看起来我们很般配，"库乎林说，"我们为什么不在一起呢？你是我碰到的第一个能够用谜语解答我谜语的姑娘！"

"我还有最后一个问题，"艾娃说，"你是不是已经有了妻子？"

"没有！"他回答说，"你是我唯一挚爱的女人。"他一边说，一边打量着艾娃凹凸有致的胸部，它们蜿蜒在她的长裙之上。库乎林温柔地对她说："我看到了一个甜蜜的地方，一个甜蜜的休憩之地！"

"要想在这个地方休憩，就必须从斯凯闵一路杀到班库安，在每个渡口杀足一百个人。"艾娃说。

"我看到了一个甜蜜的休憩之地！"库乎林重复道。

"要想在这个地方休憩，就必须杀够九人一队，一共三队人，并且要做到给每队中间那个人留一条活路。"艾娃说。

"我将在这个甜蜜的地方休憩！"

"要想在这个地方休憩，就必须从二月到五月，再从五月到十一月都能一直保持清醒。"

"你怎么要求，我就怎么做。"库乎林承诺道。

"如果你能做到，我们就在一起，永结同心。"艾娃承诺道。

于是库乎林向艾娃告别，和洛伊格一起出发前往艾文玛哈。

"你们说些什么呢？"车夫问道，"把我搞得云里雾里的，艾娃的那些个同伴也摸不着头脑。"

"我用谜语就是要让她们搞不清。你看不出来我在追求艾娃吗？我用了伪装的语言，这样其他姑娘就不会发现。如果弗伽尔知道我在追求他的女儿，他根本不会同意这桩婚事。现在让我来告诉你我们互相说了些什么吧。"在回到艾文玛哈的路上，库乎林向洛伊格讲述了艾娃和他用谜语交谈的经过，洛伊格听得津津有味，一路十分轻快。

艾娃的伙伴们当晚都回了家，告诉她们的父母，有一个英俊的青年驾着华丽的马车来到了卢乌园，与艾娃进行了一场奇怪的会话。她们描述了他是怎么用谜语对艾娃说话，只有艾娃一个人能够理解，然后她又是如何用同样的方法做出了回答。女孩们说，两人谈了有那么一会儿，然后这个年轻的战士就向北边奔布雷原野而去了。

第二天，女孩们的父亲去找弗伽尔，把自己听来的故事告诉了他。

"不会是别人，一定是艾文玛哈那个不幸的疯子，"弗伽尔生气地说，"他是来向艾娃求婚的，这傻丫头已经爱上他了。这就是谜语的内容了。但是他们休想跑掉。我要出手阻止这桩婚事，让他蹦跶不起来！"

于是弗伽尔带着两个朋友前往艾文玛哈，他们扮作高卢国王的信使，带着酒和黄金作为给孔诺·麦克奈萨的献礼。孔诺接见了来客并设宴款待。席间循例有表演助兴，战车勇士们展示了高超的绳技和武艺。孔诺向客人们夸赞了他麾下的壮士，谈到了科纳尔、库乎林和其他战士的技艺和勇气。弗伽尔赞同道，他们都是伟大的冠军力士，尤其是库乎林，但他又补充说，他们还可以变得更加优秀。

"把你的英雄们送去苏格兰，让'毁灭者'多纳尔训练他们。多纳尔倾囊相授之后，他们可以再向西去斯凯岛，那是'幽影者'斯卡哈赫的家。那个神秘的女战士会把自己的武艺传授给他们，向他们揭示只有她才知道的战争和兵器的奥秘。她不但凶猛强悍，而且可以预卜未来。在斯卡哈赫的教导下，他们会成为欧洲最优秀的战士。"

听到这话，孔诺、科纳尔、莱里和库乎林便决定要去苏格兰，弗伽尔非常高兴。他就是希望库乎林能接受他的建议，从而卷入斯卡哈赫的战斗中去，并因此而殒命。

在前往苏格兰之前，库乎林悄悄溜去告诉艾娃他要去往何方以及离开的理由。

"提出这条建议的人可不是什么高卢信使！"艾娃惊呼道，"那是我父亲弗伽尔假扮的。他想要拆散我们，他会竭尽所能杀了你的。所以你还是千万小心点！"

库乎林感谢艾娃的提醒，他们诉了一番衷情，便分开了。

在苏格兰，"毁灭者"多纳尔给孔诺和他的三位大将传授了很多灵巧和耐力方面的技艺。他向他们展示，如何在矛尖上保持平衡，如何在滚烫的石板上舞蹈。当他尽其所能指导了他们之后，多纳尔便打发他们去斯凯岛，在斯卡哈赫的营地里精进他们的武艺。

壮士们便出发去斯凯岛，但是不久孔诺、莱里和科纳尔就十分想念艾文玛哈，于是他们让库乎林独自前往斯凯岛，他们三人则一起回爱尔兰了。没有了朋友，库乎林又孤独又难过，他也不知道怎么才能到达斯卡哈赫的营地。

当他在崎岖的土地上漫无目的、茫然无助地前进时，跟前突然出现了一头像狮子一样的猛兽。这猛兽冲过来的时候，库乎林吓了一跳，但是尽管它紧盯着库乎林，却没有伤害他的意思。它转过身来，在库乎林前面走着，库乎林怎么转，它就怎么转，于是库乎林明白了，这头猛兽是在给他引路。他跳到猛兽的背上，猛兽便带他来到一座位于湖中央的小岛上。然后它便走进一个很深的山谷，不见了踪影，留下库乎林独自前行。库乎林四处游荡，直到碰到了一个年轻人，这人给他指明了通向斯卡哈赫营地的道路。

"但是在你和营地之间有一片厄运原野。"年轻人警告说，"这片原野的前面一半，粘脚粘得不行；后面一半呢，草叶就像刀刃一样锋利，人只能在尖草上行走。还好我知道一个安全穿过原野的方法。在前半程里，把你跟前的那个轮子推着走，你只要走在轮子的辙迹上，就不会陷下去。等你到了尖草坪上，就把你跟前这只苹果滚过去，顺着它压倒的草叶一路走下去，直到到达草原的另一边。"

库乎林谢过这个少年，拿起了轮子和苹果，按照这位新朋友的指导，安全地越过了厄运原野，到达了斯卡哈赫的训练营。

他到达营地的时候，并没有看到那位女战士的影子。"斯卡哈赫在哪儿呢？"他向集结在身旁的年轻人请教。

"她在那座海岛上。"她的弟子们一边回答，一边指向大海。

"我怎么才能过去？"库乎林问道。

"穿过弟子桥，"这些人告诉他，"但是要想过去的话，必须是训练有素、刀剑娴熟才行。"

弟子桥是一座拱桥，中间高，两头低。当有人踩在一边，另一边就会翘起来，把他弹射出去。库乎林并不知道这一点。他一踩上桥，就被弹飞了。其他男孩见状，哄堂大笑。他试了又试，每次都想尽量保持平衡，却总是被抛回来，惹得旁观的练习者们讪笑不止。库乎林恼羞成怒，狂劲大发，一个标志性的鲑鱼之跃，就跳到了桥的中央，然后跃向桥的另一边，快到桥都没来得及反弹起来，将他抛回。安全着陆之后，他就径直去往斯卡哈赫的堡垒。

他用长矛使劲捶门，结果长矛断成了两截。

斯卡哈赫知道只有高手才能到达她的大门，于是她让自己的女儿乌阿哈赫前去看看这位壮士究竟是谁。乌阿哈赫对库乎林一见钟情，她说服了自己的母亲将他收入门下，用她最秘密的战斗方法来训练他。三天之后，乌阿哈赫又给库乎林指路，去了岛上一处隐秘的地点，那是斯卡哈赫训练两个儿子库阿尔和卡特的地方，在此可以偷窥他们的训练。库乎林听从了乌阿哈赫的建议，通过观看"幽影者"训练儿子的过程，他学到了斯卡哈赫秘而不传的战术战略。然后斯卡哈赫又给了他一支标枪，这标枪叫作盖布尔加，是世间最致命的武器。她教会他如何用脚来投射这支标枪，做到百发百中，绝不失脚。

库乎林在斯卡哈赫营地生活的时候，他的战友是另一位爱尔兰战士费迪亚，他是达蒙的儿子。两人成了好朋友，忧喜与共，处处合拍，彼此忠诚，情同手足。

当时斯卡哈赫正率部族与另一个部落作战。对方的领袖是伊菲，一位非常凶狠的女战士，甚至斯卡哈赫本人也畏惧她。两军交战的时候，斯卡哈赫担心库乎林会在战斗中牺牲，便给他下了一道药剂，这药剂能让人昏睡二十四小时，远离危险。但是仅仅一个小时之后，药效就退下去了，库乎林一头扎进战场。他整整战斗了两天，杀死了很多伊菲的手下，包括她的三个儿子。然后伊菲向斯卡哈赫发起挑战，让她找一个壮士来同她本人单挑，库乎林主动请缨要参加这次决斗。

"伊菲最珍爱的东西是什么？"在做好战斗准备之后，库乎林问斯卡哈赫。

"她最珍爱的是她的战马、战车和车夫，胜过世界上别的任何东西。"斯卡哈赫告诉他。

于是伊菲和库乎林开始了一场近身剑斗。库乎林剑法娴熟，但伊菲的剑术更是精妙。她将库乎林的剑刃削掉了，库乎林的手中只剩下了剑柄。当她步步逼近，正要给库乎林致命一击之时，库乎林高叫道："啊，快看！看哪，快点！伊菲的战车掉到山腰啦，她的战马和车夫也跟着掉下去了。他们都要死掉了！"伊菲听到这话，连忙转身，库乎林瞅准时机扑将上来，一把勒住她胸口，把她的双臂紧紧压在身侧。他将这位女战士高举过头肩，带着她一路跑回了斯卡哈赫的阵线。他一把将她扔在地上，抓过一把剑，将剑尖抵住她的心脏。

"一命换一命，求你了库乎林！"伊菲哀求道。

"除非你答应我三个条件！"

"你想要什么，只要能一口气说完，我全都答应。"她说。

"你不要再同斯卡哈赫打仗，你今晚和我共度春宵，你再给我生个儿子。"

"我答应这三个条件。"伊菲同意了。于是她同斯卡哈赫讲和，与库乎林一夜春宵。

事后伊菲告诉库乎林，协议的最后一部分将会如约履行，她会给他生一个儿子。库乎林听到这个消息，非常高兴。他从大拇指上取下一枚金扳指，将它交给了伊菲。

"等到我儿子的手恰好能够戴上这枚扳指的时候，派他到爱尔兰来找我。通过扳指，我就会辨认出他是我的儿子。给他取名叫孔拉，但是让他不要向任何人说出这个名字。让他不要屈服于任何人，也不要拒绝任何人对他的挑战。"

他们这样约定好之后，伊菲就回到了自己的领地，库乎林则留在斯卡哈赫和乌阿哈赫身边，直到战斗中负的伤逐渐痊愈。这时正好有消息传到苏格兰，艾文玛哈需要他，他便立刻扬帆前往阿尔斯特。

艾娃还在父亲弗伽尔家中等着库乎林归来，而库乎林还在苏格兰与斯卡哈赫待在一起，这时候芒斯特的一位大王路易带了十二位将领驱车来到塔拉，与当地的十二位女子成婚。路易自己倒并没有结婚。当弗伽尔听说了这一点之后，立刻心生一计。他匆忙跑到塔拉，告诉路易整个爱尔兰最好的处女，一位各方面都完美无瑕的女子，现在还没有出嫁，正住在他家里。然后他便将艾娃许给了路易，并安排了一场婚礼。路易携随从来到弗伽尔家中参加婚宴，艾娃也被带到宴会厅，与她的新婿相见。当她走过路易并坐在他身旁之时，她伸出双手托着他的脸，紧紧捏住，向他发誓说，她心里只有库乎林，并且她受到了库乎林的庇护。艾娃还告诉路易，他如果违背她的意愿纳她为后，这种行为实在可耻。她警告说，库乎林一定会为这一侮辱行为而展开报复。路易害怕库乎林的怒火，不敢强娶艾娃。于是他找了个借口，离开了弗伽尔的宅邸，直接回家去了。

库乎林回到艾文玛哈，孔诺给了他英雄才有的礼遇，为他举办了一场盛大的宴会，会上库乎林向所有来宾分享了他在苏格兰的冒险经历。然后他就出发前往弗伽尔的宅邸，试图将艾娃从他父亲身边拐走，让她跟自己住到一起。但弗伽尔早就做好了准备，他的堡垒固若金汤，库乎林琢磨了整整一年，也没找到稍微靠近一点的办法。

一年已过，库乎林决定用武力将艾娃抢走。他准备好自己的战车，在车轮上插上了镰刀。待他来到弗伽尔的堡垒前，他以一个标志性的鲑鱼之跃，跃过了外面三层城墙，跳进了土墩里面。三队战士冲过来，每队九个人。他用长剑连挥三下，就杀死了每支队伍里的八个人，只放了居中那个一条生路，因为这三人是艾娃的兄弟。弗伽尔想从堡垒里跳出去逃跑，结果绊倒摔死了。

于是库乎林抓住艾娃，又抢了跟她同样重量的黄金，背着人和财宝从堡垒里跳出来跑了。弗伽尔的侍从们爆发出一阵喧天的吵嚷，卫兵们从堡垒里一拥而出，前来追捕库乎林和艾娃。从斯凯闵和班库安，每到一个渡口，艾娃就从战车里下来，库乎林则掉转马头，向追击的队伍冲杀过去，一路泥涂飞溅。他那插着镰刀的车轮和他本人锋利的刀剑刺穿了敌人，每冲击一次，就留下一百具尸体。就这样他完成了艾娃交代的任务，日落之前他们一起到达了艾文玛哈。库乎林将艾娃带到红枝大殿，来到孔诺·麦克奈萨和他的心腹跟前，他们热烈地欢迎她入伙。然后艾娃就和库乎林结为夫妇，一起到邓达尔甘过日子，那是库乎林继承而来的堡垒。两人从此鱼水难分，直至库乎林死去。

布里克鲁的盛宴

"毒舌"布里克鲁花了一年的时间，准备了一场盛大的宴会来招待孔诺·麦克奈萨和他的手下。他的堡垒坐落在邓罗里，他让人仿效艾文玛哈的红枝大殿造了一座与众不同的大宅，论及规模和气势，甚至有过之而无不及：架构更加恢弘，设计更加艺术，家具和陈设也更加华贵。柱子和四壁，檩条和过厅，放眼之处皆是精雕细刻，屏风也无一不由黄金包覆。大厅前方有一座高高的露台，王座位居其上，并被五颜六色的珠宝包裹着，光华四射，简直化夜为昼。在露台四周，安放着为阿尔斯特十二部落准备的十二个座席。

然后布里克鲁也给自己建了一座露台，与王座和阿尔斯特大英雄们的座席平齐。这座露台亦是装饰华美、雕刻精细，但是它与大厅之间通过巨大的玻璃隔板分隔开来。布里克鲁喜欢在他参加的任何宴会中制造宾客之间的冲突，有了这个臭名声，布里克鲁知道阿尔斯特壮士们是不会让他在席间待在他们中间的。

当一切准备就绪，装修到位，大量酒水已备好，布里克鲁便前往艾文玛哈，邀请孔诺和领头的阿尔斯特力士们偕夫人前来赴宴。孔诺接受了邀请，答应过来，条件是他的手下也同样愿意过来。但是其他的阿尔斯特头领们却根本不愿意到布里克鲁家做客，因为他们不信任他和他的恶作剧。费古斯作为代表，去找孔诺表达了他们的意见。

"我们不想去参加布里克鲁的宴会，"费古斯说，"因为我们知道他会让大家斗来斗去，等到这一晚结束时，死人会比活着的还要多。"

布里克鲁恰好旁听到了费古斯对孔诺说的话。"你们要是不来的话，信不信情况会变得更糟！"他阴沉沉地说。

"如果我们不去的话，会发生什么事？"孔诺问道。

"我会让战士们一个两个全都互相干起来，直到他们拼个你死我活。"

"我们不会被你要挟到的！"孔诺反唇相讥。

"那我就让父子、母女、女眷反目为仇，让他们母亲的乳汁全都变味。"布里克鲁威胁道。

"这样的话，我们还是去吧。"费古斯说。

他们出发之前，法官申哈，这位阿尔斯特头号智者把阿尔斯特的头领们都叫到一起开会，策划如何应对布里克鲁的恶作剧，保护好大家。他们决定，如果布里克鲁保证只要宴会就绪，他本人就会立刻离开宴会厅的话，他们就愿意前去赴宴。布里克鲁愉快地同意了他们的条件，阿尔斯特王驾一行就排开一条大车队，跟随布里克鲁赴宴去了。布里克鲁立马就动起了歪脑筋，要在来客中制造出深深的敌意。不一会儿，他脑子里就有了一个方案，这下他又可以开始他的恶作剧了。

他把"常胜将军"莱里拉到一边，殷勤地恭维他。"莱里，"他说，"你真是一位勇敢的战士。你是阿尔斯特敌人们的心头之患，你在阿尔斯特壮士中独占鳌头。唉，为什么在艾文玛哈，给头号勇士的封赏没有颁发给你呢？"

"如果我真要的话，会有我的！"莱里回嘴说。

"哦，如果你的确想要，请听我的建议。在我的宴会上会颁发头号勇士的封赏，到时候让你的马车夫拿来给你，从那以后它就归你了。而且，相信我吧，布里克鲁宴会上头号勇士的封赏很值得拥有哦！有个能装三条大汉的大鼎，我往里面装满了烈酒。说到吃的，我安排了一头七岁大的公猪，从一出生，就只用最好的东西来喂：春天是新鲜的牛奶和精致的伙食，夏天是凝乳和甜奶，秋天是坚果和新收的谷物，冬天是牛肉汤。此外还有一头七岁大的公牛，这头牛从来没有在石楠丛生的贫瘠高坡上吃过杂草，而是只在低地牧场上吃最肥美的干草和谷物。还有一百个用蜂蜜浸泡的蛋糕，每个里面有四分之一蒲式耳的麦子。这犒赏可不简单！这本该就是属于你的，莱里！"

"最好给我，不然一定有一场血拼好看了！"莱里喊叫道。布里克鲁走开了，边走边暗笑不止。

过了一会儿，布里克鲁凑近了科纳尔·卡尔纳赫。他用动听的奉承话抬举科纳尔，把对莱里说过的话同样也对他说了一番，而且给出了同样的建议。科纳尔觉得自己遭到了轻视，非常不痛快，不惜为自己应得的头号勇士的封赏一战，布里克鲁对此感到心满意足，便乐呵呵地走开了，来到库乎林的身边。

他用最华丽的赞扬之辞恭维库乎林，还说头号勇士的封赏没有分发给库乎林真是太不公平了。

"谁竟敢不给你这份犒赏呢，库乎林？你是公认的冠军力士，阿尔斯特的珍宝。你为她守疆卫土，只手阻挡了她的众多敌人。别人做不到的，你却取得了成功。所有人都知道你的成就超过他们，那为什么这份犒赏不该合情合理地发给你呢？"

库乎林听着布里克鲁含沙射影的挑弄和点拨，火气越来越大。"我以我部落众神的名义发誓，谁要是胆敢冲在我前面去索要这份犒赏，我就拧下他的脑袋！"最后，他气冲冲地大喊道。

一天下来干了这许多好事，布里克鲁也心满意足了，他离开了库乎林，钻回到宾客当中去，陪着他们来到了他的宴会厅。

阿尔斯特的客人们来到布里克鲁的堡垒后各就其位，孔诺和他的手下在大宅的一边，王后和头领夫人们在大宅的另一边。布里克鲁监督着食物和酒水分发到位，而乐师和演员们则为来宾献上精彩的演出。宴会既已就绪，布里克鲁和他的夫人如约向宾客们告辞。可是就在他起身离开的时候，布里克鲁转向与会众人。"头号勇士的封赏就在那边！"他宣布道，"这份犒赏极为丰厚，只有最伟大的勇士才配享用。大家一定得想办法让最合适的人得到它！"说完这些话，他和夫人就爬到大厅上方的玻璃观景室去了。

当仆人们准备分发头号勇士的封赏时，三名马车夫按照各自主子的吩咐站起来为主人索取封赏。

"把头号勇士的封赏拿过来交给库乎林，你们都知道它属于我的主人！"洛伊格高叫道。

听到洛伊格的话，莱里和科纳尔噌地站了起来，抓起了各自的兵器。

"谁说的！"他们吼叫着冲向库乎林。他们急匆匆地跳过一张张桌子，来到大厅中间，开始合力攻击库乎林，库乎林则用剑和盾牌凶猛地防守着。打斗如此凶狠，他们的剑冒出的火星点亮了半个大厅，像燃烧的太阳一样，而另外半个大厅则像白雪一样明晃晃的，那是从他们的盾牌上掉下的银屑。

这场战斗毫无公平可言，孔诺和阿斯特尔头领们作壁上观，又惊又惧，谁也不敢上前阻拦。最后还是法官申哈站起来吼道："住手！别打了！二对一是可耻的。"

孔诺命令战士们放下武器，费古斯则走到他们中间。双方立马就停止了打斗。

"我来暂时平息一下这场争端吧，"申哈说，"你们愿意遵从我的决断吗？"

"我们愿意。"三位战士齐声说。

"今晚我们将头号勇士的封赏分给所有人，明天我们再去克鲁阿罕，让康诺特大王艾利尔从你们中间挑选出冠军力士。"

宴会恢复了平静，食物和酒水在所有人当中平分。

布里克鲁在露台上将这一切看在眼里，剧情的发展让他相当不快。他沮丧地看到宴会继续和谐地进行着，便着手策划另外一个办法来扰乱它。他认定是时候在女人们中间挑起纷争了，就像刚才作弄那些男的一样，让她们也相互作对。他思忖着该怎样实施这个计划才最好。他刚好想到一个法子，便瞧见莱里的夫人菲德尔玛从大厅里出来，布里克鲁遂走上前去。

"我真是今晚的幸运儿，能够碰上像您这么优秀的女士，菲德尔玛！"他说道，"您，莱里的夫人，孔诺·麦克奈萨大王的千金！论高贵，论美貌，论智慧，论哪样您都铁定是阿尔斯特首屈一指的女子。您不排第一，谁还能排第一呢？我告诉您一个秘密。如果您是今晚头一个再次进入大厅的女子，从今以后，大家就会认定您是阿尔斯特女子当中排名第一的那一位。"

这些恭维话让菲德尔玛十分受用。她感谢了布里克鲁的劝告，答应依计行事，布里克鲁心中窃笑不已。

正在此时，科纳尔的夫人伦达瓦尔同侍女一道也从大厅出来，布里克鲁又迎上前去。

他虚情假意地奉承了一番，比对菲德尔玛还要过分。他告诉她一定要争取第一个回到宴会厅，这样她就能从此永保这个位置。伦达瓦尔发誓一定做到。"毒舌"布里克鲁见自己既已说动她，便走开了，内心暗笑不止。

接着他找到库乎林的夫人艾娃，也是热切地恭维了她一番。他热情洋溢地赞颂她的血统、美貌和学识，谈到她在王后之外作为阿尔斯特天经地义、毋庸置疑的第一夫人的身份。他的哄骗和奉承在艾娃这里达到了新的高度，而当他注意到艾娃已经决心第一个回到大厅的时候，他的欢乐也同样达到了新的高度。于是他回到自己的露台，等着看好戏上演。

三位贵妇和她们的侍女在夜晚的凉风中四处溜达，个个显得平易友好，最后三人一起出现在同一个地点，与宴会厅隔着三条坡道。三人愉快地交谈，每个人都确信布里克鲁只对自己说了刚才那番话。归席时间到了，三个女人开始向大厅迈步走去，步子缓慢而安详。经过第一条坡道的时候，她们的行进还算庄严宁静。到了第二条坡道的时候，她们的步伐就变得短促起来。到了紧邻大宅的第三条坡道时，她们开始赛跑。她们将裙子襻在屁股上，全速奔跑，希望自己能够击败其他两人，第一个穿过厅门。

当这些女人争先恐后地跑向大宅的时候，她们的脚步声和叫喊声此起彼伏，里面的男人们还以为有战将在驾车袭击这个地方。他们一跃而起，拿起兵器，在困惑不解之中互相打斗起来，直到申哈命令大家保持秩序。

"住手！放下你们的武器！你们听到的不是军队到达的声音，而是你们夫人发出的声音。这是布里克鲁的把戏！他挑拨你们的妻子在大厅外相互作对。如果他和这些女人进来的话，一定会血流成河。赶紧把门关上！"

艾娃是几个女人里面最快的一个，她到达的时候，守门人刚好把门给关上。艾娃大叫着让里面的人放她第一个进去，好抢在其他人前面。科纳尔和莱里听到艾娃的诉求，赶忙跑到门口，好为他们各自的夫人开门，这样她们就可以抢先了。孔诺害怕另外一场决斗即将爆发，便命令战士们回到原位。等到会场重新安静下来，申哈告诉他们，不用武器，只用语言来对战，就可以摆平这件事情。

妻子们在门外轮番赞美自己的夫君。每个人都称颂丈夫的个性和才干，对他的英勇、武艺、功绩、血统和美德大唱赞歌，都想在声势上胜过其他两位。

当三位战士听到他们的夫人用这么耀眼的词语夸赞他们，每个人都下定决心要让自己的配偶第一个进入大厅，排到最高的位置。莱里和科纳尔拿刀砍向大墙，想要为自己的女人破开一个入口。但库乎林则直接把大厅的一边连根拔起，高高举在头顶，从那下边望过去，连天上的星星都清晰可见了，艾娃就这样第一个走了进来。然后库乎林把这栋建筑往下一放，只听见轰隆一声巨响，整个地基往地下陷进了七尺。这样一来，布里克鲁的露台就倾斜了一个角度，他和夫人从里面滑了出来，落在下面地沟里的猎犬当中。布里克鲁从烂泥里面爬出来，蓬头散发，怒火冲天。当他看见自己的大宅竟然倾斜了这样一个疯狂的角度，他便跑进去抗议。但是他满身烂泥，衣冠不整，谁也没认出他来，他便慷慨激昂地号叫起来。

"这真是悲惨的一天啊，我为你们阿尔斯特人准备了这么一场盛宴！"他喊道，"再看看你们对我心爱的宅子做了些什么！我给你们一个忠告：你们要么立刻把它修好，要么就滚蛋！不把它恢复秩序，吃的住的什么都没有！"

客人们听说要是房子修不好就没有酒水菜肴，就立马站起身来，对着墙又是拉来又是推，又是推来又是举，却一点用也没有。他们迫切想要继续欢宴，便打发申哈去央求库乎林让房子恢复如初。

可是这位年轻的力士现在却疲惫不堪，因为他一整天都在驯马，与玛哈灰马磨合。一大早这匹野马就从福阿德山的一个湖滨跑出，向他奔来，库乎林跳到马背上，这野马就如离弦之箭，飞驰而去，绕着整个爱尔兰撒腿狂奔，直到天黑。库乎林一直抓着它不放，它只好认了账，服服帖帖地停了下来，跟马背上的战士一样筋疲力尽了。这一场长跑下来，库乎林依然感到疲倦，但是既然申哈请求了，他站起来就想要抬起房子的地基。他试了又试，但是这大宅居然纹丝不动。这时他的战斗狂热被激发出来，只见他头皮充血，根根头发直立起来，整个脸都变了形，身体弯曲拉伸，像一张拉开的弓。他一下子就把房子抬起来了，端端正正地安放好。

这股子血性消失后，他看上去又跟平常一样了，大家便坐下来继续宴饮。

但是布里克鲁已经在战士们当中播下了不和的种子，关于头号勇士封赏的争论再次被提起。于是第二天一早，他们就出发去往西边的康诺特，让该省的统治者艾利尔和梅芙来解决这场纷争。一行人穿越爱尔兰前进，三位竞争者跑在队伍的最前面。战车将泥巴甩向天空，千百只马蹄发出滚滚惊雷般的轰鸣，一路向前传到了克鲁阿罕。梅芙在堡垒里听见了这声音，她望向湛蓝的天空，心里好生纳闷。

"天上万里无云，哪来的雷声？太奇怪了吧！"她不禁叫道。

她的女儿芬娜瓦尔走到一个视野开阔的地方，远眺原野，只见地平线上烟尘滚滚，许多战车正奔驰而来。

"母亲！"她叫道，"一辆战车正在向我们驶来，拉车的是两匹健壮的花斑马，驾车的男子扎着长长的金色辫子。他穿着一袭猩红色的布披风，手里抓着一支五齿长矛。"

梅芙紧张地抬起头来。"听起来像是'常胜将军'莱里。要是不把他安顿下来，他会把我们一个个像从田里割韭菜一样在地上砍死的。"

"他后面还跟着一辆战车，开得一样快。一对胸阔腰圆的枣红马拉着这辆车，驾车的人披着长长的鬓发，一张脸白得发亮，脸颊红润。他拿着一面盾牌和一支长矛。"

"此人是科纳尔·卡尔纳赫。如果不能平息他的怒火，他会把我们一个个像案板上的鱼一样开膛破肚的。"

"还有一辆战车呢！"芬娜瓦尔叫道，"前面拉车的是两匹骏马，一灰一黑。车身是用木头和柳条做的，安在铁轮之上。铜车架，银车辕，金座的挽具。它行驶得像野兔一样飞快。战车里的汉子肤色黝黑，尽管他看起来有些哀伤，却是我见过的最英俊的人。他穿着一件红色的金丝绣袍，裹着一件亚麻披风，披风上别着一枚沉重的金质胸扣，他的胸口在不停地起伏。一名身材精瘦、满脸雀斑的红发车夫策马向前，那位勇士则在后面的战车上操练杂技和鱼跃特技。"

"其他人不过是倾盆大雨之前的毛毛雨！"梅芙大叫道，"那个人是库乎林，人称'阿尔斯特之犬'。如果我们不能让他平静下来，他会像石磨碾碎麦子那样，把我们碾个稀巴烂。"

王后立刻让人准备好三大缸冰水，用来给三位战士的战斗狂热降温。待他们驾车来到梅芙堡垒外面的时候，大家把他们抓住并浸泡在大缸里面，直到他们的疯狂逐渐消退。

办完这件事之后，阿尔斯特的头领们便在孔诺的带领下，由艾利尔和梅芙请进克鲁阿罕堡垒，三天三夜，笙歌不辍。

艾利尔问孔诺来克鲁阿罕有何贵干，孔诺告诉他关于头号勇士封赏的争端，以及申哈认为应该由他来处置这场纠纷。艾利尔听到这话，深感不安。他知道如果他从三位如此厉害的壮士当中选了一个，另外两个就成了他的敌人。于是他便请求孔诺，给他三天三夜来考虑这个问题。孔诺同意了，把三个勇士丢在康诺特，自己则带着手下回到了阿尔斯特。

当晚，库乎林和其他两位壮士坐下来吃饭的时候，三只被施了德鲁伊魔法的猫儿被放了出来。猫儿对着战士们的食物又是挠抓又是吐口水。科纳尔和莱里吓得跳上屋梁，紧抓不放，吊在那里不下来，让猫儿吃掉了他们的食物。而库乎林却坐在原处，尽管他的剑不能伤害这些魔法动物，但是整个晚上他一直精神抖擞，岿然不动，让这些猛兽无法近身。天一亮，这些妖猫就消失了。艾利尔见此结果，就宣布说，头号勇士的封赏应该属于库乎林。科纳尔和莱里却不同意。"我们岂能同妖兽竞技？"他们说，"我们应当同人类比武。"

艾利尔为此忧虑缠身，一连三个晚上吃不下饭，睡不着觉。他正忧郁地坐在自己的房间里，背靠着墙，这时梅芙走了进来。

"你真是个胆小鬼！"她责备说，"如果你无法选择，我来选好了！莱里与科纳尔的区别，就像是青铜和白银；而科纳尔与库乎林的区别，就像是白银和黄金。"

于是她叫来莱里，给了他一个铜杯，杯底有一只银鸟。"你配得上头号勇士的封赏，这个杯子就是我们评价的信物。将它带回艾文玛哈，但是不到分发封赏的时刻，不要对任何人提到它，也不要向任何人展示。"

然后她又找来科纳尔，给了他一个银杯，杯底雕刻着一只金鸟。她告诉科纳尔，这个高脚杯是他当选头号勇士的证明，并让他发誓保密，就像她让莱里做的那样。

最后她派人到库乎林的住处，把他也给请过来。库乎林正在与洛伊格下棋，这时信使带着梅芙的邀请过来了，让他去王庭叙话。库乎林用一枚棋子猛击这个信使作为回答。于是梅芙亲自来到他的房间，用胳膊搂住他的脖子，诱哄他不要再生气了。

"梅芙，我可不吃你甜言蜜语的这一套！"库乎林气冲冲地说道。

"这可不是什么甜言蜜语，"她附在他耳边说道，"你是阿尔斯特最伟大的英雄，头号勇士的封赏毫无疑问应该归你。你的夫人应该高居爱尔兰所有贵妇之上。"

然后她从袍子里掏出一个灿烂的金杯，杯底有一只珠宝镶嵌的鸟儿。梅芙将它放在库乎林的面前。"这是我们评价的证物。"说完她就给了库乎林与先前两位如出一辙的指示。像先前两位一样，库乎林用这个杯子喝了酒，梅芙便心满意足地离开了。

第二天一早，在他们离开艾利尔的宫廷之前，三位阿尔斯特战士为克鲁阿罕的女眷们表演了各种把戏和杂耍，让她们十分开心。库乎林从五十个女子那里拿来绣花针，将它们全部抛在空中，等落下的时候，它们一个接一个插在前一个的针眼里，形成了一条光彩夺目、连续不断的链子，女眷们认为这是所有把戏中最棒的。然后阿尔斯特的三位战士就此踏上回程之路，去往艾文玛哈。

当天晚饭时候，头号勇士的封赏分割完毕，只待分配。杜弗塔赫这位资深的战士此时已经对整个事情非常不耐烦了。他对孔诺语带刁难地说："把这份犒赏分给其他的勇士吧。这三人从克鲁阿罕回来，也没有带来艾利尔的决断！"

听到这话，莱里跳起来，把那个铜杯举得高高的。"把头号勇士的封赏给我！这就是艾利尔和梅芙决断的证物！"他叫道。

"别慌！"科纳尔一边大吼，一边激动地挥舞着他的银杯，"封赏归我！我的杯子要比莱里的更贵重。"

这时，库乎林从披风的褶皱里取出那个镶嵌着珠宝的金杯，将它高高举起。"天地良心，封赏是我的才对。这才是最好的信物。"他说道。

三个人对事情的变化大怒不已，纷纷抽出宝剑。要不是申哈指出他们全都上了梅芙的当，他们又要开始打成一团了。于是头号勇士的封赏再一次被切分，由众人来分享，而不是单独分给哪一个人。

但是事情并没有就此了结，三位竞争者夺冠的斗争不断继续。三位勇士经历了很多其他的试炼和考验，以便解决这个问题。虽然每次库乎林都证明自己是最棒的，另外两人却总是不同意，他们捏造出许多借口，不让他独得犒赏。不过，到最后，事情终归还是解决了，其经过略陈如下。

一天晚上，阿尔斯特战士们参加了一场盛大的锦标赛，大家都很累了，他们离开了赛场，来到红枝大殿准备吃饭。宴会由孔诺和费古斯主持，但是排在前面的三位勇士中，只有莱里出席了。宴会即将结束的时候，黑暗来袭，一团巨大的身影出现在大殿的尽头。他是个怪兽一般的生物，穿过大殿笨拙地走来，让与会者惊骇不已。他的黄眼睛跟大锅一样大，每根手指有一个普通人的手腕那么粗。他穿着一件破旧的贴身短袍，外面罩着一件粗糙的棕色披风。他一只巨手拿着一根老树般粗重的短棒，另一只手拿着一把斧头，那斧刃异常锋利，可以吹毫断发。他蹒跚着走近炉火，向孔诺·麦克奈萨开口说话了。

"我前来此处，有命在身，"这个巨人说道，"因为我知道阿尔斯特战士有着举世闻名的英勇、高贵和宽宏大量。为了完成我的使命，我走遍了全世界，穿过了非洲、欧洲和亚洲。但是不论是在希腊、西徐亚还是西班牙，我都没有找到一个人愿意做我所要求的事情。这里会有人愿意答应我的要求吗？"

"你的要求究竟是什么？"费古斯问道。

"找到一个人，与我做一个约定，并且信守承诺。"巨人回答说。

"那应该不难吧！"大王叫道。

"比你想的要难一点，"巨人说，"因为我的要求是这样的：我在找这样一个人，他会同意在今晚砍掉我的脑袋，而我则在明天砍掉他的脑袋。"

大殿里陷入了一片死寂。

"孔诺和费古斯就算了，毕竟他们贵为君王。"巨人接着说，"但是这里在场的有没有其他人愿意与我缔结这个约定呢？"还是没有人应声。巨人叹气道："如我所料！那些要求得到头号勇士封赏的人去哪了？那些英雄当中就没有一个人肯放句话下来吗？'常胜将军'莱里在哪里？"

"我在这里！"莱里吼道，"我接受你的挑战！弯下腰来，把你的脖子放在这块垫头木上。我来砍掉你的脑袋！"

"说得轻巧！但是明晚怎么办？"

"我会来的。"莱里承诺道。

巨人弯下腰来，莱里一斧头就把他的头给砍了下来，斧头深深地插进了垫头木里。一股鲜血向地板上涌来，砍掉的脑袋腾地撞向了大墙。接下来发生的事情令大家毛骨悚然：只见那巨人又站了起来，拎起他的脑袋、斧头和垫头木，把它们搂在胸前，任由脖子里鲜血喷涌，兀自走出了大殿。

第二天晚上，天一黑巨人就回到了宴会厅。他的脑袋又回到了原位，他的手里仍旧拿着大棒、利斧和垫头木。他在屋子里瞪大眼睛，左找右找，但是怎么也找不到莱里的踪影。巨人放弃了寻找，发出一声巨大的叹息，然后再次发出挑战。这次科纳尔同意跟他立约，发誓第二天晚上一定回到大殿。说时迟那时快，科纳尔手起斧落，一下子就把巨人的脑袋从他的身上削掉了。巨人再一次捡起血淋淋的脑袋离开了。

第三天晚上，巨人又回来了，红枝大殿里人山人海，可是科纳尔却不在其中。巨人发现科纳尔竟然也不在，轻蔑地笑了。"阿尔斯特人，你们只会说大话，不比别人强一分半点！"他嘲笑道。这时他瞅见了人群中央的库乎林。"勇猛的库乎林怎么样呢？"他吼道，"他能信守约定吗？"

"我才不与你搞什么约定！"库乎林叫道，他从巨人的手里抢过斧头，用力砍掉了他的脑袋，因为力道太大，那脑袋竟被弹到天花板上去了。于是库乎林再次用力一砍，把巨人的头砍得稀巴烂。但是巨人再次起身，捧着他那被打烂的脑袋，走出了大殿。

隔天晚上，阿尔斯特所有战士齐聚红枝大殿，看库乎林会不会到场。库乎林当然在场，但是他垂头丧气，十分害怕。他不愿跟任何人讲话，而他的战友们也都很难过，殊不知他的末日竟然来得这么早，而且是以这样一种方式。突然，巨人在大殿的另一头出现了。"库乎林在哪里？"他责问道。

"我在这里。"库乎林低声回答说。

"今天晚上你没有那么多话了！"巨人说，"我看出来你吓得要死！但是至少你能够遵守诺言。"

巨人指向垫头木，库乎林双膝跪地，将头放在上面。"伸长脖子！"巨人命令道。

"麻利点杀我，不要拖时间折磨我。"库乎林恳求道。

"你的脖子对这块垫头木来说有点太短了。"

"那我就把它变得像苍鹭的脖子一样长好了！"库乎林叫道。然后他屈曲身体，抻长了脖子，直到它碰到垫头木的另一边。

所有人一动不动。巨人用双手将斧头高高举起，举得如此之高，以至撞上了屋梁。他的披风嗖嗖地扫过半空，斧头呼啸着落下，这声音在大殿里回荡，就像大风在暴风雨之夜穿过树林。

斧头向库乎林的脖子抢下来，所有人都看呆了，但是落到这位英雄脖子上的却是斧刃的钝边，而且它下落得是如此温柔，根本没有伤到他。

"站起来吧，库乎林，"巨人说，"你就是阿尔斯特的头号勇士。没有人比你更加勇敢、诚实和值得尊敬。从现在开始你第一的位置将无人质疑。头号勇士的封赏应该奉献于你，你的夫人应该在宴会厅里占据首位。我是库里，我按照本族的誓言在此起誓，谁要是对此还有异议，我就一定让他小命不保。"说完这句话，巨人就消失了。

孔拉之死

库乎林亲手杀死了自己唯一的儿子，现将其经过略陈如下。

当他离开苏格兰回到阿尔斯特，回到艾娃身边的时候，他没有带上儿子，因为那时伊菲还在待产。库乎林给了这位女战士一枚金扳指，并告诉她要如何处置她即将为他生下的这个孩子。

"我们的孩子叫作孔拉，"他说，"他长大以后，送他到斯凯岛的斯卡哈赫那里练习武艺，操练兵器。等到他正好能戴上这枚扳指，就打发他来找我。他不许对任何人屈服，他也不能将自己的名字告诉任何人，他也不能拒绝任何人的单挑。只有在他败给另外一名战士的时候，他才能透露自己的名字。"然后库乎林就告别了伊菲，回到了斯卡哈赫的营地修养了一阵，之后就回阿尔斯特去了。

七年之后，孔拉到爱尔兰寻找他的父亲。库乎林正和孔诺·麦克奈萨及其他阿尔斯特战士在特拉克特艾西聚会。他们突然看到一条青铜的小船，飞动着金色的船桨，朝他们划过来。里面站着一个小男孩，他一边在水面滑行，一边用弹弓和石子射击着小船周围的海鸟。他能够瞄准一只鸟，将它活着打下来，掉落在他的脚边。然后他就把鸟唤醒，将它放归天空。他会转而用极高的音调，发出尖厉的叫声，这样鸟儿会再一次被这声音震昏掉下来，而他呢，则会再一次把鸟儿唤醒。

"哎呀，"孔诺说，"我同情那个他即将要去的地方！我畏惧他的家乡，如果一个小孩都能有这样的身手，当地的成年人恐怕要把我们都碾成齑粉了吧！你们谁过去会会这个孩子。无论如何，不要让他在这里登陆！"

没有一个人动弹，不过最后还是有人开口了："谁该去会会他呢？"

"除了孔迪拉，还有谁？"大王说。

"为什么要孔迪拉去？"其他人问道。

"因为他通情达理，而且善于说服别人。"孔诺回答说。

"我去。"孔迪拉说。

孔迪拉到了水边，正好男孩的小艇刚刚碰到沙滩。他放下金色的船桨，正要从船里跳出来。

"别再过来了，小伙子，"孔迪拉说，"先告诉我你的名字和你的去向。"

"我不会向任何人透露自己的名字，"男孩说，"而且我不会屈服于任何人。"

"先告诉我你的名字和去向，否则休想踏上此岛半步！"孔迪拉威胁道。

"我要去哪里就去哪里。"男孩说道，同时准备通过。

"小心点，我的孩子，"孔迪拉坚持说，"请顺从我的话，按照我问的来回答，阿尔斯特人就会欢迎你。这里聚集着红枝战士团最伟大的英雄们：大王孔诺·麦克奈萨，睿智的法官申哈，诗人阿梅尔津，阿尔斯特勇士的教头科纳尔·卡尔纳赫。他们看到了你娴熟的武艺，非常钦佩，尽管你年纪尚小，连胡子都没长出来。"

"您的一番雄辩让我深感荣幸，对此我做出答复，"孔拉说，"让开。谁也不能挡我的路，我不拒绝任何决斗。只有在单挑时被打败，我才会说出我的名字。不过就算你有百夫之勇，你也无法阻止我。"

"我不会阻止你。但是别人会。"孔迪拉说。于是他回到孔诺和其他壮士那里，告诉他们这孩子说的话。

"只要我还在，谁也不能轻视阿尔斯特的荣耀！"科纳尔·卡尔纳赫吼叫道，"我忍受不了！"他大步流星前去与这孩子会面。"你的游戏玩得非常好，小朋友。"他说。

"没错！"说话间，只见男孩掏出一粒石子放在弹弓中，向天空射了出去。它飞了上去，发出雷鸣一般的声音，这噪音的力量直接将科纳尔掼倒在地。还没等他站起来，男孩就用他盾牌的皮带，将这战士的胳膊给捆了起来。

科纳尔又羞又恼，喊其他人过来打败这个男孩。而孔拉则站在海岸上，对着这个满脸羞愧的汉子哈哈大笑。

库乎林正与妻子艾娃站在海滨，他把这一切看在了眼里。他终于忍无可忍，动身朝这男孩走来，边走边操练着斯卡哈赫教给他的功夫。艾娃将双臂环过丈夫的脖子，想要阻止他。

"不要过去，"她恳求道，"沙滩上那个是你的亲儿子。不要靠近他，或者向他发出挑战。如果你要杀死自己的骨肉，那就真是一场悲剧了。回来，库乎林！听我的劝！求求你了，听我的吧！当那个孩子说出自己名字的时候，我知道会是什么：一定是孔拉，他是你的独子，也是伊菲的独子。"

"放开我，艾娃！"库乎林说道，"现在谁也阻止不了我。即使他是我的亲儿子，我也要杀掉他，因为他竟敢嘲笑阿尔斯特人。"他走向那个孩子，说道："你在这儿耍得不赖嘛，小兄弟！"

"我的确耍得不赖，不过你们却不太行哟。"男孩回答说，"我已经和你们两个人交过手了，我还没有输，没有说出我的名字。"

"告诉我你的名字，不然我就杀了你。"

"好啊，放马过来呀！"男孩说着，便拔出了剑。库乎林也迅速拔剑，两人便开始搏斗。男孩刺出极为精准的一剑，将库乎林的头发削去一些，却并没有见血。

"你的把戏到此为止！"库乎林叫道，"现在我们来摔跤吧！"

"摔跤！"小孩吼道，"我连你的裤腰带都还摸不到呢！"

于是他爬到两根石柱之上，将库乎林平地举起，插到石柱之间。他使出了如此之大的力气，以至于双脚都陷进了自己所站立的石柱里，深及脚踝。直到今天，他的足迹还留在特拉克特艾西，意思就是"足迹之滨"。

当库乎林从石柱间挣脱出来，他们又追赶着跑到海里，在水浪之间打斗。男孩两次将库乎林按到水下，库乎林差点就淹死了。接着，库乎林的战斗狂热爆发了，他用脚勾起他的致命武器盖布尔加，穿过水波射向那个孩子。标枪插进了男孩的身体，它的倒刺露了出来，海浪也被鲜血染红了。

"斯卡哈赫还真没教过我这一招！"男孩说，"你把我杀死了！"

"是啊。"库乎林说着，弯腰到水里，用双臂抱起了这个孩子。这时他看到自己的金扳指正套在孔拉的手上。他抱着孩子，来到孔诺和阿尔斯特战士们站立的地方，把他放在他们跟前的地面上。"这是我的儿子，献给你们，阿尔斯特的战士们。"他说。

"你的亲儿子？"他们惊惧万分地叫道，"不，不！这不可能！"

"这是真的！"孩子奄奄一息地说道，"我名叫孔拉。如果让我跟你们待上哪怕五年，我就会助你们征服天下。孔诺，凭借我的武艺，你将会开疆拓土，远达罗马。但是既然结局如此，就请将周围站立的好汉们一一告知，我好跟他们道一声永别。"

阿尔斯特的英雄们一个接一个地跪下，孔拉拥抱了他们。最后，库乎林满怀着悲伤和悔恨，跪倒在儿子的身旁，孔拉就这样死在了他的臂弯里。阿尔斯特壮士们为库乎林和孔拉唱起了哀歌。接着，他们为孩子搭建了一座坟墓，还在上面竖起了一块石碑。所有的阿尔斯特人都在悼念这场悲剧。整整三天，没有人敢靠近库乎林，他的绝望委实可怕，以至于在这段时间里，人们甚至不敢让小牛靠近母牛来喝奶。

阿尔斯特之恸黛尔德露

有一天，阿尔斯特王孔诺·麦克奈萨来到诗人菲利米德的家中做客，菲利米德的妻子准备了一场丰盛的宴会。他们举杯畅饮，大厅里回荡着歌舞的喧嚣。

菲利米德的妻子照看着宴会，整个晚上在客人之间穿梭不息，直到最后他们开始逐渐睡去，她才走向自己的住处。因为她已身怀六甲，因此她脚步十分沉重。当她来到房子中间的时候，孩子在她子宫里发出了一声尖叫。叫声特别大，把所有人都惊醒了。战士们抄起武器就冲向主厅，去查看究竟是什么东西发出了这么恐怖的叫声。没有人猜到是什么缘故，直到菲利米德从妻子的寝室过来，告诉大家，尖叫的是他尚未出生的孩子。

"把你的妻子请来，让她告诉我们她对这件奇怪的事情是怎么看的。"这帮人说。

菲利米德的妻子来到战士们跟前，心烦意乱，十分害怕。

"是什么让我们还没有出生的孩子发出尖叫了呢？"菲利米德问道，"听到这个声音，我的心脏都快停止了，它太过尖厉，而且充满了寓意。"

他的妻子不知道该如何作答。对从她身体里发出来的这个声音，她自己也感到十分害怕。"没有哪个女人知道自己的子宫里睡着的是怎样的孩子。"她这样告诉丈夫。

于是她惊惧不安地转过身来，转向德鲁伊教士卡瑟瓦思，请求他来告诉自己这件怪事的缘由："卡瑟瓦思，你是一个睿智宽厚的人，而且你能预知未来，请告诉我，我子宫里的小孩是怎样的一个人。"

法师回答说："在你子宫里尖叫的这个婴儿是一个小女孩。她会有一双大眼睛，长而浓密的金发，雪白的脸蛋白里透红，她长大后会成为一位美丽的女子。她的红唇堪比草莓，她的牙齿赛过编贝。大地的滋养让她修长挺拔。她会让后妃们嫉妒，让君王们无法自持。"

接着法师将手放在她的肚子上，子宫里的宝宝在他的手底下踢打着。"是的，里面是一个女儿。她将叫作黛尔德露，阿尔斯特将会因她而承受巨大的哀恸。"

菲利米德的妻子在这件事发生后不久，就诞下了一名女婴。卡瑟瓦思将她抱在怀中，对她做了如下的预言：

"菲利米德美丽的女儿，啊！带来哀恸的黛尔德露，你会被女人羡慕，你的一生将给阿尔斯特带来战火。啊！标致的女孩儿，你像火苗一样明艳，你美丽的脸庞将在男人心里激起妒意，让乌什纳的三个儿子被迫流亡。因为你的美而横行的暴力，将毁灭一位王子。强大的阿尔斯特王将会目睹一桩残暴而可怕的罪行。你的坟茔将会是一座孤独的土堆，你的故事则会永世流传！"

"杀死这个孩子，"战士们叫道，"这样阿尔斯特就不会遭罪了！"

但是孔诺·麦克奈萨举起了手。"不,"他说,"我会带走这个孩子,我会把她交给我信任的人来抚育,等她长大,让她做我的王妃。"

大王的决定并不能令众人满意,但是他们不敢与大王争辩。

于是黛尔德露就依孔诺之意养育着,她一天天变得愈加美丽,最后超过了爱尔兰所有的女人。孔诺为她单独修筑了一座堡垒,这样阿尔斯特的头领们就见不到她,就不会对她产生非分之想了。除了大王孔诺,她的养父是唯一见识过她的美丽的人。一位叫作莱沃罕的诗人与她待在一起,充当她的保姆和教师,这位诗人是个气场强大的女人,她要是发起脾气来,连大王都会害怕三分。

一个冬日,黛尔德露的养父正在给小牛剥皮,备好牛肉以便做饭,鲜血在雪地上漫开。正当黛尔德露从窗户上观看的时候,一只渡鸦俯冲下来,呷了一口这血。

黛尔德露转向她的保姆,说道:"快看,莱沃罕,要是有那样一个男人,头发像渡鸦一样漆黑,皮肤像雪一样洁白,两颊像鲜血一样绯红,我一定会爱上他的!"

莱沃罕回答说:"好吧,你撞大运了,黛尔德露。越过这个围墙,在离这里不远的艾文玛哈,就有这样一个男子,他叫尼谢,是乌什纳的一个儿子。这三兄弟都是艺高胆大的战士,如果他们三人背靠背,就可以抵挡住阿尔斯特所有的战士。他们健步如飞,能跑过野兽,还能像猎犬一样扑倒奔鹿。他们一起唱歌的时候,歌声令人陶醉,听歌的男男女女都会放松和沉静下来,奶牛的产奶量也会增加三分之二。他们分别叫作奥尔东、安雷和尼谢,而尼谢是三人中最强壮、最英俊的。"

"你要说的是真话,"黛尔德露说,"见不着他,我可是一天都不会安生的。"

不久之后,冰雪消融,春回大地,黛尔德露听到了从城墙上传来的美妙歌声。她偷跑出来,因为她知道一定是尼谢在唱歌。她路过这个小伙子时,并没有向他瞅一眼,但是尼谢却看到了她,并被她的美丽震撼了,他的歌声也戛然而止。他望着黛尔德露,但是她却走了过去,好像尼谢根本不存在似的。他大声喊起来,好叫她能听见:"打我眼前走过的这头小母牛还真不赖啊!"

"没有公牛在旁边,小母牛们一准都不赖!"黛尔德露反唇相讥。

"你拥有牛群里的首选,"尼谢意识到这位美丽的少女一定是黛尔德露,"孔诺大王属于你!"

于是,黛尔德露转过身,盯着尼谢说:"如果我能在一头像你这样不赖的小公牛和一头像孔诺那样的老公牛之间做选择,我是更愿意选你的!"

"但是你没办法选我,"尼谢说,"你已经许给了大王。不要忘记卡瑟瓦思对你的预言。"

"你是要拒绝我吗?"黛尔德露对他喊道。

"是啊!"尼谢回答说。

黛尔德露突然一阵冲动,冲到尼谢跟前,摸着他的双耳,把他的脑袋捧在两手之间。"你要是不肯带我一起走,"她叫道,"就让嘲笑和耻辱落在这个脑袋上吧!"

尼谢畏惧孔诺·麦克奈萨的怒火,想要从她执拗的搂抱当中挣脱出来。"快走开,黛尔德露!"他对她喊道,"快放开我吧!"

"太晚了。现在你战士的荣耀已经成为赌注。你必须跟我一起了。"黛尔德露一边说，一边搂得更紧了。

尼谢开始大声哼唱起预示危险的战歌，堡垒里的阿尔斯特战士们听到这声音，便抓起武器准备应战。奥尔东和安雷跑到兄弟身边去制止他的吟唱。

"你在干什么？"他们对他喊道，"你是要让这个地方毁灭吗？"

于是尼谢告诉他们关于黛尔德露的事情，还有她对他说的话，以及她是如何在他身上立下一个神圣的戒誓（这是爱尔兰最庄严的誓约）——要么带她走，要么就会失去战士的荣耀。

"我们全都会因之而毁灭的。"他们回应说，"但是只要我们还活着，我们就不能让你蒙羞。我们将一起离开，带着黛尔德露去另一片领地，让孔诺无法找到我们。"

三兄弟聚集了一帮战士，多达一百五十多人，并带上同样数量的女人、仆人和狗，天一黑，就和黛尔德露一道，从阿尔斯特省逃走了，他们要远离孔诺大王的怒火。还好有别的大王收留他们，有一段时间，他们在爱尔兰四处辗转，接受不同大王的庇护，但是始终摆脱不了孔诺手下人的袭扰。他们接二连三遭到伏击，陷入险境，最终忍无可忍，离开爱尔兰去了苏格兰。

他们在荒山野谷支起帐篷，靠捕猎为生。隆冬来临，猎物稀少，他们便盗窃牛群作为食物。他们的攘牛之举在当地激起了群愤，一大群人聚集起来，向着尼谢的营地进发，想要杀死他和他的同伙。

乌什纳的三个儿子看到这些人不断逼近，就逃到苏格兰国王那里寻求庇护，提出他们愿意为他而战，以交换食物和住所。国王很高兴有这么强大的战士为他效力，便愉快地将他们纳入了自己的麾下。

三兄弟在营地把房子建成了一个圆圈，他们记起了卡瑟瓦思的警告，便为黛尔德露在正中间修建了一间密室，这样谁都见不到她。他们都很担心，她绝世的美貌会招来血光之灾。

但是国王的总管有一天起得很早，偷偷来到这三兄弟的营地。他发现了黛尔德露的藏身处，看到了尼谢和黛尔德露在睡觉。就像其他见过这女子的人一样，他被她的美丽震住了，便兴高采烈地去告诉国王。

"直到今天，我们还没有发现任何人配得上做您的王后。"他对刚睡醒的国王说，"然而就在刚才，我知道了这么一个女子，做得了全世界当之无愧的王后！她和尼谢住在一间密室里。趁尼谢还在睡觉，把他干掉，让这个女子成为您的王后吧！"

"这我可做不出，"国王说，"我们还是试试别的办法吧。每天尼谢出去之后，就偷偷去到这个女人的房间，告诉她苏格兰国王爱着她。请她离开尼谢，来到我身边，成为我的妻子。"

于是这位总管就照着国王说的去办。每天他秘密地替国王追求黛尔德露，每晚黛尔德露就把白天发生的事情全部告诉尼谢。

于是这个计划就失败了，国王开始尝试另一个方案。他为三兄弟安排了凶多吉少的任务。他派他们前往战斗的最前线，给他们设置陷阱以便杀死他们，但是由于他们艺高胆大，三兄弟总是能逢凶化吉，在各个危急关头顺利脱身。最后黛尔德露收到了国王的最后通牒，她必须自愿到国王身边去，否则国王就要用武力夺走她，并且杀死这三兄弟。

当天晚上，黛尔德露警告尼谢会有危险，催促他逃走。"如果你等到第二天，"她告诉他，"日落之前，你就会死。我不想离开苏格兰，我喜欢这里的湖泊和高山，喜欢那些紫色的峡谷。它已经成了我安恬自在的家园，但是我们必须逃走！"

当他们登上船只逃难的时候，黛尔德露回望她已经深爱的这片土地，开始唱歌来赞美苏格兰的山川。当船只离开海岸，她将这里的山丘、翠谷、湖泊和海湾一一命名，哀叹着她的离别，回忆着她和尼谢在这里度过的美好时光。

黛尔德露和乌什纳的三个儿子再一次成为难民。他们同追随者一道偷偷地藏身于一座遥远的海岛上，在那里可以将爱尔兰和苏格兰同时收入眼底。

消息传到艾文玛哈，红枝战士们得知黛尔德露和尼谢已经离开苏格兰，到了那座岛上，就去找孔诺，把三兄弟的事情向他提出来。"这是黛尔德露搞出来的，跟他们无关。"他们告诉大王，"如果因为一个一根筋的女人，他们就被敌人杀死在陌生的土地上，那可真是场悲剧。您应该原谅他们，允许他们安然无恙地回到这里。"

"那就让他们回来吧。"大王说，"告诉他们，我会派人去保护他们的安全。"

这些逃亡者收到消息后非常高兴，他们终于有望回到故乡，回到伙伴们中间。他们向孔诺回信，感谢他的宽恕。他们请求阿尔斯特最负盛名的三位冠军力士——费古斯、杜弗塔赫和大王的儿子科马克来保护他们的安全。国王同意了。

但是大王私底下依然希望夺回黛尔德露，于是他给乌什纳的儿子们设下了陷阱。

他给费古斯下了命令，要确保黛尔德露和三兄弟以及整支队伍一到爱尔兰，就直接来到艾文玛哈。他指示说，在同他本人宴饮之前，他们在任何地方都要滴米不沾，滴水不进。然后他命令博拉赫，以费古斯的名义准备一场丰盛的宴会，因为这位头领的堡垒就在通往艾文玛哈的半道上。"他不会拒绝你的邀请。拿他的戒誓提醒他。"孔诺之所以这样建议博拉赫，是因为他知道费古斯有一个誓约，他哪怕死也不能拒绝参与以他的名义举办的宴会。于是博拉赫依计而行，当费古斯到达这座堡垒时，便邀请他来参加宴会，并且拿他的戒誓来提醒他。费古斯听博拉赫说完，气得脸都白了。"你没有权利让我在我的命运和我的荣耀之间做出选择！"他叫道，"这个选择太过残酷！我已经发誓要保护黛尔德露、尼谢和他们的侍从一路不停地赶往艾文玛哈，但是我不能拒绝你的邀请，虽然这根本就是多此一举！"

　　听说费古斯要参加博拉赫的宴会，尼谢和黛尔德露感到十分惊慌，因为没有了费古斯，他们就得自行前往孔诺的堡垒了。

　　"你要为了一顿饭，不管我们了吗？"他们挖苦道。

　　"我不是放弃你们，"费古斯说，"我会让我的儿子菲亚哈一路跟随，保障你们安全行进。"

　　于是黛尔德露和乌什纳的三个儿子由菲亚哈护送，出发前往艾文玛哈，而费古斯、科马克和杜弗塔赫则前去博拉赫家赴宴。

　　当一行人到达大王的堡垒时，已经有另一拨来客与孔诺在一起了。来者是芬玛格大王的儿子欧文。芬玛格本是孔诺的宿敌，欧文是代表父亲来向阿尔斯特王求和的。孔诺看到机会来了，便接受了他的提议，条件是他要杀死乌什纳的三个儿子。

黛尔德露和三兄弟终于站到了艾文玛哈堡垒中央的绿地之上。王庭里的家眷们都跑出来，坐在城墙顶上看热闹。孔诺雇来的保镖将他围成一圈。芬玛格之子欧文开始向乌什纳的三个儿子走去，而费古斯之子菲亚哈感觉到了凶险，便走上前去站在了尼谢的身旁。

　　眼见欧文走近，尼谢便上前打招呼。欧文二话不说，拔剑就刺穿了他的身体，砍断了他的脊柱。尼谢倒下之际，菲亚哈抓住了他的胳膊，将他拉倒，并用自己的身体作为盾牌保护尼谢，但是欧文将他们两人都杀死了。他是刺穿了菲亚哈的身体再杀死尼谢的。然后孔诺的雇佣兵将安雷和奥尔东以及他们的手下团团围住，像捕猎野兔一样将他们从绿地的一边赶到另一边，全数赶尽杀绝。

　　黛尔德露也被抓住，双手反绑，被交到孔诺跟前。

　　这时费古斯已经在赶来艾文玛哈的路上，半道上他听说自己的儿子和乌什纳的儿子都被杀死了。孔诺的背信弃义让他震怒。他和另外两位战士——杜弗塔赫和科马克都承诺过为尼谢一路保驾护航，他们迅速召集了军队，向艾文玛哈发动突袭。在这场突袭中，成百上千的孔诺的士兵死掉了，费古斯还放火烧了孔诺的堡垒。

　　随后费古斯逃到康诺特，去找艾利尔和梅芙，他们是该省的大王和王后，费古斯知道他们会为他提供庇护。费古斯带来了自己的一大帮士兵，这些流亡者不断袭扰艾文玛哈。为乌什纳之子复仇的战斗持续了整整十六年，在孔诺·麦克奈萨的领地上，痛苦和杀戮每晚轮番上演。

　　尼谢死后，黛尔德露在孔诺的家中关了一年。在这段时间里，黛尔德露一次也没有张嘴笑过。她寝食难安，气息奄奄。她蜷缩在自己的房间里，把头埋在膝盖里，从不抬起。孔诺带来乐师为她演奏，她也根本不听。她反倒自己吟唱起诗歌，悼念尼谢的逝去。当大王想要安慰她，她就怒斥他谋杀了尼谢，对大王的示爱反唇相讥。

孔诺对她的拒绝和蔑视越来越怒火中烧。"黛尔德露，在世间万物当中，你最恨什么？"有一天他问她。

"我恨的是你，孔诺，我也恨欧文，是他杀死了尼谢。"黛尔德露回答说。

"如果是这样的话，"孔诺说，"你可以同他一起过一年！"于是他将这姑娘交给了欧文。

第二天，这三人骑马去艾文玛哈的集市。黛尔德露在欧文的战车中，与孔诺并排坐着，前面是欧文。黛尔德露无法忍受待在两个摧残她的人之间，她发誓不会同时看到两人，于是她垂下头，盯着地面。

"喂，黛尔德露，"孔诺奚落道，"你看你现在可以好好看看我俩了，就像一头母羊夹在两只公羊之间！"

大王正说着这么一番嘲弄的话，马车飞奔着路过一块巨石。黛尔德露听到这番话，一斜身子就栽出了马车，一头撞在那块巨石上，死了。

渡口决胜记

梅芙是康诺特骄傲而执拗的王后，她的丈夫叫作艾利尔。一天晚上，他们躺在床上，枕边私语逐渐转向了各自的财富。他们开始争论谁更富有。他们比较了各自的领地、住宅、家具、贵重器皿、珠宝、服饰、羊群和牛群。经过一番比较和衡量，所有这些都不相上下，只有一点不同：在艾利尔的牛群里有一头壮美的公牛名曰"白角"，而梅芙手底下却没有这样的好牛。她听说一个叫作多拉的阿尔斯特头领那里有一头像白角一样强壮威武的好牛，就下定决心要将它弄回克鲁阿罕，同她自己的牛儿一起吃草。于是她派出信使到阿尔斯特，想要与多拉协商，将这头名为"库利棕牛"的公牛据为己有。但是多拉不愿意放弃自己的牛，外交努力就这样失败了。梅芙决定向阿尔斯特发动一场袭击，用武力夺走这头牛。她召集爱尔兰其他地方的大王们来助她攻打这个省份，从伦斯特和芒斯特赶来的军队与她会师康诺特。费古斯·麦克罗伊这位厉害的红枝战士也站在梅芙一边。尽管他是阿尔斯特人，但是由于黛尔德露和乌什纳的三个儿子遭到了孔诺·麦克奈萨的虐待和背叛，他已经成了后者的敌人。

　　爱尔兰联军在克鲁阿罕集结，准备进军阿尔斯特，为梅芙抢夺库利棕牛。王后本人亲自指挥军队，费古斯则因为了解这片领土和通向阿尔斯特的道路，被选作向导和侦察兵统领。梅芙一直等待，直到玛哈的诅咒落到红枝战士们身上，他们一个个都被生产的剧痛所折磨，像婴儿和产妇般束手无策地躺在地上的时候，她才开始发动对阿尔斯特的袭击。

但是有一位阿尔斯特战士却不受这一弱点的影响，那就是库乎林。因为他的父亲是达努神族的大王卢乌，玛哈的诅咒对他不起作用。在梅芙的大军发起夺牛之役的时候，库乎林还只有十七岁，但他已经是红枝战士中最出类拔萃的了。早在童年时代，他的勇猛就名闻遐迩。后来，青年库乎林去苏格兰进修，从斯凯岛强悍的女战士斯卡哈赫那里习得了独门武艺。职此之由，库乎林就要以一己之力守卫阿尔斯特省了。整整三个月，他单枪匹马地不断袭扰爱尔兰联军，等待着孔诺·麦克奈萨和红枝战士们从玛哈之咒带来的剧痛中得到解放。

梅芙派探子进入阿尔斯特偷袭，库乎林就尾随其后，将其一一斩首。梅芙遣重兵来对付他，他就迎头痛击，一天杀敌一百。当她派出最强的冠军力士来到渡口与库乎林单挑，他就把这些人一个不落地全干掉了。

鉴于已有太多的冠军力士死在库乎林手上，爱尔兰联军便开会讨论，接下来该派谁来与其决斗。他们一致同意，达蒙之子费林一道，在斯卡哈赫的营地操练过各种兵器，他也了解同样的独门绝技。他们在战斗中旗鼓相当，不分伯仲，只有一点不同，那就是库乎林拥有盖布尔加，那是斯卡哈赫送给他的致命武器。这支标枪是用脚抛掷的，而且百发百中。当它的目标进入射程之后，它就会张开三十根钉齿，插入敌人的整个身体，将其血肉挠扯得皮开肉绽。扎进去之后它是拔不下来的，只有将受害者的身体切开才能取出。尽管费迪亚没有像盖布尔加这样的武器，他却有一身特别的角状皮衣，刀枪不入，足以防身。

梅芙派信使去费迪亚的营地找到他，请他过来与她和她的将领们会面。但是费迪亚并不想与库乎林对决。他和库乎林是战友，他们曾在危急关头保护过对方，彼此像兄弟般友爱。他们曾义结金兰，这可是各种关系中最铁的。尽管费迪亚一遍又一遍地收到消息，可他就是拒绝去见梅芙，因为他知道她想要他去做什么。于是梅芙派出了她的德鲁伊教士和诗人，去讥讽他，责骂他，还用咒语和讽刺诗羞辱他。最后费迪亚终于同意随他们一起去见梅芙和艾利尔，因为他宁可光荣英勇地战死，也不愿沦为讽刺诗人嘲弄侮辱的对象。

他来到军帐，大王和王后热情相迎。他们为他召开盛大的宴会，爱尔兰联军统帅悉数到场。梅芙和艾利尔美丽的女儿——金发公主芬娜瓦尔就坐在费迪亚的身旁，向他的高脚杯里源源不断地添酒，每斟一杯就亲他一口。她在他耳旁私语，说他是她的心肝宝贝，是世间所有男子中的命中之选，是她唯一钟情之人。

能得到可爱的公主垂青，费迪亚受宠若惊，他很开心能成为座上贵宾。他很快就喝醉了，乐陶陶的，忘记了他是为何被召来王宫。这时梅芙开口了。

"你知道我为什么请你来吗，费迪亚？"她问道。

"我以为我之所以过来，是因为所有的冠军力士都在场，"费迪亚回答说，"而我跟他们一样优秀！"

154

"我们知道，你是我们最最优秀的勇士！"梅芙说，"所以呢，我们选了你去与库乎林对决。"

听到这话，费迪亚的欢乐像沟渠里的冰雪一样消融了。他告诉梅芙他是不会去和自己的好友决斗的。梅芙一再施压，要他去会会库乎林，可他就是不愿意。于是她便开出了巨大的奖励。

"如果你肯到渡口与库乎林作战，你可以拥有无价的战车、最快的宝马，拿到够十几个人用的鞍鞯辔头。"梅芙许诺道。费迪亚拒绝了。

"我会在康诺特给你一片穆尔海弗纳原野那么大的土地，"梅芙说，"你和你的家人可以在我的克鲁阿罕宫廷里生活一辈子，不交税，享佳肴，饮琼浆！请答应我收下这件东西，"她一边说，一边从自己的披风上解下一枚叶子状的胸针，"来摸摸有多重，看看有多美！它是纯金打造的！"

但是费迪亚坚持拒绝与库乎林作战。

"如果你去渡口，我愿意把芬娜瓦尔嫁给你，让我的女儿做你的妻子，"梅芙恳求道，"你还能得到我本人一辈子的爱。你是一位伟大的战士，你可以予取予求，只有你才是库乎林的对手。"

"梅芙，你有权有势，能说会道，但是我不会接受你的贿赂。即使你给我太阳和月亮，我也不会到渡口与库乎林对决的。我们的会面只能是一场灾难。他是一位伟大的战士，尽管我们训练和战斗都在一起，但他比我还要强大。他是'阿尔斯特之犬'，一位凶悍的战士，我宁可与两百个人肉搏，也不愿意同他对战。如果我们会面，不是他死，就是我亡。如果我的结义兄弟死在我的手上，我会回来杀掉你，梅芙，还有你所有的手下！"

但是梅芙最擅长挑事儿，她玩起了另一手。她不理睬费迪亚的叫喊，转过去对着大家喊道："库乎林说的还真是对啊！"

"库乎林说了什么话？"费迪亚怒气冲冲地问道。

"他说无论何时何地，只要你俩相遇对决，对他来说，胜你都不过是家常便饭。"

"他有什么权利那么说！"费迪亚破口大骂，"他很了解我，知道我是优秀的战士，而且我根本不怕对决，也从没有畏惧过对决。换作我是不会这样贬低他的。明天一早，为了我的名声，我将走在最前面，我会当着所有人的面迎战库乎林！"

一听费迪亚喊出这句承诺，梅芙可高兴坏了。所有其他在场的战士都成了见证人。

"我知道你绝不是胆小鬼，"她说道，"你一定会赢的。你就像库乎林一样，把对国家的忠诚放在友情之上，这才是对的。"

在目睹这一切的爱尔兰联军将士中，费古斯·麦克罗伊赫然在列。这位红枝战士团的首领在为乌什纳之子报仇雪恨之后，就从艾文玛哈逃走，与梅芙联手了。费古斯是库乎林的养父之一，他与库乎林情同父子。看到梅芙成功诱骗了费迪亚到渡口与库乎林对决，他非常沮丧，当场离开，回到自己的营地，告诉他的战友，他很为库乎林担忧。因为他知道费迪亚在武艺方面与库乎林不相上下，而且他也知道在梅芙的谎言和奚落之下，费迪亚现在非常渴望作战。

"快去告诉库乎林，明天早上大祸临头了。"他告诉自己的信使，"告诉他，他那结义兄弟将前来迎战。劝他明天一早不要来渡口！"

"费古斯，即使你本人在渡口，我们也害怕靠近库乎林，给他传递这样一条消息！"信使们抗议说。

"那好，我自己来做这件事吧。"费古斯说，"备好车马！"

费古斯拿起他那面巨大的曲面盾牌，抓起他银色的长矛和插在雕花银鞘中的宝剑，登上了华丽的战车。待他来到河边，他的红铜战车和闪亮的兵器在夕照下光华四射。库乎林的车夫和心腹洛伊格看见远处的亮光，便告诉库乎林，有一位金光灿灿的战士正在逼近。

"不难猜到是谁来了。"库乎林说，"不是别人，肯定是费古斯，我的结义兄弟，他此行前来，是警告我不要与整个爱尔兰联军对抗！"

到了渡口，费古斯便从车上下来，库乎林上前迎接。

"欢迎你，我的朋友费古斯！如果我做得到，我会给你准备一场英雄的盛宴，给你端上鱼和水鸟，献上用水芹和海藻做成的沙拉，还有凉水作为饮料。"

"那是亡命之徒才吃的东西！"费古斯说道。

"的确如此，"库乎林说道，"我现在已经变成亡命之徒了。"

"我不是来接受你的热情款待的，"费古斯说道，"我是来告诉你明天早上过来迎战你的人是谁。"

"告诉我，他是谁？"库乎林问道。

"听好了，"费古斯说，"正是你的朋友费迪亚，他会来渡口迎战。来者正是你的结义兄弟、你的战友，勇气和武艺都与你不相上下的那个人。"

"毫无疑问，这还真是一场我惧怕的对战，"库乎林喊道，"不是因为我怕费迪亚，而是因为我爱他。我宁可他杀死我，而不是我杀掉他！"

"正是如此，你才要小心呀！你应该怕他，理由很充分。他是到目前为止你在此役中所遭遇的最强大的战士，也是所有你将面对的战士中最厉害的一位。他同你一样武艺高强。而且他还有角状皮衣护身，作战时刀枪不入。他现在凶猛如雄狮，会像涨潮时的大浪一样将你压倒！"

"可别这么说！"库乎林说，"我要以我的部落，我在这个渡口保卫的人民发誓，我会将他击败，把他像河水泡软的灯芯草一样刺穿。这几个月，我单枪匹马，已经抵挡了爱尔兰四省的侵袭，一次也没有退缩。我向你保证，这次我同样也不会后退！"

"我衷心希望结果如此。"费古斯说，"尽管因为孔诺的背信弃义，我加入了梅芙的部队，但是我还是希望你能赢，库乎林，然而这场战斗一定会十分艰难！"

库乎林拥抱了费古斯，感谢他前来预警。随后，费古斯便回到了梅芙的营地。费古斯离开后，洛伊格转向库乎林。

"今晚你打算做什么？"他问库乎林。

"你说做什么！"库乎林说。

"我来告诉你，"洛伊格说，"明天费迪亚会到渡口来向你发起进攻。他必定已沐浴更衣，养精蓄锐，扎好头发，装束整齐，一大堆梅芙的手下会跟着他来压阵。你应该回到你的妻子艾娃那里去，让她帮你备战，这样明天你就可以像费迪亚一样洗刷一新，有备而来。"

库乎林听从了洛伊格的劝告，回到艾娃身边度过这一晚。

费迪亚这边呢，在他冷静下来之后，他就离开了宴会，回到他的营帐，将他如何承诺第二天一早对战库乎林的经过告诉了他的伙伴，并向他们展示了他得到的回报。他的朋友们听到这个消息都很沮丧。他们知道，两位爱尔兰最强的勇士狭路相逢，必有一死，甚至两人都会阵亡。在过去的几个月里，他们已经见证了库乎林令人胆寒的战绩，他们心里都很担心，费迪亚可能就是下一个倒下的人。"

费迪亚从宴会上退下来还半醉未醒，前半夜他一直沉睡，但是想到自己的承诺和等待他的战斗，他便焦虑和恐惧起来，一大早就醒了。他很担心，等他与库乎林对决之后，不管结果如何，他都会性命不保。他的车夫也同样害怕，他劝说费迪亚不要去渡口迎战。

"不要再说了！"费迪亚怒斥道，"我在所有爱尔兰战士跟前发了誓，我是一定会与库乎林作战的，我必须信守承诺。说句实话，我几乎宁可他杀死我，而不是我杀掉他！"

接着费迪亚设法描述了一番自己将如何在战斗中战胜库乎林，以此安慰和鼓励自己的车夫，随后两人一起奔赴渡口。

当他们赶到渡口的时候，天还没有亮，费迪亚就想再睡一下。"在车里给我铺个床，"他说，"我要再睡个回笼觉，因为昨天晚上喝多了一点。"于是仆人将马轭解下，给主人铺了床，费迪亚半梦半醒地一直睡到天亮。

库乎林到达渡口的时候，太阳已经升得老高。他故意等到这个时刻，因为他不想让爱尔兰战士们觉得他因为害怕一大早就醒了。等到天大亮了，他命令洛伊格套马上轭，驱动战车。"快点，洛伊格，"他说，"等待我们的人已经久候了。"

于是阿尔斯特勇士库乎林与他车技精湛的车夫洛伊格一同上了马车，直奔渡口而来。他们一路奔驰，风在库乎林耳边呼啸，嘶吼着达努神族的战斗口号。每当库乎林出征作战，这些战争英灵就会在他们的亲人身边聚集，将更大的恐惧注入敌人的脑海。因着他可畏的声名，敌人本就十分恐惧，这下就会更加失去勇气。

他们快马加鞭，朝着渡口奔去，周遭喧嚷震天。只听盾牌咚咚，长矛噌噌，刀剑铮铮，战甲锵锵。绷紧的缰绳唑唑作响，车轮发出隆隆的低吼，战车吱吱嘎嘎地前进。马蹄声如阵阵惊雷，伴着库乎林的高声长啸，在他脑畔喧嚣的疾风之中回荡不息。

费迪亚的车夫听到这轰鸣声，赶忙跑去叫醒自己的主人。他一边摇晃费迪亚，一边说着："费迪亚，快起来！他们来渡口找你会战了。我听到了一辆银轭战车的声音。驾车的是一个胆子忒大的车夫，车里有一个高个子的战士。他正沿路飞驰过来，一心想要夺取胜利。来人就是那个强悍的斗士，人称'阿尔斯特之犬'，他像雄鹰一样敏捷，正策马向南奔腾。他经过无数战斗的洗礼，带着斑斑血迹，又来投入战场！我同情那要与库乎林作战的人。我打心底里知道，我早就预计，有一天我们会与他在战场上遭遇。现在我听到了他的声音，他也听到了我们的声音。来人正是库乎林，'艾文玛哈之犬'，阿尔斯特的保卫者！"

"别再夸库乎林了，"费迪亚说，"快，来帮帮我！帮我准备好武器。我马上就要灭了他的威风，终结他的胜绩。其他人不是他的对手，但我会笑到最后！"

库乎林来到渡口的北岸，勒马停住。费迪亚在对岸与他对峙。

"欢迎你啊，库乎林！"费迪亚叫道。

"你的欢迎已经不可信了!"库乎林高声回应道,"而且不管怎样,费迪亚,该是我来欢迎你才对,而不是反过来。毕竟是你闯入了我国的边疆,向我发起挑战。发起挑战的应该是我!是你们赶走了我们的女人和孩子,驱散了我们的马儿和牛羊!"

"你为什么要到这里来与我作战?"费迪亚叫道,"不要忘记我们一起在斯卡哈赫那里的时候,你还曾服侍过我。你不但给我打磨武器,还给我铺床叠被。"

"你说得一点不错!"库乎林高声回应道,"但是此一时彼一时,早已时过境迁了。那时候我只是一个小屁孩,又小又嫩,所以我才给你当了跟屁虫。现在,放眼天下,没有哪个战士能够与我匹敌!"

"库乎林,你这个傻瓜蛋、冒失鬼!你来到此地,还真是命运不济啊!"费迪亚哀叹道。

"你要能活着回家,那才叫鸿运高照!"库乎林吼道,"我要把你放倒,把你砍到鲜血喷溅,你会被我打得毫无招架之力,一命呜呼。你会在这个渡口迎接你的末日,死在我这个伟大的勇士之手!"

"别吹牛皮了,库乎林!"费迪亚说,"天亮之前,你的脑袋就会挂到我的长矛尖上!"

"噢,费迪亚!"库乎林说,"我们在斯卡哈赫那里的时候,我们并肩战斗,出生入死。那时你是我的战友,你我的关系胜过任何兄弟。我们曾经同榻而眠。我会想念你的!你本不该因为脑袋一热,做了承诺,就过来挑战我。梅芙把芬娜瓦尔许给了你,但你是不可能得到她的。在你之前,她已经被许给过五十个人,她把所有这些人都引向了灭亡。这些人都死在我手,你也会一样,费迪亚!"

"说够了没有！"费迪亚说，"你挑个兵器，我们今天就来打一场吧。"

"你来挑吧，"库乎林说，"是你先到这里的。"

"你记得我们在斯卡哈赫那里学到的投掷功夫吗？"

"记得，"库乎林说，"那是我们练习的最后一项武艺。"

"那就选它作为咱俩今天操练的第一项技艺吧。"费迪亚说。

他们双双拿起了专门用来投掷的小盾牌，这些盾牌有着锋利的边缘；他们还操起了象牙柄的短剑，以及轻捷的象牙飞镖。整个早上，他们向对方抛掷盾牌，投射长矛，小小的飞镖在空中嗡嗡地飞来飞去，就像晴天的蜜蜂一样。他们投掷的技巧相当精妙，而避挡的功夫也同样了得，武器落在他们的长盾上，都有点钝了。

"这样打分不出高下。"费迪亚说，"接下来我们该用什么兵器呢？"

"日落之前还是由你选吧，"库乎林回答说，"是你先到渡口的。"

"好吧。"费迪亚说，"我们拿起重标枪，用它们来作战好了。"

于是他们又向对方猛掷标枪，一直厮杀到傍晚。双方投掷的技巧相当精妙，但是避挡的功夫也同样了得。这一次两个人都负了伤，挂了彩。

"我们罢手吧，库乎林。"费迪亚说。

"我同意。"库乎林说。

他们将兵器丢给各自的车夫，车夫们接住后就拿走了。然后库乎林和费迪亚涉水来到渡口中间，互相问候。他们张开双臂，抱住对方，并且亲吻三次，以表达友谊之情。之后两位战士回到各自的岸边，躺倒在车夫们准备好的灯芯草丛里。医师和术士跑来用药草和药水为他们处理伤口。在库乎林的伤口上敷了什么药草，就有一份同样数量的药物被送给渡口另一边的费迪亚，这样爱尔兰联军就没有一个人敢说库乎林是因为在疗伤方面占了便宜才获胜的。

同样地，费迪亚收到的食物和提神饮料，有一半也被送到了渡口这边的库乎林手里，因为只有一小群布雷原野的居民为库乎林供应食物，而费迪亚却拥有爱尔兰四省的供给。当晚，两位战士的马匹在同一片草场上吃草，而他们的车夫则围坐在同一塘篝火旁。

第二天上午，库乎林和费迪亚赶到渡口继续战斗。

"今天轮到你选择武器了，库乎林。"费迪亚说。

"既然我们没有在昨天的武器投掷比赛中决出胜负，我们今天走近一些，使长矛如何？"库乎林说，"也许长矛的劈刺会在我们之间决出胜负。"

于是他们扣好宽盾，手握长矛，逼近对方。他们一整天都在向对方猛刺，将长矛扎过盾牌，不停寻找目标伺机进攻。战斗持续到黄昏时分，这一次两位战士身上的伤洞太大了，大到鸟儿都能带着飞溅的血肉从里面飞出来。

"我们停手吧，费迪亚。如果我们的坐骑和手下都这样筋疲力尽了，我们自己又能好到哪里去呢？"

费迪亚同意了，他们丢下武器，车夫们上前扶住两人。他们抬起手臂，互相拥抱。他们的马又被带到同一片草场吃草，两位筋疲力尽的车夫又躺在同一塘篝火边睡下。当晚，医师和术士又过来为两位战士疗伤，但是两人的伤势实在太重，没有任何药草、药水或者药膏能够封闭创口，止住流血。不得已，他们使用了治愈术、控驭术和驱除术。一半的法术被分给了渡口另一边的费迪亚，作为回报，库乎林也得到了与费迪亚等量的食物，那是爱尔兰联军出于礼节送给费迪亚的。

第二天早上，当他们靠近渡口的时候，库乎林注意到费迪亚有了变化：他的头发更黑了，眼睛更加阴郁无神，举手投足看起来也更加虚弱了。库乎林对自己的朋友充满了同情。

"唉，费迪亚，"他向河那边喊道，"如果你是这种状态的话，你就必死无疑了！你犯不着为了梅芙或者芬娜瓦尔而过来参战的。你这是自寻死路。"

"人固有一死，"费迪亚高声回应道，"不管我们在战场上多么英勇无畏。但是我必须与你一战，兄弟，不然我就会成为整个爱尔兰的笑柄。不要因我之死而自责，库乎林。是梅芙背叛了我，不是你。"

"以你这种状态，我还得同你作战，我的心弦都绷紧了，我的血都凉了，我的朋友。"库乎林说。

"没事的。"费迪亚说，"无论如何，我都要与你对战。今天用什么兵器？"

"你选吧。"库乎林说。

"好吧，"费迪亚说，"那我们今天就用剑吧。也许这样就能决出胜负。"

于是他们拿起了长盾和重剑，向对方冲去。他们用力劈剁砍削，直到小孩脑袋一样大的肉从肩膀和大腿上飞落空中。战斗持续了一整天，直到费迪亚叫了停。这次他们没有拥抱。二人伤心绝望地告别了对方，疲倦地蹒跚而去。当晚，双方的车夫在分开的火堆旁就座，他们的马匹也被圈到了不同的草场。

第二天，费迪亚一大早就起来了。他知道今天是决胜之日，便独自一人来到渡口。他穿上了最贵重的战袍。他贴身穿着一件镶着金边的丝绸短袍，短袍外紧扣着一件棕色软皮裙，顶上挂着一块界碑一样的大石。他在最外层穿了一件坚硬的铁皮裙，以阻挡盖布尔加这件神器。他头顶着一个带冠的头盔，上面缀着红宝石、水晶和紫晶，显得珠光宝气。他右手提着一把坚硬的利刃长矛，左手握着一把金冲曲柄的宝剑。他的背上还挂着一面硕大的盾牌，雕饰精深繁密，盾心有一个黄金的凸饰。接着他开始在空中跳跃飞舞，用兵器操练各种绝技。这些功夫既神奇又危险，令人瞠目结舌，却是无师自通，连斯卡哈赫和其他曾经收养过他的勇士都没有教过他，是他鼓起勇气去要与库乎林对战时自创的。

趁费迪亚还在炫技的当儿，阿尔斯特最强悍的勇士已经来到渡口。费迪亚在那里龙腾虎跃，挥出一片刀光剑影，表现出惊人的力量和平衡感，库乎林一一看在眼里，他对洛伊格说："现在你看到我的对手是多么厉害了！费迪亚用这些绝招是可能打败我的，所以，如果你看到我畏缩不前，就尽管讥笑我、嘲弄我吧。这样会激起我战斗的热情，点燃我的怒火。如果我胜券在握，只管赞美我、鼓励我，不要让我因为同情费迪亚而失去了斗志！"

"遵命，库乎林。"洛伊格答道。

于是，在对岸费迪亚的注视下，库乎林也穿上了战甲，表演起精彩纷呈的翻腾跳掷，这些动作也不是从斯卡哈赫或者其他人那里学来的，而是他受到现场的感染，即兴发挥创制的。费迪亚观察着这些刀砍剑削和攻防招式，心里也很明白，天黑之前这些动作就要招呼在自己的身上了。

"今天用什么兵器，库乎林？"他问。

"我们就用今天渡口的这些战法，如何？"库乎林说。

听到这话，费迪亚心下一沉，他知道正是这些功夫让库乎林击败了所有的敌手。

一场激烈的大战打响了。这是两位伟大的爱尔兰勇士之间的对决，他们饱受战争洗礼，勇猛强悍，在各自的阵营里都是响当当的英雄好汉。

战斗伊始，双方各守一方，隔着渡口向对方投掷长矛和飞镖。到了中午时分，双方都被战斗激怒，逐渐杀红了眼，开始逼上前来贴身肉搏。库乎林跳上费迪亚的盾心，想要居高临下，来个雷霆一击。费迪亚则振臂一举，库乎林就像被击晕的鸟儿一样，打着转飞回渡口的另一侧。库乎林又一次从岸边腾起，飞向费迪亚的盾心，想要探过盾牌边缘，猛击费迪亚的头颅。只见费迪亚膝盖猛地一掣，便将他如婴儿一般，又从盾牌上甩了出去。

洛伊格意识到库乎林处境不妙。

"你这打的什么呀，库乎林！费迪亚把你在空中甩来甩去的，就像妈妈甩宝宝。他把你一把丢开，就像泼掉一杯水。他刺穿你的身体，就像锥子穿透木板。他把你捏来绕去打成节，就像爬藤绞杀大树。他扑到你身上，就像雄鹰抓小雀。你简直就是他磨盘上的一摊粉。从今往后，你再也配不上战士这个称号了，你这个被宠坏了的小冒牌货！"

眼见费迪亚占了上风，洛伊格又加以嘲弄，库乎林气得发疯，他如飞燕般腾空而起，第三次停在费迪亚的盾心上面。费迪亚就像没有什么东西在上面一样，轻蔑地用力一震，把库乎林甩回到渡口的另一边去了。

这下库乎林的战斗狂热让他血脉偾张起来。他的身体在痉挛中膨胀起来，仿佛一个充满空气的巨大气囊。他周身的颜色都变了，一张脸也变得斑驳而扭曲。他将自己变形的身体拱起来，像一张古怪的弓，如骇人的弗摩尔巨人般俯视着费迪亚。

他们开始了搏斗。他们的额头在上面顶着，他们的脚在下面端着，他们的手在中间打着，越过盾牌向对方劈刺。他们贴身肉搏，靠得如此之近，压得盾牌都裂开了。他们贴身肉搏，靠得如此之近，矛尖都被折弯了，铆钉都被崩飞了。他们贴身肉搏，靠得如此之近，从他们的剑柄、矛尖和盾牌边缘发出英灵的啸声。他们贴身肉搏，靠得如此之近，脚下的河水也因为他们踏来踏去而改道。河床变干了，简直可以躺在里面睡觉，在他们身旁唯一飘落的水滴，是两位战士身上洒落的汗珠。战斗如此激烈，以至于战马疯狂地后退，挣脱了缰绳，撒腿一溜烟跑远了。搏斗如此喧嚣，以至于爱尔兰联军大营中起了恐慌。营地里的仆从，不管是老弱还是妇孺，不管是清醒还是疯癫，全都因为恐惧而失去自制，慌慌张张地从围栅里跑出来，夺路逃往西南方向的康诺特。

这时费迪亚瞅准了库乎林的一个防守漏洞，一把将剑插入了他的胸口。鲜血从伤口喷涌而出，渡口的两位战士蹚着血跟趟前行。费迪亚不断出击，直到库乎林再也无法承受更多的捅刺。他喊洛伊格去取他的兵器盖布尔加。费迪亚听到这个令他丧胆的武器的名字，立刻放低盾牌来保卫下肢。库乎林趁此机会将长矛向他的胸口扎去，穿过他的心脏，在他的后背露出了半截。

洛伊格顺着河水的方向，将盖布尔加扔给了库乎林，库乎林用脚截住了。费迪亚举起盾牌来保护胸部，但是为时已晚。库乎林用脚将盖布尔加投出，击穿了费迪亚的铁皮裙，击碎了里面的巨石挡板，大石裂成了三块。盖布尔加插进了费迪亚的肚子，刺钩全都伸展开来，填满了他身体的所有罅隙和窟窿。

"这下我死在你手上了，库乎林！"费迪亚大喊道，"我的肋骨已经碎裂，我的心脏已经爆开。是别人的阴谋将我引来此地，但是杀死我的却是你。你的双手沾满了我的鲜血！"

库乎林跑向费迪亚，在他倒下的时候抱住了他。他抱着费迪亚，带上他所有的甲胄，跨过渡口，好让他死在自己的领地上，而不是在梅芙的地盘上。他将费迪亚放在地上，瘫倒在他的身旁。他有气无力地靠着费迪亚的头颅躺下，沉浸在悲痛之中。

洛伊格看到库乎林趴在地上，他的军队也失去了战斗力。对方立刻摆出阵形，准备发起进攻。洛伊格跑上前去，将库乎林摇醒。"快起来，库乎林！"他喊道，"快起来！爱尔兰联军正准备进攻。起来，不然他们会杀掉你的！"

"唉，洛伊格，我为什么要起身？既然费迪亚已经死掉了，我还有什么可在意的呢？"他回答说。

洛伊格不断地哀求，劝说他的主人，但是库乎林不愿意听他的，也不愿意回答。相反，他向着死去的朋友弯腰说话，好像他仍然能够听见一般："唉，费迪亚，你要是听从了朋友们的劝告该多好！你要是采纳了他们的建议该多好！他们提醒你不要忘记我们之间的友谊。他们警告你不要参加这场战斗。他们知道我会击败你。你本应该听从他们的话。你是我最亲密的战友，费迪亚。自从我们在斯卡哈赫那里一起生活以来，你就是我最信任的朋友、最亲爱的伙伴。你是我遇见过的最英俊的少年、最勇敢的军人、最厉害的战士。我以为我们的友谊将会青山常在，绿水长流，没想到竟是这么个结局！你，死了，而我，成了杀手。可我还要继续活下去！自从我杀死我和伊菲的儿子孔拉以来，我还没有感到这么绝望过！"库乎林盯着费迪亚的脸庞，因为哀恸而浑身颤抖，他悲悼着自己的朋友，诅咒着这场无益的战斗。最后，洛伊格走过来脱去费迪亚的盔甲。他发现库乎林的胸扣别在费迪亚的短袍上，便将他交给了库乎林。

"原来他是为此而战！"库乎林苦涩地说道，"为了这个，以及芬娜瓦尔虚情假意的允诺。亲爱的朋友，这是一场无用而无果的会面，是一场不公平的决斗！"

这时洛伊格将费迪亚劈开，取回盖布尔加。当库乎林看到自己的武器沾满了费迪亚的鲜血，他又一次悲恸难支。他为费迪亚苦苦地啜泣，为他吟诵了一串关于爱与死的祷词。

最后，洛伊格发话了。"我们现在就走，库乎林！"他说，"我们必须马上离开这个渡口。"

"好，洛伊格，我们现在就走，把我们的朋友丢在这里。但是我告诉你，与我同费迪亚在渡口的对决相比，我过去所有的战斗，所有的交手，都不过是小孩子间无忧无虑的耍闹而已。"

库乎林之死

十七岁的时候，库乎林已经树敌无数。头号敌人就是克鲁阿罕的梅芙王后。这位女战士没有忘记，在劫掠库利棕牛的战役中，她败于库乎林之手。她等待着，策划着复仇。但是库乎林不止她一个敌人。自从他拿起武器成为战士，他已经杀死了许多战士，现在他们的儿子们决心要为父亲复仇了。卡尔布雷的儿子埃尔克和库里的儿子路易都是无法和解的死敌，但是其中最可怕的还数法师卡利廷的孩子们。

库乎林在夺牛一役中，杀死了卡利廷和他的二十个儿子，这条消息传到卡利廷妻子那里的时候，她又生下了六个孩子，三女三男。这些孩子一个个长得奇形怪状、恐怖骇人。梅芙将他们从母亲身边带走，带到克鲁阿罕，她精心地养育这些孩子，将来库乎林殒灭时，他们将扮演各自的角色。他们从克鲁阿罕的德鲁伊教士那里学会了治愈术、控驭术、灵媒术和驱除术。为了让他们学习更多的魔法，梅芙打发他们去到遥远的东方。在那里，他们拜父亲卡利廷的法师朋友们为师，学到了很多强大的法咒，等他们回到梅芙身边的时候，他们的法术更加精湛了。

卡利廷的孩子们唤起一阵狂风，御风而行，回到了克鲁阿罕，在梅芙的堡垒落了地。梅芙向外一望,看见这些苦大仇深的孩子落在城墙上,便赶紧过来迎接他们回家。见身边有了强援,她便向整个爱尔兰发出通牒,劝说大家再次会师。她挑起旧日的仇怨和愤懑,于是阿尔斯特的寇仇再一次麇集于此,参加她的征服大业。梅芙谋划着如何把库乎林整垮。当阿尔斯特的战士们因为遭受玛哈的诅咒而躺倒在地,失去抵抗能力的时候,当每一个红枝战士都像产妇一样无法自立之时,梅芙率领着她的大军再度向北进发。她一穿越阿尔斯特的边境,就放火烧了大大小小的堡垒,一时间整个阿尔斯特境内浓烟滚滚,火光四起。

梅芙入侵的消息传到了孔诺·麦克奈萨跟前,这位大王深知库乎林才是梅芙追捕的猎物。当时库乎林正在邓达尔甘自家的堡垒里,大王便派出信使,命令库乎林即刻来到艾文玛哈。他希望这样一来,就能保护库乎林不受梅芙的伤害,同时如果梅芙来到艾文玛哈,库乎林也可以保护王庭所在。

被派往邓达尔甘的信使是莱沃罕,她奉命要将库乎林带回。她正好撞见库乎林在巴拉海滩抓捕海鸟。他反复用弹弓向鸟儿们发射石子,但是每次都打不中,它们兀自安然无恙地飞翔着。这让库乎林十分不安,因为在此之前他还从未失过手,他明白,此番失去准头不是一个好兆头。他同时也很哀伤,因为他脑子里记起了自己的儿子孔拉正是命丧于这片海滩。当莱沃罕将孔诺的信交给他时,库乎林变得更加失落。他根本不想离开他的家园,但是他别无选择,只能听从大王的命令,便跟随信使回到了艾文玛哈。

当莱沃罕和库乎林到达孔诺的堡垒后,库乎林马不停蹄,直接就去了格里亚农,那是为他准备的阳光房。艾娃和她的伙伴们在那里等候，王庭里最好的乐师、诗人和智者整天陪伴左右。大王希望这样能隔绝梅芙逼近的消息，不让库乎林知道此事，直到红枝战士团的统帅科纳尔·卡尔纳赫从苏格兰回来，而其他战士也从玛哈的诅咒中恢复过来再说。

卡利廷的子女们劝说梅芙要尽快让库乎林参战，于是她把大军开到邓达尔甘，想要向他发起挑战。当她发现库乎林不在，就放火烧了邓达尔甘，整座堡垒被烧毁，里面住的人也无一幸免。卡利廷的子女们向梅芙保证说，三天之内，他们将让库乎林遭受灭顶之灾。

于是，这一窝子恶心人的怪物唤起一阵妖风，乘风前往艾文玛哈，他们知道库乎林被留在这个地方。他们在孔诺堡垒外的平地上着陆了，然后发动他们在东方学会的魔法招数。他们蹲伏在地上，对大地拳打脚踢，将泥土捏碎，撒在周围。他们将凋零的橡树叶在空中抛撒，将枯萎的蓟茎丢来丢去，让它的绒球散落在风中。在魔法的操控下，枯叶、泥土和蓟毛变身为一支庞大的部队。战斗的号叫响彻原野，战士的咆哮、兵器和盔甲的撞击声交汇在一起，似乎有数不清的战士组成了一支大军，正在疯狂地袭击艾文玛哈。库乎林正坐在屋子里跟卡瑟瓦思讲话呢，他听到外面闹哄哄的，便跑到窗口向外张望，只见一群士兵正在攻击孔诺无人防守的堡垒。他的怒火腾地升将起来，并且为没人抵抗而羞愤不已，于是他跑去寻找自己的兵器。卡瑟瓦思用手抱住他，求他不要去。

"这是卡利廷子女的魔法。他们都是幽灵军队。这是一场虚幻的战斗，它不是真的，它只存在于你的意识里！通过我的法术，我能了解到其他人的魔法。这是卡利廷恶毒的孩子们想要诱惑你，致你以死命！"

库乎林决定听从卡瑟瓦思苦心的劝告。他重新坐了下来，但是立刻又一阵巨大的吼声涌入屋子，他再一次跑出去看发生了什么事。当他出现在城墙上时，一位女巫化身为乌鸦，在他头顶拍打翅膀，嘲笑他，并且对邓达尔甘堡垒和他手下人的毁灭幸灾乐祸。她讥讽他，激他出来与敌人作战。库乎林想要越过工事，加入战斗，但是卡瑟瓦思使尽全部的法力，强迫他听话：

"等一下，库乎林，我求你了，等一下！三天之内，卡尔廷家的幻术就会消失。这支大军会化为蓟草的断茎和绒球、枯萎的橡树叶和秋天的残屑，别无他物。只要短短三天，这些咒语就会烟消云散。从此以后，你的胜利和荣光将会在风中传扬，响震四方，直到永远。"

库乎林最终被卡瑟瓦思说服了，他相信全是巫术和咒语在制造幻觉，便回到了自己充满阳光的住所，艾娃和另一个他爱的女人妮雅芙正在那里等候着他。她们给他表演节目，分散他的注意力，让他忘记了外面的喧嚣，这样一来他又变得安静下来。当夜晚来临之后，卡利廷的子女们受挫撤退了。静谧的夜色笼罩了艾文玛哈。

趁库乎林睡着了，艾娃和其他女人与德鲁伊教士们会商，他们决定让妮雅芙带库乎林离开，去一个秘密的地方，好把他藏在那里。那地方叫作聋人谷，它非常僻静，距离遥远，战争的喧嚣和卡利廷家族的咒语都抵达不了。当他们告诉库乎林，在聋人谷为他举办了一场宴会，他却非常生气。

"这可不是我该赴宴的时候。爱尔兰四处火光冲天，阿尔斯特人正在水深火热之中，科纳尔则身在国外。我有义务保卫阿尔斯特，否则我就要留下胆小鬼的骂名，成为千夫所指的对象了！"

艾娃恳求丈夫听她的话，去参加宴会，不要被敌人所迷惑。"到目前为止，我的小库，你想要参加任何战斗，我都从未阻拦你。但是这一次，我请求你听从卡瑟瓦思的忠告，跟着妮雅芙去聋人谷赴宴！"

库乎林最终同意离开艾文玛哈。在夜色的掩护下，他跟着卡瑟瓦思、妮雅芙和她的侍女们，悄悄地前往聋人谷。

天刚破晓，卡利廷的子女们就来寻找库乎林，再一次唤他出来战斗。他们发现他的住所空空如也，就知道卡瑟瓦思已经把他藏了起来。于是他们掀起了一阵邪风，驭风而行，呼啸着找遍了整个阿尔斯特省。他们搜遍了每一条峡谷，把遍了每一座隘口，钻进每一丛密林和每一个山洞，想要找到库乎林。当他们飞过多尼戈尔的时候，他们发现了库乎林的两匹马——玛哈灰马和桑格林黑马，它们正在聋人谷秘密入口外的一片草坪上吃草。他们猛冲下来，带着狂风的嘶吼，开始发动他们新的法咒了。这一次他们发出更加震耳欲聋的声音，杀伐之声在整个山口回荡。战马尖厉的嘶鸣、女人痛苦的号啕、伤员的尖叫以及雷鸣般的战鼓声随风飘荡，每个听到这喧嚣的人，甚至看门的狗儿都恐惧不已。

在这可怕的轰鸣破空而来的瞬间，库乎林身边的女人们开始大声地叫喊和歌唱，想要压倒这些噪声，乐师们则击鼓弹琴。但是这喧嚷声实在太大了，没有什么声音能盖过它。库乎林再一次腾身而起，大声喊道，眼见阿尔斯特就这样束手就擒、坐以待毙，他感到无地自容。年老的德鲁伊教士再一次攒起全部力量，说服库乎林这只是敌人虚假的诱饵，是想要致他于死地的花招，劝服他再一次坚决拒绝巫师们致命的诱惑。卡利廷的子女们在外面气得都发了狂，他们意识到卡瑟瓦思的德鲁伊法术要比他们自己的巫术强大得多。他们知道留给自己的时间已经不多，他们的法力正在逐渐消失，便使出让库乎林参战的最后一招。卡利廷的一个女儿幻化成妮雅芙的一名侍女，来到这个临时避难所的门口，召唤妮雅芙。妮雅芙见伙伴在召唤自己，就和其他侍女一道出门来到山谷里。巫师们立刻升起一团大雾，横亘在这些女人和避难所之间，导致她们纷纷迷失了方向，在丛林中走散了。接着，卡利廷的这个女儿幻化成美丽的妮雅芙，来到库乎林身旁。

"噢，库乎林，赶快出门，去抵抗爱尔兰联军，保卫阿尔斯特省吧，不然它就要被践踏，你就会颜面扫地！邓达尔甘已成焦土，穆尔海弗纳原野已成荒原。整个阿尔斯特省已惨遭劫掠。如果你不去制止梅芙大军的进攻，阿尔斯特将遭遇灭顶之灾，你的赫赫声名也将随之毁于一旦！"

库乎林听闻此言，感到十分惊讶。"妮雅芙啊妮雅芙！在这千钧一发之际，竟然是由你来向我说出这些话！你！你不是让我发过誓，不论如何都不要出门迎战吗？"他转过脸去，苦涩地说道，"我还真是个傻瓜，竟然听信女人的话，但既然你让我去战斗，那我就去了！"

他起身时踩到了披风的镶边，被拉回到自己的椅子上。他因为自己的笨拙而恼怒得涨红了脸，可是等他第二次起身的时候，他披风上的金胸扣又崩掉了，竟然扎穿了自己的脚。"真是噩兆！"库乎林一边想着，一边命令洛伊格驾辕上轭，做好战斗的准备。

卡瑟瓦思追着库乎林来到外面，恳求他等到晚上，届时邪恶的魔法就会终结，但是这位战士听不进这些话。这时妮雅芙回到了避难所，听到所发生的事情后，她感到心烦意乱。她追上库乎林，想要阻止他，告诉他他被巫术欺骗了，但是库乎林早已被矛盾的想法冲昏了头脑，根本听不进她的话。他跑到外面，洛伊格正在那里套马备车。

只见车夫呼喊玛哈灰马，晃动马具，可是那马儿却往后一退，眼睛里流露出恐慌的情绪。洛伊格又试了一次，这一次，大灰撒腿就跑。洛伊格的心因为担心而怦怦直跳，因为他知道，这是个坏兆头。换作平常，这马准会急得发抖，想要拉着洛伊格和库乎林出发。接着库乎林亲自招呼这马，尽管大灰跑回他的身边，但是当他想要套马的时候，马儿再次表现出畏怯。当大灰从库乎林身边退却的时候，洛伊格跑到马儿的另一边，温柔地说道：

"大灰，小宝贝，听我的话。今天你可要拼尽全力！"听到这话，马儿站住了，低下了脑袋。当洛伊格将轭套在它脖子上的时候，带血的黑色泪水从它的眼眶滑落，掉到库乎林的脚边，溅起了灰尘。库乎林和洛伊格心里都很难受，但是依然穿好装备，踏上了战车。当他们向前开动的时候，兵器掉了下来，在战车的地板上哐啷作响，谁听到这一声噪响，都会因为忧惧而颤抖不已。战车朝着穆尔海弗纳原野和梅芙的战线而去，一路向南进发，女人们高声唱起一首送行的哀歌。

于是卡利廷的儿女们再一次发动由枯枝败叶幻化而成的大军，在库乎林的脑海里注入恐怖的景象。库乎林想起了卡瑟瓦思的话："你眼前那沸反盈天的喧嚣人群，不过是迷蒙模糊、毫无力量的幻影。你眼前的千军万马，不过是虚妄的假象。它们都是用法术召唤出来的不堪一击的鬼影。除了枯枝败叶，什么也没有！"德鲁伊教士的话在他的脑海里回响，但是他却依然无法将自己的注意力从敌人制造的幻象和诱惑中解脱出来。他看到邓达尔甘火光冲天，艾文玛哈被夷为平地。最可怕的是他看见艾娃的无头尸体被敌人从城墙上无所顾忌地抛下来，悲愤填膺的他简直发了狂。他风驰电掣地赶往艾文玛哈，来到艾娃的住地，发现堡垒安然无恙，艾娃毫发无损地跑出来迎接他。

"快进来，库乎林，过来和我待在一起。"她恳求道。

"不行！我要前往穆尔海弗纳原野，去击溃梅芙的大军。邓达尔甘已经成为一片废墟。阿尔斯特全境已化为焦土。我有新仇旧恨要与梅芙算账。我似曾看见敌人蜂拥而至，在这个地方烧杀抢掠，我一度以为你已经被杀死了！"

"但是，库乎林，这里什么也没发生。你可以自己来看看。那些都是虚妄的幻象，是错觉，是卡利廷一家子想要致你于死地的阴谋诡计。不要理睬，不要被诱惑！"艾娃恳求道。

"不要阻拦我，艾娃。我将与阿尔斯特的敌人战斗，攻打他们。我向你保证。反正我大限将至，我的盛名却不会动摇。我拿起武器成为战士的那一天起，我就从来没有对战斗或者搏杀畏首畏尾过。所以现在我也不会这么做。扬名天下，就在今朝！"

艾娃和她的侍女们痛哭流涕，绞手难安，但是却没法说动库乎林，让他留下来。他向妻子诀别，带上洛伊格，出发前往穆尔海弗纳原野。

他们一路南行，途中碰到了三个满脸皱纹的老太婆，她们的左眼都瞎了，正弯腰围在一个火堆旁。她们正在用一根山梨木枝做的扦子烤着一只动物，库乎林走上前去，发现那动物是一条猎犬。他打算从她们身边径直驶过，因为他知道这三个老太婆出现在这里，肯定没安什么好心，而且他受到戒誓的约束，不能吃猎犬的肉，毕竟自己的诨名就是猎犬。但是其中一个老太婆向他打招呼了："到我们这里来一下，库乎林，不要对我们不理不睬。停一下，一起吃点东西吧！"

"我不会停下来跟你们打交道的！"库乎林喊道。

"你不愿与我们一起用餐，因为我们的食物只有区区一条猎犬，而且这个火塘实在太简陋了。如果它属于一位贵人，你肯定会停下来的！你嫌贫爱富，真是可耻！"库乎林被这些话刺到了，于是他让洛伊格勒马停车。其中一个老太婆给了他一块肩胛骨。她是用左手递给他的，库乎林也用左手接过来。他啃完了肉，把吃剩的骨头放在左腿下面。突然，他的左手和左腿痉挛起来，失去了平日的力量。库乎林匆匆离开了这些老太婆，洛伊格和他再次出发，前往穆尔海弗纳原野。

他们到达河边后，前往渡口，准备过河。一位姑娘正跪在那儿，他们不得不停下来。只见那姑娘脸色苍白，金发垂肩，正在河水中洗刷血染的战袍，一边洗一边伤心地哭泣。库乎林看见她将正在冲洗的短袍提出水面，他发现女孩手中的正是他本人的战袍。血从短袍里面涌出，流到河里，将河水染得一片猩红。

洛伊格指着那女孩说："那姑娘是渡口浣衣女，她是战争女神拜芙的女儿。她为那些即将战死的烈士浣洗战衣，而她现在洗的正是你的战袍！库乎林，我们赶紧回去！掉转车头，和我一同回到艾娃身边。别再想梅芙和她的大军了！"

库乎林不听洛伊格的劝告，反而命令他继续朝福阿德山行驶，那里正是他第一次发现玛哈灰马的地方。在福阿德山的山坡上，库乎林看到爱尔兰联军正在下面的原野上候着他。放任和悲哀的情绪从他身上消失了，战斗的豪情溢满心间，让他血脉偾张，形象大变，英雄之气笼罩在他的头颅四周，如同闪电一样闪闪发光。他的战车发出隆隆的响声，如惊雷般滚过穆尔海弗纳原野。

他的三大劲敌——路易、埃尔克和卡利廷的儿女们在等着他。随着他步步逼近的喧闹声响彻原野，这些家伙指挥战士们组成战斗阵形，形成一堵坚实的盾墙，以此阻挡他的攻杀。

但是库乎林已经陷入了狂热，如同恶魔附体，他的脸部和身体都已经扭曲变形。他驾车猛冲过来，撞向他们的队列，只见车轮上的锋刃和他手中的矛剑不停地劈剁，杀得敌人溃不成军，像暴风雨里的冰雹或者狂飙中的枯叶一样四散奔逃。洛伊格将战车掉过头来，再次冲向敌阵，他的主人击散了爱尔兰联军，令他们尸横遍野。他的战马如脚踩泥沙般将敌人碾碎在地，四溅的脑浆将整个原野染成了灰色。埃尔克看到自己的军队被如此屠杀，立刻执行计划，想要困住库乎林。他收拢自己的残部，在两头各放了一对壮士，佯装在互相搏斗。他在这两对壮士身边各安放了一位德鲁伊教士，仿佛他是在评判最后的输赢。

库乎林再一次冲过来，想要攻击敌阵，这时其中一对壮士开始假装搏斗，德鲁伊教士便叫库乎林过去将他们分开。库乎林照办了，手起矛落，一下就把这两个壮士给杀了。

"你确实把他们分开了，"德鲁伊教士说，"他们再也不能互相伤害了。把你的长矛给我，库乎林！"

"我以我的人民发誓，"库乎林说，"我比你更需要这支长矛！阿尔斯特的命运今天就在我的手上！"

"如果你不给我的话，我就会诅咒和诟骂你的英名！"

"我还从来没有因为拒绝别人或者小家子气而英名受损呢。"库乎林说，"看好了！"他掉转长矛，将它扔向那个德鲁伊教士。矛杆穿透了他的身体，把他和他身后的九个人都杀死了。长矛落在路易的身边，他将它捡了起来。

"这支长矛上该记上谁的名字？"他对卡利廷的儿女们喊道。

"那支长矛将会杀死一个君王！"他们回答说。路易瞄准库乎林，将长矛朝他扔去。可长矛没有击中库乎林，却扎到了洛伊格，他就在库乎林的身旁。"我伤得不轻，库乎林。"车夫喘着气，他的内脏涌出来，落在了车垫子上。库乎林将长矛从洛伊格的身上拔出，将他放在地上。库乎林拥抱了自己垂死的朋友，向他诀别。"洛伊格，"他悲痛地说，"我今天既当战士也当车夫了。"

当他再次迎向敌阵之时，他战斗的狂热更加强劲了。他冲过去的时候，又有两个战士佯装对战，又有一个德鲁伊教士喊他过去干预，他又一次不得不从命。他扑到这两人身上，将他们撞死在岩石上。

"好了，给我你的长矛吧！"德鲁伊教士命令道。

"我以我的人民神圣的信仰发誓，我比你更需要它！"库乎林抗议道。

"那我就要咒骂你的英名。"德鲁伊教士说。

"今天我已经拯救过一次自己的英名了。我不必再来一遍。"

库乎林回答说。

"那我就毁掉阿尔斯特的英名。"

"阿尔斯特还从来没有因我而受辱。"库乎林说着，将长矛扔过去，矛柄朝前，穿过了德鲁伊教士的脑袋，把他和他身后的九个人都杀死了。这一次，埃尔克捡起了掉落的长矛。

"卡利廷的儿女们，这支长矛将放倒谁？"

"它会杀死一个君王。"他们齐声道。

"路易扔长矛的时候，你们不也这么说吗？"埃尔克提醒他们说。

"我们没说假话！洛伊格·麦克里昂加弗拉，那位车夫之王不是被那一刺给搠倒了吗？"

埃尔克将长矛投向库乎林，但是长矛又一次偏离了目标，扎到了玛哈灰马的身上。这匹战马立刻发出一声尖厉痛苦的哀鸣，库乎林迅速拔出了长矛。大灰向前一冲，背上还挂着半拉挽具，就这样一路向北，朝着福阿德山的湖边冲过去了，那里正是它的家乡。库乎林拍马向前，只见桑格林黑马拖着战车，冲破了爱尔兰联军的阵线，将他们像遍布布雷原野的金凤花一样冲得七零八落。

第三次佯斗又开始了，这次又有一个德鲁伊教士要求库乎林过来摆平此事。就像前两次那样，库乎林杀死了第三对壮士，德鲁伊教士又一次要求他交出长矛，否则就让他英名扫地。

"今天我为了维护我的英名，已经付出了高昂的代价，"库乎林愤愤不平地说道，"我不需要再付出任何代价了。"

"这样的话，我就要咒骂你的同胞，你的祖先和后代。"德鲁伊教士警告说。

"我会竭尽所能，决不让任何不名誉的字眼归于我的同胞。"

库乎林说道，"而我自己，也不会回到他们中间。我大限已至。"

他用长矛杀死了这个德鲁伊教士和其他九人，撕开了敌军的阵线，把他们像雪花一般抛撒在空中。

路易再一次从地上捡起长矛，瞄准了库乎林。

"卡利廷的儿女们，这一次谁将死于这支长矛？你们刚才不是对埃尔克说过，他长矛一扔，就会搠倒一个君王吗？"

"的确如此。玛哈灰马因那一刺而受了致命伤，它可是战马之王。"卡利廷的儿女们答道。

路易将长矛抛向库乎林，这次它终于击中了目标。它穿透了阿尔斯特英雄的甲胄，在他的肚子上开了一个大口子，库乎林的内脏都露出来了。桑格林黑马受了惊，向后跃起，挣脱战车跑掉了，脖子上还挂着半拉轭具，只留下库乎林这位战士之王，独自躺在战车旁，奄奄一息。

库乎林的敌人从远处观察着。他们知道他即将死去，但是又害怕靠近他，因为他的头颅四周依然聚着英雄之气，闪闪发光。

"我渴了，"垂死的战士说，"我想要去湖边喝点水。"

"想喝就去喝吧，"他们叫道，"但是你要回我们这里来！"

"你们也可以过来找我！"他回答说。

库乎林将身上的巨大伤口拢起来，开始拖着身体向湖边进发。他喝了一口水，清洗了一下身体，然后就从湖边回来等死。在岸上不远处，他看见了一根石柱，便挣扎着向它挪去，将背靠在上面。接着，他用皮带将自己与柱子捆在一起，这样他就会站着死去，因为他发过誓，他临终之时，将会"脚踏大地，面朝敌人"。库乎林站得笔直，脸冲着敌人，召唤他们靠近。对方小心翼翼地走过来，一言不发地将他围在中间。他们待在那里，盯着他，但是没人敢上前动手，因为他的英雄之气依然闪耀不息。

"勇敢点，砍下他的脑袋！"埃尔克催促路易，"他可砍掉了你父亲的头啊。"

路易拔下长剑，向库乎林走去，突然一阵马蹄声如战鼓隆隆，玛哈灰马带着满身血汗，向它受伤的主人冲过来，牙蹄并用，向库乎林的敌人发动了三次致命的冲袭。它把这些人冲得稀里哗啦，就好像巴拉海滩上的卵石。然后这匹马跑向福阿德山，死在了那里。

整整三天，敌人们观察着库乎林。战场之鸦摩丽甘和拜芙在他头顶盘旋，最后英雄之气趋于暗淡，摇曳不定，直到熄灭。只听库乎林发出一声长叹，他背后的石柱裂开了。一只乌鸦落在他的肩膀上，停住不动了。

"第一次有鸟停在那里！"埃尔克惊叫道，"鸟一般可不会栖在那里。"说完这话，他就走到石柱跟前，死去的库乎林被捆在石柱上，依然顶天立地地站着。

路易拨开库乎林的头发，想要露出他的脖子，但是库乎林的宝剑从他的手上跌落，砍断了路易的手腕。然后库乎林的头颅被割了下来，作为战利品被送往塔拉，而他的身体则依然和石柱捆在一起，留在了岸上。

往日之歌

芬恩故事集

芬恩的童年

当"百战之王"孔恩当爱尔兰至高王的时候，他麾下有一支由战士和猎人组成的部队，叫作芬尼战士团，由特伦莫尔的儿子库尔统领。

彼时至高王的首席德鲁伊教士叫作努阿哈，此人在伦斯特为自己造了一座美轮美奂的白色堡垒。教士的妻子阿尔兀要求以她的名字命名这座堡垒，于是它就被称作阿尔兀。努阿哈死后，其子泰格接替他当上了德鲁伊教士，在艾伦山上他父亲修建的堡垒里生活。

后来泰格有了一个女儿，叫作穆尔娜，她是个大美女，大王和头领们的儿子蜂拥而至，来到阿尔兀向她求婚。追求者之一的库尔是巴斯克纳部落的首领，也是芬尼战士团的团长。他不断询问穆尔娜是否愿意成为他的妻子，却屡遭拒绝。虽然三番五次遭拒，但库尔铁了心要得到穆尔娜，于是有一天他从阿尔兀堡垒拐走了这个姑娘。听说女儿被库尔带走了，泰格怒火中烧，直接去面见了至高王。他恨恨地抱怨说，有一个芬尼战士抢走了他的女儿，按照战士团庄严的誓约，所有战士都应该尊重女性。他提醒孔恩，库尔是王亲，他要求至高王强令库尔将穆尔娜交还家人。

孔恩立刻派遣信使去找库尔，命令他将穆尔娜送回她父亲手中。库尔回话说，只要是至高王要求的东西，他都愿意交出，但是这个女人除外。孔恩得信之后，便将伦斯特和康诺特的头领们、摩尔纳部落的战士们从东到西全部召集起来，让他们共同助力来讨伐库尔。

忠于库尔的一帮人和巴斯克纳部落从南边的芒斯特向伦斯特进军，以帮助库尔。两军在克努卡（现在叫作卡索诺克）短兵相接，一场鏖战随之爆发。库尔率领他的小股部队英勇作战，对抗孔恩的大军。战斗的过程中，库尔的部下卢赫用长矛扎在摩尔纳家一个儿子的脸上，弄瞎了他的一只眼。从此这个人就叫作"瞎子"戈尔·麦克摩尔纳。戈尔是一个强悍的战士，尽管他瞎了一只眼，他还是杀死了卢赫。他扒下了卢赫身上值钱的东西，将他的脑袋也带走了。接着戈尔·麦克摩尔纳的手下扑向巴斯克纳部落，将其剿灭。他们四面冲杀，库尔麾下只有寥寥几人逃脱了这场大屠杀。

克努卡一战之后，至高王犒赏戈尔·麦克摩尔纳，让他取代库尔的后裔，坐上了芬尼战士团的头把交椅。因为这一点，以及他在库尔之死中扮演的角色，戈尔所属的摩尔纳部落和库尔所属的巴斯克纳部落结下了深仇大恨，这一世仇延续了许多年。

库尔的妻子穆尔娜听说她的夫君在克努卡之战中被害，他的部下四散逃亡，便回到阿尔兀寻求父亲的庇护。但是泰格对她跟库尔私奔感到非常生气，让她吃了闭门羹。穆尔娜前往至高王在塔拉的堡垒，请求孔恩的庇护，以躲避摩尔纳部落和自己亲生父亲的追杀，因为泰格已经下了杀她的命令。孔恩派出一位侍从，将穆尔娜带到一个亲族的家中，她在那里可保安全。这家人热情地接纳了她，她就在那里躲了起来。不久之后，她就生下了库尔的儿子，给他取名叫丹纳。

光阴似箭，丹纳已长大成人，因为他有一头金发，就又取了个大名叫作芬恩。他回到阿尔兀，要求外祖父泰格就其在库尔之死中扮演的角色做出说明。芬恩让这个德鲁伊教士做出选择：要么与他单挑，要么彻底放弃阿尔兀堡垒，里面所有的东西都永久归芬恩所有。此时的泰格已经垂垂老矣，他知道自己已经无法在贴身肉搏中打败自己的外孙，因此他觉得他最好还是从阿尔兀搬走，把它交给芬恩。这样一来，阿尔兀就成了芬恩的大本营。自那时起，尽管芬恩和芬尼战士团在爱尔兰云游四方，还去过苏格兰和其他的岛屿远征，但是艾伦山上的堡垒成了他主要的居所。他总是高兴地回到这座耀眼的白色高丘之上，来到这座由努阿哈修建的堡垒中。

当丹纳还在襁褓之中时，他没有一个安全的家可以依靠。戈尔·麦克摩尔纳杀死库尔，成了芬尼战士团的团长后，他下定决心要把库尔的儿子也斩草除根，因为他担心有一天，当这个娃娃长大，他就会跑来夺回他父亲的团长之位。穆尔娜知道自己的孩子只要跟自己在一起就会有危险，尽管她舍不得与孩子分开，但她还是把丹纳交给了两位可靠的侍女，这两人接受过野外生存的训练，而且在追踪方面功夫了得。于是穆尔娜从摩尔纳部落控制的领地向南逃走，同居住在那里的一位大王结了婚。

穆尔娜的侍女们接手这个婴孩之后，就把他带走了，藏在布鲁姆山的密林深谷之中。她们贴身保护着这个孩子，将他视若己出，给予他百般关爱和教养。

离开孩子六年之后，穆尔娜悄悄前往丹纳在林中的藏身处看他。她想要再见一见儿子，确认他的确远离敌人的窥伺，朋友们对他照料周全。她从自己偏远的住地秘密出发，来到了布鲁姆山。她儿子住在一个捕猎用的棚屋里，屋子由板条和泥巴制成，屋顶覆盖着树枝，藏在山林深处，很难让人发现。但穆尔娜还是找到了，走了进去。两个侍女认出了她，非常开心地欢迎她。她们带她来到她那金发儿子睡觉的房间。穆尔娜将孩子举起，抱到胸前，紧紧搂住，对他说话，又把他放在臂弯里摇晃，给他唱摇篮曲，直到他再次睡去。穆尔娜感谢两位忠诚的侍女对孩子的保护和关爱，吩咐她们继续照料他，直到他能够保护自己为止。然后穆尔娜悄然离开，穿过森林，走过旷野，安全抵达自己的领地。

随着丹纳逐渐长大，他的监护人教给他很多关于物候和周围山林生活的知识。他经历了寒冬的淬炼，享受着夏日的欢愉，在追踪和捕猎方面成了一名老练的高手。他能够跑过野兔，无须猎犬的帮助就可以扳倒一头雄鹿。他能用弹弓射出一颗石子，将野鸭从天空击落。他第一次将猎物带回家给养母们看时，他还是个小孩子。他看见一群野鸭在湖面上低飞。当野鸭飞过他头顶的时候，他向它们射了一颗石子，石子削去了其中一只野鸭的翅羽，于是这只鸟儿就掉到地上，摔晕了。

随着丹纳变得越来越喜欢冒险，他开始不顾监护人的警告，跑得越来越远。芬尼战士团的猎人们开始谈论在密林间瞥见的一个金发的丛林小子。戈尔·麦克摩尔纳听到了这些谣言，他开始怀疑这孩子可能就是库尔的儿子。他派出自己的追踪者去布鲁姆山寻找这孩子的秘密营地，将他赶出来杀掉。两位侍女风闻戈尔的密谋，便将丹纳从布鲁姆山送走，将他托付给三个浪迹天涯的铁匠，丹纳就这样跟着他们行走了一段时间。但是这几个人让他总是半饥半饱的，因为食不果腹，他的头发都掉光了。有一段时间他被称为"秃头"丹纳。

一天晚上，铁匠们睡着了，一个强盗摸过来。他杀死了这三个铁匠，抢走了他们的东西，掳走了这个小孩。然后，他带着男孩一路向南，来到他自己的家中，让男孩做帮工。但是那两位抚养了丹纳的侍女听说了男孩被绑架的事情，随即尾随而来，在那个强盗的房子里发现了被囚禁在此的丹纳。她们强迫这家伙把男孩交出来，一行三人又回到了布鲁姆山。

不久之后，当丹纳在外漫游的时候，他从森林里跑出来，来到一座大堡垒的绿地之上。他看到一些孩子在那里玩板棍球，便加入进去。他是所有选手中跑得最快的，所以第二天当他再来时，他一个人对阵四分之一的孩子，而且还赢了比赛。接着三分之一的孩子试着与他较量，还是他赢了。最后孩子们全部一起与他对战，但是新来的这个孩子把球从他们那里抢走，又赢了比赛。

"你叫什么名字？"男孩们问他。

"丹纳。"他说完扭头就走，消失在森林里。

孩子们告诉了族长，向这位堡垒的主人报告说有一个陌生人单枪匹马击败了所有的孩子。

"你们这么多人，击败一个小子应该不在话下啊！"他惊呼道，"他没告诉你们他的名字吗？"

"他说他的名字叫丹纳。"

"这位小壮士长什么样？"族长问道。

"他个子很高，身体很壮实，头发是金色的。"

"既然他有一头金发，那我们就给他起个外号叫'芬恩'吧。"族长说。于是从那一天起，丹纳的名字就变成了芬恩，意思就是"金发"。

族长的儿子怂恿他的伙伴们一起来对付芬恩，于是当芬恩第三天又现身参赛的时候，他们将球棍朝他抢去。芬恩从地上抓起一根球棍，冲向这些孩子，将七个孩子掀翻在地，把其他人冲了个稀里哗啦。然后他逃往森林中的庇护所，回到自己居住的棚屋里。

此后又过了一个星期，他去山间一个湖里游泳，忽然听到水里传来喊叫的声音。芬恩跑到岸上，看见从堡垒里过来的孩子们在那里游泳戏水。他们向芬恩发出挑战，要他过来在水里与他们摔跤。他们想把芬恩摁到水里淹死。芬恩刚一下水，少年们全都上去抓住他，将他摁到水里。芬恩挣脱出来，把七个孩子摁到水里，随后便逃回了布鲁姆山。孩子们赶紧回到堡垒里，向族人们讲述了芬恩的新事，这些事情就像野火一样传播开来。

既然丹纳的事迹已经闹得沸沸扬扬，两位忠心耿耿保护了丹纳的女战士知道，这下她们再也无法护他周全了。

"你要离开我们了，孩子。麦克摩尔纳的侦察兵正在追踪你，如果他们找到你，就会将你杀掉。"她们告诉他。

芬恩恋恋不舍地告别了他勇敢的朋友，向南走出了布鲁姆山的危险区域。他小心翼翼地前进，穿过乡间小路，从一棵树溜到另一棵树，最后来到了凯里的琳恩湖。他走到班特里大王的堡垒里，加入了他的战士和追踪者队伍，但是绝口不提自己的名字和家世。很快大家就发现新来的年轻人是一名优秀的猎人，无人能及。大王仔细地观察了这个年轻人一会儿，决定出其不意，诱使他吐露自己的身份。

"我发誓，你一定是库尔的儿子，"他说，"因为你太像他了。不过据我所知，他只留下了一个儿子，而这人现在远在苏格兰当兵。"

芬恩没有回答，但是很快就离开了班特里大王的队伍，成了附近一位大王的战士。这位大王注意到芬恩在棋艺上的造诣，邀请他来赛棋。芬恩一边走自己的子，一边还帮着大王参谋，如果是他下，该怎么走，他就这样一口气连赢了七局。

"你究竟是谁？"大王诘问道。

"我是塔拉一个穷苦农民的儿子。"芬恩回答道。

"不，你绝不是！"大王说道，"你是库尔的儿子！你叫作芬恩·麦克库尔，你的父亲在克努卡战死后，是穆尔娜生下了你。戈尔·麦克摩尔纳要除掉你。还是赶紧离开我的地盘吧。麦克摩尔纳的人要杀你，我可保护不了，我也不愿意你在我的屋檐底下被杀害。"

既然芬恩父母的信息已经泄露，他只能再次流亡。于是他向东去找另一个头领，他忠于巴斯克纳部落，应该会庇护他。这个部落的铁匠叫作罗坎，他有个美丽的女儿。这女孩一见到芬恩，就爱上了他。她的父亲对这个年轻人很是喜爱，尽管他对这个初来乍到者的身份及出处一无所知，还是同意了两人的结合。他为芬恩打造了两支锋利的长矛作为礼物，让他能够保护自己不受野猪的伤害，当时一头凶猛的野猪正在芒斯特这一地区肆虐。说来也巧，一天芬恩独自外出，正当他在大山间的一条窄缝中穿行时，这头巨大的野兽从山腰上冲下来，向他撞过去。芬恩抓起一支新造的长矛，刺向野猪，把它给杀掉了。然后他就带着猪头去找罗坎，以此作为迎娶他女儿的聘礼。直到今天那座山还叫作穆克山，意思是"猪山"。

在与罗坎和他的女儿待过一段时间之后，芬恩又出发了，这次是为了找到自己的叔叔——特伦莫尔的儿子克里瓦尔。在克努卡之战中，克里瓦尔与库尔并肩战斗，但是在他兄弟死后袭来的大屠杀中，他却想办法逃过了一劫。他向西奔逃，来到康诺特一个荒凉野蛮的地带。在那里，他与库尔麾下最后的残部一起，在深山老林中藏身。年轻的战士负责照料年老的首领，帮他打猎糊口。

芬恩一路向西，寻找他的叔叔，忽然听到了大声的呼号和哀哭。他循声走去，看到一个女人因不胜悲痛而号啕大哭，浑身抽搐。她的脸上血迹斑斑，带血的眼泪从她眼里蜿蜒而下。

"你浑身都是血！是什么让你的眼泪变成了血泪？"芬恩喊道。

"我哭出血泪的理由太充分了！"女人恨恨地说，"就在刚才，我唯一的儿子被一名可怕的高个子战士伏击而死。"

芬恩迅速去追赶这名战士，很快就超过了他，并向他发出决斗的挑战。他战胜了这名高个子战士，用自己的长矛杀了他。这名死去的战士留下了一堆随身物品，其中有一个看起来很奇怪的袋子，是用细皮做成的。芬恩拿了这个袋子，继续往康诺特进发，最终找到了自己的叔叔。

见侄子来到了自己的棚屋，克里瓦尔喜出望外。除此之外，他也一眼认出了芬恩拿着的那个奇怪的袋子。"你怎么得到这个的？"他惊讶地问道，"这是从库尔身上偷走的，偷它的是一个懦弱的战士，叫作卢阿赫拉的格雷。我们曾经信任他。他曾是芬尼战士团的司库，但是在克努卡之战中，正是卢阿赫拉的格雷最先向你父亲反戈一击，然后戈尔·麦克摩尔纳才最终杀死你父亲的。之后卢阿赫拉的格雷带着财宝袋子，悄悄地溜走了。你是怎么把它搞回来的？"

芬恩告诉他的叔叔，他是如何碰到那个号哭的女子，又是如何杀掉那个伏击女人儿子的高个子战士的。

"你杀死的正是卢阿赫拉的格雷，"老人说道，"你为巴斯克纳部落重新找回的这个袋子，正是芬尼战士团的主要财宝。"

接着，克里瓦尔给芬恩讲了个故事，内容是关于这个用鹤皮做成的魔法百宝袋。

"这个鹤皮袋属于达努神族中的玛诺南·麦克李尔。有一个美丽的女孩，目光如水，她叫伊菲，爱上了玛诺南的儿子伊尔布拉赫，小伙子也同她心心相印。但是另有一个女人也爱着伊尔布拉赫，她疯狂地嫉妒伊菲。有一天她将伊菲引到水里，然后把这个温柔的女孩变成了一只鹤，将她从玛诺南的岛屿上赶走了，让这只鸟儿在湖泊之间流浪了整整两百年。伊菲死后，玛诺南取了她的皮，做成了一个百宝袋，将达努神族的一些宝物放了进去，其中包括他自己的宝刀和魔衫，铁匠戈夫努的铁砧和皮裙，苏格兰国王的剪刀，挪威国王带角的头盔，还有从鲸鱼皮上抽取的一条皮带。当大海涨潮的时候，可以看见袋子里的珍宝。当潮水变小退去，这个鹤皮袋看起来空空如也。它是一连串机缘巧合才落到你父亲手里的，它一直伴随着芬尼战士团，直到卢阿赫拉的格雷将其偷走。芬恩，它又回到了我们手里，这是一个好兆头。这意味着我们巴斯克纳部落将重新执掌芬尼战士团。"

芬恩和他的叔叔待了一段时间，认真地听他讲述库尔和芬尼战士团的故事。在克里瓦尔口中，他们骁勇善战、精于狩猎、长于诗艺，芬恩听了，感到非常自豪。在这些传奇故事的激励下，他下定决心要推翻戈尔·麦克摩尔纳，追随他父亲过去的步伐，成为芬尼战士团的团长。但是他很清楚，他目前的处境很危险，除非有朝一日他能在自己身边召集起一帮战士，凭借强大的实力挑战戈尔的领导权。而且只有当他既是优秀的战士和猎手，又是出色的诗人的时候，他才会被认为有资格统领这支精英部队。

于是他告别了克里瓦尔，向东朝伦斯特进发，那里住着一位名叫芬内加斯的诗人和教师。芬内加斯已在博恩河畔的一个池塘边居住了七年。这个池塘里游弋着红斑的智慧之鲑，据说谁吃了这种鱼，就能洞悉古往今来世间万物的奥秘。这是因为这种鲑鱼吃了一种从魔法山梨树上掉落到池塘里的浆果，它们就是从这种浆果里获得关于宇宙的智慧的。

当芬恩来到芬内加斯的住所时，诗人刚刚从泉里捞上来一条鲑鱼。这位学者太高兴了，他终于要得到世界上所有的知识了。他把鱼交给芬恩，让他负责烹饪，但是警告他千万不要品尝，哪怕最小的一口也不成。芬恩升起一堆火，为芬内加斯烤鱼，当他把鱼从烤扦上取下来的时候，鱼皮烫到了他的大拇指。为了缓解疼痛，芬恩将大拇指放进嘴里。然后他把鱼拿给诗人。芬恩把鱼递给诗人的时候，芬内加斯看着这个学生，注意到他发生了变化。

"我的孩子，你确信你一点鲑鱼都没有吃吗？"他诘问道。

"没有啊，"芬恩回答说，"但是我的大拇指被鱼皮烫着了，我就把手指放到嘴里捅了捅。"

诗人发出一声叹息。"你叫什么名字？"他问这个孩子。

"我的名字叫丹纳。"他回答说。

"你的名字叫芬恩！"诗人说道，"预言说有一个金色头发的人将会吃到智慧之鲑，你就是那个金发的芬恩。现在永恒的智慧属于你了，而不是我。你还是把整条鱼都吃了吧，芬恩！"

芬恩照办了。从那以后，每逢千钧一发的危急关头，他只要将大拇指放进嘴里，就能够洞悉一切他所要了解的知识。

芬恩在博恩河畔待了一段时间，向芬内加斯学习诗歌的艺术。为了向老师证明他已经掌握了这种艰深的技艺，他创作了他的第一首诗，礼赞他最喜欢的季节——初夏。

芬恩入主芬尼战士团

在证明自己成为诗人以后，芬恩离开了芬内加斯的驻地，出发去向戈尔·麦克摩尔纳要回芬尼战士团的领导权。他前往塔拉，那是当时爱尔兰至高王——"百战之王"孔恩的宫廷所在。塔拉正在大宴宾客，各省的大王和头领都在那里参加节日庆典。宴会持续了六个星期，爱尔兰全境一片和平。盛会期间须执行一项庄严的规定，那就是不能打仗，不能寻仇或挑起争端。孔恩坐在他的王座上，他儿子阿尔特坐在他身旁，戈尔·麦克摩尔纳则坐在近旁一个荣誉席位上，因为芬尼战士团的团长享有王室的礼遇。当宴会进展正酣之际，芬恩不请自来地走进了大厅，坐了下来。至高王盯着这个之前谁也没有见过的年轻人，派人取来了他用于待客的角杯。他把角杯放在年轻人的手上，问道："你是谁家的儿子？"

"我是芬恩，是芬尼战士团前团长库尔的儿子。"芬恩回答说，"爱尔兰至高王，我是来向您寻求友谊的，并且愿意为您效劳。"

"小伙子，你的父亲是我的朋友，也是一个值得信赖的人。欢迎你。过来吧！加入我们！"

于是芬恩向孔恩宣誓效忠，被置于王子阿尔特身旁的荣誉席位上。宴会和表演继续进行，不久后至高王站起身，高举他锃亮的角杯，等着大家安静下来。

"爱尔兰同胞们，"他说，"明天是庄严的扫阴节，极乐之地的大门就要开启，达努神族将来到尘世。就像过去九年间发生过的一样，来自永生族的艾连·麦克米奥纳将会来到塔拉，他将让此地化为焦土。他将用魔音仙乐催我们入眠，趁我们睡着无力之际，他将从喉咙里喷出一阵大火，点燃塔拉。如果在座有人能够从仙丘来客手上拯救塔拉，我将赐予他他合法应得的遗产，不管这份财产是大是小。"

没有人开口，因为除了芬恩，每个人都听说过那甜美得让人无法抗拒的音乐，都知道没有人能够抵抗它的魔力。任何人听到这仙乐，哪怕正遭受痛苦的折磨，也会陷入沉睡之中。

这时芬恩站起来，对至高王说道："如果我救了塔拉，谁能为我的遗产做保证？"

"爱尔兰各省的大王都会做你的保证人，德鲁伊教士和诗人们也会。"孔恩回答说。

芬恩听到这话，知道有了这些保证，他将收回他的遗产，便着手拯救塔拉了。

在座的头领中有一人名叫菲亚哈，在库尔领导芬尼战士团的时候，他曾是芬恩父亲忠实的朋友，而且迄今依然秘密效忠于巴斯克纳部落。菲亚哈趁着无人注意去找了芬恩，提出要助他一臂之力。

"如果我给你弄来一把百发百中的长矛，你会给我什么回报呢？"他对这个青年说道。

"你想要什么回报？"芬恩问道。

"你用右手赢得的收益，有三分之一要归我所有，而且我要成为你三个最信任的谋士之一。"

"没问题！"芬恩同意了。

菲亚哈把长矛带给芬恩，递到他手上，小声地说："艾连的仙乐在你耳边响起时，你马上把这罩子从矛尖扯掉，用这件武器抵住你的脑门。它拥有神力，能使你保持清醒。"

芬恩拿到这把长矛，离开了会众，来到塔拉城墙之外，开始守望。

不久之后，他就听到了第一声鼓点，他迅速将矛尖的罩子扯掉，将矛尖放平抵在前额上。与此同时，塔拉的殿堂里充满了如泣如诉、催人入眠的音乐，听到这音乐的人一个接一个全都陷入了熟睡。艾连继续演奏，等他觉得所有人都已经沉睡了，就张开嘴巴，吐出一条巨大的火舌，向塔拉席卷而来。但是芬恩此时正醒着，他攥紧自己坠着红色流苏的披风，堵住了火焰的去路。大火被这件披风引向下方，在地面烧出了一个巨大的焦坑。从那以后，这座山就被称为火焰山，对面的山谷则被称作披风谷。

艾连意识到他的力量已经被人征服，便逃往他位于福阿德山山巅的仙丘。芬恩在他后面紧追不舍，当艾连正要进入地堡大门之际，芬恩将菲亚哈的魔法长矛向他掷去，穿透了他的身体。接着芬恩将艾连的脑袋砍了下来，将它带回塔拉。他将这颗头颅安在一根柱子上，这样等天一亮所有人都能够看见它。

第二天早上，至高王带着廷臣来到塔拉的绿地，芬恩正在那里等候他们。芬恩指着柱子对孔恩说："孔恩，您看，这就是那个经常来塔拉放火的人的脑袋。他的鼓和长笛也在这里。他的魔曲已经终了，塔拉已经安全了！"

"那你一定会得到你的奖励。"至高王说道。他将戈尔·麦克摩尔纳叫到跟前，对他说："这个年轻人是库尔的儿子，他有权继承父亲的地位，成为芬尼战士团的团长。应该是由他而不是你来领导战士团。你同意将你的位子交给他，并且在他手下当差吗？要不然，你愿意离开爱尔兰吗？你得做出选择。"

"我向您庄严承诺，我将为芬恩效力。"戈尔答道。

于是芬尼战士团的勇士们都站起来，迎立他们的新团长。他们一个个与芬恩·麦克库尔击掌，而戈尔·麦克摩尔纳是第一个与之击掌的，尽管他是宿敌的儿子。

芬恩领导下的芬尼战士团

在芬恩·麦克库尔的带领下，爱尔兰的芬尼战士团如日中天，留下了许多流芳百世的光辉事迹。他们战功彪炳，冒险经历堪称传奇，以至于在人民的心目中逐渐超凡入圣，甚至连芬恩都被视作巨人了。

在芬恩当团长的时候，他只允许最高尚、最勇敢、最敏捷、最强壮、最可敬的勇士加入芬尼战士团。在他的指挥下，战士们时刻准备着保家卫国，他们拥戴至高王，并保障人民的财产和安全。

每年十一月到翌年五月，芬尼战士们都要在国土上服役，至高王给他们颁发固定的薪酬。这段时间，他们会巡逻海岸，寻找入侵者和海岛。他们收集罚金，镇压叛乱，惩治公敌。夏天的几个月，他们没有薪水，得靠天吃饭。他们捕猎打鱼，出售动物的毛皮以获得收入。

如果有人想加入这支精英部队，必须同意若干条件，宣誓遵守若干纪律，还得在一系列力量、勇气和技艺的考验中证明自己。

共有三个条件。第一个条件是负伤或战死将不会有补偿，如果他的家人同意这一点，他才有可能加入。他的家人还要承诺不会为他的死复仇；如果出于荣誉或者正义必须复仇的话，也要由芬尼战士团的战友们来执行。作为回报，如果他的战友伤害或杀死了别人，他的家人将免于遭到报复。第二个条件是他必须勤习诗艺，能够创作或欣赏诗歌，并且对古代经典了如指掌。第三个条件是他用起武器来必须得心应手。

满足了这三个条件，候选者就要庄严宣誓。他将以他的荣誉为担保，他娶妻不是为了嫁妆，而是为了这个女子本人；他不会伤害任何女子，也不会破坏任何女子的贞洁；他会竭尽全力帮助穷人；他会英勇杀敌，单枪匹马地迎战九个敌人。最后，他要发誓效忠于芬尼战士团的团长，而且会一直效忠于他。

当他发完这些誓言，他的战友们就会对他狩猎的技艺和作战的技巧来一个极限测试。

首先，他们将他带到一片草地，站在一片齐膝深的灯芯草丛中，手里拿着一面盾牌和一根榛木棒。九个芬尼战士团的老兵站在不远处，他们同时将自己的长矛掷向此人。他必须用这面盾牌和这根木棒挡掉如冰雹一般砸来的长矛。哪怕只有一根长矛擦伤了他一点儿，他都不能进入芬尼战士团的队列。

接下来，他们让他参加敏捷、速度和耐力的测试，以应对复杂的地形。他们将他带到森林里，让他把头发扎好盘起，然后让他先跑出一棵树干的距离，接着所有人都会全速追他。如果他被赶上或者受伤，就算测试失败。他需要在战友的追赶下穿越密林，如果最后有一根头发披散出来，那也算测试失败。如果他不能跳过比他的额头还要高的一根树枝，或者从一根比他的小腿还要低的树枝下面穿过，同样算测试失败。在追逐的过程中，如果他弯腰或者减速，想要从脚上拔下一根棘刺，他也会因此失掉加入芬尼战士团的资格。

他不仅脚上要有轻功，手上还要有力量。他需要拿着重武器，一动不动地长久站立。如果手抖一下，他就会被拒绝。一个年轻人如果能够完成上面所有这些挑战，这时，也只有这时，他才会获准成为芬恩的手下。

芬尼战士团全是优秀的猎手，轻功卓绝，行动隐蔽，灵巧迅捷，精准强健。一年里有一半的时间，他们要靠这些技巧和纪律生存下去。他们分成小队在森林里漫游，但是在整个狩猎期都遵守同样的规矩和习惯。他们每天只在晚上吃一餐，做饭和用餐也都遵循固定的程序。狩猎在黎明时分开始。下午早些时候，一个小队带着捕获的猎物去一个水草丰美的特定地点，在那里生起一大堆篝火，并将收集并带来此处的扁平的大石头投入火堆。在石头被炙烤的同时，猎手们备好肉食，挖好深坑。待到石头烧红，他们便将其投入坑底铺好，再将捕来的肉食放在这个炉板上。大捆的鹿肉或野猪肉被包裹在莎草或芦苇宽大的绿叶当中，扎紧后摆放到滚烫的石头上。他们会在这些烤肉上面再放上一层烧红的石头，石头上面再铺上一层捆好的肉，如此反复，直到整个深坑被填满。这些肉就这样慢慢被烤熟，等到它们变得软糯，猎手们便会扔掉一层层的石头，开始用餐。如果当天早上他们抓住了一只肉质香嫩的幼兽的话，他们就会把它用扦子串起来，直接放在火上烤。

在爱尔兰全境及苏格兰部分地方，农民在犁地时会偶尔挖出焦黑的泥土，他们便知道这个地方是千百年前芬尼战士团的烤炉。

晚上，其他的芬尼战士会来到做饭地点共进晚餐，但是吃饭前，他们需要洗去狩猎的汗渍和灰尘。他们会去另外一个装满水的大坑来做这件事。在这个临时的游泳池里，他们会洗涤和按摩四肢，洗去一日的疲劳紧张，像当天早上一样焕然一新，充满活力。等他们的精力完全恢复之后，他们就会穿上衣服，开始用餐。

用完晚餐，他们就支起帐篷过夜。他们会用树枝、灯芯草和石头修建棚屋，或者支起毛皮帐篷。然后他们按照特定的方案来铺床。他们先用灌木和有弹性的树枝铺底，再在上面铺一层干苔藓，顶上再铺上一层新鲜的灯芯草。时至今日，乡间的人们把这种床铺叫作"芬尼战士团的三层床铺"。

莪相、奎尔特和芬恩，这三位芬尼战士团的大诗人写诗赞美爱尔兰的大好山川，歌颂战友们四处游历的美好生活。夏天的鸟啭，冬日的鹿鸣，追猎时的激动，篝火旁讲述的传奇，战友们的手足情深，以及他们所遵守的荣誉法则，都成了诗人们礼赞的对象。

多年以后，当莪相成了一位很老很老的老人，而其他芬尼战士都已经过世，圣帕特里克问他，芬恩和芬尼战士们最喜欢听的音乐是什么。莪相回忆起那些早已消逝的时光和皮肤黝黑的伙伴，对这位圣人说，最好的音乐就是往日之歌。

芬恩的猎犬诞生记

一天，芬恩·麦克库尔和科南坐在艾伦山上眺望布兰和斯寇兰——芬恩的这两只爱犬在山下来回奔跑，在草丛里进进出出，总是形影不离。芬恩习惯从山顶上指挥它们追猎。这两只猎犬与主人非常亲密，它们就像能够读懂他的心思一般。每当它们跑到芬恩跟前寻求爱抚，它们会用人类才有的眼神望着他。芬恩把它们当作自己的孩子一样看待。

布兰是一只与众不同的动物。这只猎鹿犬身形高大，它的脑袋跟芬恩的肩膀齐平。它的腿是浅黄色的，肚皮则是白色的。它的侧面和背部是黑色的，后肢上布满了棕色的斑点。它的耳朵是深红色的。芬恩走到哪里，它就跟到哪里。如果哪天追猎不太顺利，芬恩感到饥饿了，布兰就会钻进森林给他搞点吃的。斯寇兰是芬恩的另一只爱犬，它的叫声非常好听，当所有猎犬都在声嘶力竭地狂吠时，斯寇兰的叫声会压过其他所有声音。

"都说这些狗是你的表兄弟。"科南对芬恩说道，"这听起来也太奇怪了吧？"

"我来告诉你经过吧。"芬恩说道。

"我的母亲穆尔娜有一次过来看我，带上了她的妹妹图琳。当

205

时人在阿尔斯特的芬尼战士乌兰爱上了图琳，求我允许他迎娶图琳。既然他要娶我的姨妈，我就给他提了两个条件。第一个条件是，只要我下令，他就要将图琳送回来；第二个条件是，他要得到芬尼战士团头领们的支持，为他的上述承诺作保。我之所以让这个阿尔斯特人同意这些条件，是因为乌兰已经有一个情人了，那是波伏的女儿，她是来自仙丘的达努神族。我担心这女子要是妒忌心发作的话，会用她的法术杀死图琳。所以在图琳脱离我的庇护之前，我把芬尼战士团的头领们召集起来。我拿起图琳的手，把它放在了莪相的手里。莪相又接着把她交给了奎尔特。奎尔特将她交给迪尔米德，如此传递，直到头领们都答应保证她的安全。然后路易把图琳的手放到阿尔斯特人的手中，对他说了如下的话：'我将这个女子交付于你，条件是你要承担庄严的义务，如果芬恩认为应该让她回来，你就必须将她安全地交还芬恩。'于是图琳就成了乌兰的妻子，同他一起回到了阿尔斯特。不久之后，图琳怀孕了，乌兰那个忌妒心强的情人决定报复。她变化成我的一个女信使的形象，跑到图琳那里，让她按照我的指示安排一场宴会。然后她以秘密筹备宴会为由，将我的姨妈从家里骗走。当她们离开房子有点距离了，这个仙丘女子就从披风下面拿出一根德鲁伊魔杖，用它击打图琳，把她变成了一只美丽的猎鹿犬，一种你能想象到的最优雅和美丽的生物。然后她带着这只猎鹿犬跑到很远的地方，来到一个叫作费古斯的头领的家中，他住在戈尔韦。这位头领因为待人冷淡而沦为笑柄。他可以说是整个爱尔兰最不爱交际的家伙，尤其恨狗，恨意是如此之大，以至于只要他待在任何一个房子里，就绝不允许猎犬靠近房子半步。于是当波伏的女儿假扮成我的信使，带着这只猎鹿犬来到他跟前的时候，他真是感到非常惊讶。这女子还跟他说：'芬恩·麦克库尔向你问好，请求你照料这只猎犬，直到他本人亲自过来。这只狗马上就要生崽了，所以芬恩希望你能好好照顾她，不要让她过多捕猎。如果她遭受任何伤害，芬恩是不会满意的。'

"'听到这些话，我非常惊讶！'费古斯惊叫道，'芬恩知道得很清楚，我这个人不喜交际，尤其讨厌狗。但这是他送来的第一只猎犬，我不会拒绝芬恩的这个要求。'

"费古斯就这样收下了猎犬。信使走后，费古斯便露出了他厌狗的本性。既然他有时间，他就决定试试这只猎犬的价值。有一天，他带她参加了一场追猎，她跑得太快了，把其他的猎犬远远甩在后面。从那一天开始，整整一个月，她捕到了所有出现在她眼前的野兽。这时，因为肚子里的幼崽变得很重，她已经跑不动了，费古斯也就不再带她出去捕猎了。但是她太漂亮，太会捕猎了，以至于费古斯也爱上了这只狗，从此以后他家就对猎犬敞开了大门。这只猎鹿犬生了两只小狗，就是你眼前所见的这两只——布兰和斯寇兰。"

"那它们是怎么落到你手里的呢？"科南问道。

"当我获悉我的姨妈不再生活在乌兰家里的时候，我就要求按照婚约的条件，让乌兰将她安全地带回到我的身边来。我坚持要求芬尼战士们兑现他们确保图琳安全的承诺。因为是路易将她交到乌兰手上的，因此他就要承担起将她带回来的责任。路易告诉我，他要么将图琳活着带回来，要么就用乌兰的脑袋作为替代。乌兰这位阿尔斯特的头领请求宽限时日以寻找图琳，他发誓如果找不到图琳，他就会自己前来投案。我同意了他的请求，他赶忙去往他那位达努情人位于仙丘的居所。她答应告诉他图琳的下落，条件是他要娶她为妻来取代图琳，而且往后余生不能有变。乌兰答应了这个条件。然后这女子就去了费古斯的家，将猎犬带走。才走出没几步，她就将图琳恢复了人形，随后将她带到阿尔兀，到我这里来了。她告诉我，图琳在变身为猎鹿犬的时候曾怀过孩子，如果我想要的话，她也可以将那两只小狗变成人形。我要求将它们归还给我，但是要保留它们出生时的模样。所以它们的确是我的亲人，我将它们当作自己的孩子来疼爱。"

　　芬恩·麦克库尔就这样和科南一道坐在阿尔兀堡垒外面，一边看着这两只猎犬嬉戏，一边把故事讲给他听。这一幕发生在好多个世纪以前。但是直至不久之前，还常常有人在艾伦山附近夜归之后，讲起一个奇怪的故事。他们说，他们看见有两只猎鹿犬在月光下奔跑，穿过灌木丛，跃过高坡，发出凄切的号叫，他们知道那是布兰和斯寇兰又在寻找它们的主人，渴望再来一场追猎。

莪相诞生记

在一个大晴天，当芬尼战士们经过一天的狩猎，走在回家的路上时，一头美丽的小鹿在他们前方惊跳起来，开始风驰电掣地跑向阿尔兀堡垒。那是一头母鹿，奔跑速度非常快，很快就超越了大部分的狩猎小队。这些人全落在后面，人和狗都筋疲力尽，最后只有芬恩和他的两只猎鹿犬布兰和斯寇兰还跟着。他们沿着山谷的一边冲过去，小鹿在飞驰之中突然停下，倒在了光滑的草地上。芬恩对鹿的这个行为感到十分惊讶。布兰和斯寇兰跑在他的前面。当芬恩走到这头美丽的母鹿跟前，令人惊讶的一幕映入了他的眼帘——他那两只最棒的猎犬正在她身旁嬉闹。他们没有伤害或者杀死她，而是舔着她的脸和脖子，轻拍着她的四肢。

芬恩由此知道，他也不应该伤害这个动物，所以他让狗儿们跟紧点，一同朝阿尔兀进发。他回过头，看到这头母鹿正跟着他们往家走。等他们到达那座白色的堡垒，芬恩、两只猎犬和这位奇怪的小伙伴一起进到堡垒里面，芬恩还让人给小鹿找了个安全的地方过夜。

吃过晚饭之后，芬恩回到自己的屋子准备休息。他刚一躺下，一位可爱的女子就走了进来。她穿着用最精美的材料做成的衣物，打扮得珠光宝气。芬恩惊讶而又倾慕地盯着她，这时女子发话了：

"我就是今晚你和你的猎犬饶命不杀，带回阿尔兀的那头小鹿。我叫塞芙。达努神族有一位德鲁伊教士名叫黑法师，因为我拒绝了他的求爱，他就将我变成了一头鹿。三年多来，我在爱尔兰一个偏僻的地方，过着危险而又艰难的野鹿的生活。最后黑法师的一位仆人同情我，他告诉我如果我能进入一座芬尼战士的堡垒，黑法师的魔力就会终止，我就会恢复人形。我日夜奔逃，穿越爱尔兰的森林，直到抵达这里，来到艾伦山附近。我进入了你的领地，芬恩，因为我知道你是芬尼战士团的领袖。我跑过了你的狩猎队伍，直到只剩下布兰和斯寇兰跟在我后面，因为我知道他们是不会杀死我的。他们能够认出我的本相，就像他们一样。"

芬恩对这美丽的女子一往情深，对她寸步不离。一连好几个月，他被她迷得神魂颠倒，放弃了之前的各项活动，缺席了所有的狩猎、角斗和宴会。他一直待在心爱的塞芙的身边，还将她称作"阿尔兀之花"。然而就在此时，从科马克·麦克阿尔特那里传来消息，洛赫兰的入侵者已经渡过冰冷的北海，来到了都柏林湾。芬尼战士们立下了庄严的誓言，要保家卫国，抗击侵略，所以芬恩虽然一百个不愿意，却还是不得不离开阿尔兀，告别了美丽的塞芙。

为了将洛赫兰人赶回去，芬恩离开了整整七天。战争一结束，他就立刻回到阿尔兀。当他飞越平原奔向堡垒时，他满脑子都是塞芙。阿尔兀映入眼帘的那一刻，他的眼睛扫视着城墙，寻找塞芙的身影。他知道只要他回家的消息传到她那里，她就会立刻出来迎接，然而城头上杳无她的踪迹。迎接他的是他的仆人，而不是他的妻子。仆人们欢迎主人平安归来，可他们的脸上却挂满了悲伤。

"我美丽的塞芙呢？"芬恩焦急地大声询问。没有人回答，因为没有人愿意第一个吐露坏消息。"我的妻子在哪里？"芬恩再次询问，满脸忧惧，于是仆人们不得不告诉他。

"不要责怪我们，芬恩！"他们哀求道，"当你在外面与金发的洛赫兰人作战的时候，你本人带着布兰和斯寇兰出现在堡垒的外面。你将芬尼战士团的号角放到唇边，它奏出嗡鸣的乐声，回荡在阿尔兀，所有人都如痴如醉。而你美丽的妻子塞芙听到这音乐，就跑出门去，以为是你回来了。她飞奔着穿过关隘，出了城门。我们想要阻止她，因为那时候我们察觉那并不是你在吹响芬尼战士团的号角，而是有人变成了你的样子。塞芙听不进我们的话。她不顾我们的劝阻。'我得迎接我丈夫归来，我一定要去迎接我的芬恩！'她对我们大声喊道，'是他救了我。他保护了我。我还怀着他的孩子！'我们央求她留下，但是她对你平安归来兴奋过头了，我们谁也没能阻止她。她冲进那个变成你的模样的人的怀里。一秒之后她就意识到自己犯了错。她发出一声疯狂的尖叫，向后退去，但是那个巫师用魔棒击中了她。一头美丽的小鹿立刻惊恐不安地出现在她所站立的地方。她瑟缩着站在平原上，回望阿尔兀。这时那个德鲁伊教士的两只猎犬绕着她狂吠，将这受惊的母鹿赶出了堡垒。她拼命挣扎，三四次想要跳回堡垒内，但是每一次猎犬都咬住她的喉咙，将她拖回。唉，芬恩！"这些仆人哭诉着，望着主人脸上的悲痛和恐惧，"我们发誓，我们已经尽了一切努力想要拯救塞芙。在数不到二十的极短时间里，我们就抓起了长矛和刀剑，冲出堡垒，来到平原上救她，但是平原上早已空无一人。我们什么也看不到，没有女人，也没有鹿，没有男人，也没有狗，随便哪里都空空如也。但是我们可以听到嘚嘚的脚步声，如鼓槌一般敲击着坚硬的地面，也能听到猎犬的吠叫声。这些声音在我们身边萦绕，让我们十分困惑，因为我们每个人听到的声音都来自不同的方向。"

听到这些话，芬恩痛苦地仰起头来，用拳头猛击自己的胸口。他一句话也没有说，而是独自去到住所，在那里待了一天一夜，没有露面，直到利菲平原迎来黎明。

之后的七年，在领导芬尼战士团抵御洛赫兰人袭击之外的时间里，芬恩找遍了爱尔兰全境，踏遍了大地上最偏僻的角落，寻找他心爱的塞芙。之后又过去了七年，他仍一直在悼念这个曾让他无比快乐却无缘长相厮守的女子。在这些日子里，他的脸上一直愁云密布，没有人再见过他的笑容。除了在作战和狩猎时表露出狂热和激动，其他时候他一直情绪低沉。他出去打猎时，总是把大队的狗群留在后面，身边只带着布兰、斯寇兰和其他三只他信任的猎犬。万一他们再次找到塞芙，他希望能以此确保她不会受到伤害。

一晃十四年过去了，这一天芬恩和他领导的芬尼战士们正在斯莱戈的本布尔本山打猎，突然听到一阵巨大的喧嚣，那是在他们前方进入一个狭窄关隘的狗群发出的。他们冲了过去，到那儿才发现芬恩的五只猎犬围成了一个圆圈，圈住了一个周身赤裸的男孩，他的头发很长，一直垂到脚边。芬恩的猎犬斗志极盛，努力打退其他猎犬对这男孩的进攻。男孩在圆圈的中央安静地站着，毫不在意在他脚边互殴的狗群。当芬尼战士们冲过来解救他的时候，他好奇地盯着他们看。其他的狗一被喝走，布兰和斯寇兰就径直跑到这个野小子跟前，对他哀叫，舔他的脸和四肢，往他身上扑腾，好像他才是他们的主人，而芬恩不是。芬恩和他的战友们走上前来，温柔地摸了摸这个英俊少年的头，拥抱他，向他表明他安全了。他们将他带到棚屋里，给他食物和水，然后又给他衣服，帮他剪短了头发。有他们陪伴左右，他不再感到拘束，把他那些野性未驯、一惊一乍的举动抛在了脑后。芬恩盯着这个年轻人，从他的面容里发现了塞芙美丽容颜的影子。他推断他的年龄在十四岁上下，正是塞芙离开的年数，他确信这孩子就是他的亲骨肉。这孩子跟着他回到了阿尔兀，芬恩非常疼爱他，让他整天不离左右。他对他讲话，给他讲故事，这孩子就这样学会了说话。布兰和斯寇兰也非常喜欢这个新伙伴，整天在他身旁嬉戏，期待他的爱抚。这孩子学会说话之后，就把他所记得的获救之前的所有经历一五一十地告诉了芬恩。

他说，有一只温柔的母鹿照顾着他，保护着他，为他遮风避雨，他就像爱妈妈一样爱她。他们住在一个荒无人烟的地方，一同翻山越岭，跳过岩石嶙峋的山坡，啜饮溪水，在深山老林里躲藏。夏天他吃浆果和水果，冬天母鹿将食物藏在隐蔽的洞穴里。有个皮肤黝黑的人不时来看望他们。他会对母鹿说话，有时候是温柔的劝告，有时候是大声的威胁，但是不论他怎么说，母鹿都远远地躲开他，眼睛里满是惊恐，害怕得四肢发抖。那人总是怒气冲冲地离开。尽管母鹿和孩子能够自由自在地在这片山林园地里漫游，他们却怎么也不能离开。四周是高耸的群峰和陡峭的悬崖，根本没有出路。

一天，黑法师来了，把母鹿逼到了角落里。一开始他说话还很温柔，诱骗她跟他一起走，接着就厉声呵斥和威胁起来。他就这样软磨硬泡了很长时间，但是母鹿仍然吓得发抖，躲得远远的。最后，黑法师拿出一根榛树棒，用它击中了母鹿。她随即失去了抵抗力，只能乖乖地跟着他走。但是在她被带走之前，她不断地回头看着这个孩子，发出心碎的低鸣和呦呦的呼唤。这男孩极力想要跟上她，但是他也中了魔法。他害怕和悲痛地呜咽着，却根本无法挪动哪怕一根手指。他听见鹿鸣声越来越微弱，越来越绝望，这让他无法承受，于是他就倒在地上晕过去了。

当他醒来的时候，母鹿和他快活地生活过的崇山峻岭已经消失了，尽管他找了很多天，想找到那些高山悬崖，却怎么也找不到了。他独自在新的田野上游荡，直到芬尼战士的猎犬们闻到了他的气息，芬恩将他带回了家。

芬恩听完这个故事后，他知道这个年轻人一定就是他和心爱的塞芙的儿子，于是他给这孩子取名为"莪相"，意思是"小鹿"。

追捕迪尔米德和格兰妮雅

在伦斯特辽阔的阿尔兀，一天清晨，芬尼战士团团长芬恩·麦克库尔醒来后，独自一人坐在青草地上，没有仆人或战友陪伴左右。族中两人看见他坐在那里，便跟了出来。他们是他的儿子莪相和迪尔林·奥巴斯克纳。

"你怎么起这么早啊，芬恩？"莪相问道。

"不奇怪啊，"芬恩回答说，"自从玛格妮丝死后，我就成了鳏夫。一个男人没了可心的媳妇，既睡不长，也睡不香啊！"

"怎么会发生这种事呀？"莪相叫道，"爱尔兰偌大一座碧绿的岛屿，就没有一个你垂青的姑娘，能让我们带过来的吗？"

这时，迪尔林发话了："我知道哪个女人适合你。"

"谁？"芬恩问道。

"她就是格兰妮雅，科马克·麦克阿尔特的女儿，'百战之王'孔恩的孙女。她无论是容貌、身材还是风姿，都是整个世界上最美丽的女人。"

"迪尔林，你知道的，我和科马克有很长时间不对付了，我也不会给他机会拒绝我的提亲。我情愿你们两位替我去向格兰妮雅求婚，这样如果科马克拒绝我，我也不会太丢面子。"

于是葳相和迪尔林前往塔拉。

当他们到达塔拉，爱尔兰至高王正在举办各部落的聚会，头领们和有头有脸的人物全都在场。科马克用盛大的仪式欢迎葳相和迪尔林。他还将当天的宴会延期了，因为他知道这两人来找他一定肩负了重要的使命。葳相将至高王请到一旁，告诉他他们过来是代表芬恩·麦克库尔，想要求娶他的女儿。

科马克回答说："我的女儿前前后后已经拒绝了全国上下每一位王子、英雄和力士的求婚，而大家都以为原因在我！这样吧，我就不给你们任何承诺了，你们还是亲自去见格兰妮雅，亲耳听听她的回答吧。如果她还是不同意，那就怪不得我了。"科马克带着这两位使节来到格兰妮雅的住所，坐到她的床边。

"格兰妮雅，"他说，"这两位是芬恩·麦克库尔派来的。他们来问你是否愿意嫁给他们的领袖。你怎么说？"

"如果你觉得芬恩对你来说是个乘龙快婿，那他就是我的如意郎君！"他的女儿这样回答。葳相和迪尔林对此答复十分满意。

格兰妮雅和她的侍女们在她的夏宫里以皇家礼节为两位来宾表演了节目，两人非常开心，笑声响彻整个塔拉城。待到该离开的时候，科马克安排他们两周后在塔拉再会。于是葳相和迪尔林回到了阿尔兀，将这个好消息原原本本地告诉了芬恩和其他芬尼战士。

光阴似箭，两个星期很快就过去了，该是芬恩与科马克会面的日子了。他从各地召集了七个营的芬尼战士来到阿尔兀，铆足了劲前去塔拉。

科马克在头领们的簇拥下来到堡垒外的绿地上迎客，将芬恩和芬尼战士们请进了宴会厅。至高王在席间落座，王后恩妮雅和公主格兰妮雅坐在他的左手边，芬恩·麦克库尔坐在他的右手边。王子卡尔布雷坐在王室一边，芬恩的儿子莪相贴着他坐。所有人都按照出身和阶级落座完毕。一位叫作多拉的德鲁伊教士坐在格兰妮雅身旁，很快这两人就开始交谈。

"芬恩·麦克库尔今晚到此有何企图？"格兰妮雅问这位智者。

"如果你都不知道缘故，你怎么能指望我知道呢！"多拉反诘道。

"你知道多少，你就告诉我多少。"格兰妮雅说。

"这么说的话，"德鲁伊教士说，"我可以告诉你，芬恩今晚过来是为了求你答应做他的妻子。"

"我很惊讶芬恩竟然是为自己求婚，而不是为了他的儿子莪相来提亲。比起年纪大到可以做我父亲的一个老头，我觉得莪相才是更好的配偶。"

"小点声！如果芬恩听到你这样说话，他就不想跟你有任何瓜葛了，这样的话，莪相也不敢碰你了，不管他有没有这个想法。"

格兰妮雅的视线越过桌子，朝芬恩那边坐着的芬尼战士们望过去。

"告诉我，"她说，"莪相身边坐着的那个战士是谁？"

"那是戈尔·麦克摩尔纳，一位凶悍的斗士。"

"戈尔旁边呢，又是谁？"

"那是奥斯卡，是莪相的儿子，芬恩的孙子。"

"奥斯卡身旁那个运动健将又是谁呢？"

"那是奎尔特，"多拉说，"芬尼战士团里跑得最快的一个。"

"他旁边呢？"

"芬恩的侄子路易。"

"告诉我,"格兰妮雅稍事停顿后又说,"在莪相左手边站着的那位,头发卷卷,脸上有雀斑,说话细声细气的少年又是谁呢?"

"那个笑容灿烂的小帅哥是迪尔米德·奥迪夫内,他是一个迷死人的大情圣,没有哪个女人不想得到他。"

"迪尔米德肩膀头旁边的那位又是谁?"

"那是巴斯克纳部落的德鲁伊教士,他是一位渊博的智者,名叫迪尔林。"

"这场聚会可真是妙趣横生啊!"格兰妮雅说。

过了一会儿,格兰妮雅找来一位侍女,请她到自己的夏宫去取她收藏的一只镶嵌珠宝的金色高脚杯。侍女很快拿着杯子回来了,格兰妮雅将杯子斟满酒,递还给她。"把酒拿好,先给芬恩,请他喝上一口。告诉他,是我敬的。"

侍女照着吩咐敬了酒,芬恩从杯中喝了一大口,就开始陷入昏睡。

科马克从杯中喝了一口,将杯子递给王后。王后抿了一口,递给王子。卡尔布雷还没来得及递给别人,他和他的父母就都酣醉不醒了。很快,在格兰妮雅悄悄掺入酒杯的催眠药剂的作用下,至高王及其全体随员以及芬恩·麦克库尔都被放倒,陷入了沉睡。格兰妮雅一直观察着进展,这时她从自己的座位上起身,走了过去,坐在莪相和迪尔米德·奥迪夫内中间。

"芬恩·麦克库尔这么个糟老头竟然想要同我结婚,我真是惊到了。他要是撮合一个跟我年纪相仿的人与我婚配,对他来说要体面得多。"她对莪相说。

"别这么说，格兰妮雅，"莪相警告说，"如果芬恩听到了，他就不会娶你了，我也不会的！"

"那你会不会接受我的求婚呢，莪相？"格兰妮雅问道。

"我不会的！"莪相叫道，"因为我不会在芬恩和他的未婚妻之间插上一脚。"

格兰妮雅转向迪尔米德。

"那你呢，迪尔米德·奥迪夫内？你会接受我的求婚吗？"她又问道。

"我不会的！"迪尔米德回答说，"因为我不会接受一个被献给莪相的女人，更不用说她已被许给了芬恩！"

"这样啊？"格兰妮雅说，"那好啊，此时此地，迪尔米德，我现在就给你下一个戒誓，在芬恩·麦克库尔和至高王醒来之前，你必须把我从这个地方带走！如果你拒绝履行这个庄严的誓约，毁灭和耻辱就会降临到你的头上。"

"你给我立下了什么邪恶的誓约啊！"迪尔米德大声喊道，"告诉我，在所有这些出身高贵的来宾中，你为什么偏偏选中我来下这么个咒？这里有这么多王子，个个跟我一样配得上你。"

"啊，迪尔米德，我可不是随随便便就把这个戒誓立在你身上的。理由如下：有一天我的父亲在塔拉的平原上主持一场节日庆典。芬恩和一些芬尼战士也过来了。一场板棍球比赛就这样打响了，对阵双方是我的哥哥卡尔布雷率领的队伍和芬尼战士团的运动员们。比赛当天，迪尔米德，只有你、至高王和芬恩三位观众。正当战士队的比分落后之际，你突然跳起来，撞倒了离你最近的运动员，抓起他的球棍，冲到了赛场上。一眨眼的工夫，你就替战士队进了三个球。我在我的夏宫的玻璃花窗后面看着你，打那时起就爱上了你。从那一天起直至今日，我再也没正眼瞧过其他的男人，将来也绝不会！"

"你爱上了我而不是芬恩，这还真是奇了，因为在爱尔兰，还没有哪个男人比芬恩更会疼爱女人的了！"迪尔米德惊叫道，"而且格兰妮雅，你知道吗，芬恩就在这里，塔拉城门的钥匙归他掌管，没有他我们根本插翅难飞！"

"你错了，"格兰妮雅，"并不是这样的。我的夏宫有一条逃生路线，我们可以从那里离开。"

"可是我身上背负着另一条戒誓，那就是我永远不能使用逃生门来躲避敌人。"迪尔米德告诉她。

"我听说芬尼战士们可以用他们的矛杆从任何堡垒或者住房的防御工事上方飞越过去，那我就从逃生门里出去，你跟着我用那种方法从墙上越过。"格兰妮雅说完就离开了宴会厅。

迪尔米德转过头来，问他的朋友们："唉，莪相，格兰妮雅在我身上立了戒誓，我该怎么办呢？"

"你本不该背负这个戒誓，"莪相说，"但既然已经下在你的身上了，我建议你还是跟着格兰妮雅走吧。只是你要小心保护自己，不要中了芬恩的诡计！"

迪尔米德转向奥斯卡，问道："你觉得我应该怎么破这个戒誓呢？"

"你没得选，只有跟着格兰妮雅走，谁打破戒誓，谁就死定了。"

"你呢，奎尔特，你的建议呢？"

"尽管我已经有了如意的妻子，可要是格兰妮雅爱我的话，我愿意抛弃所有的财富！"奎尔特回答道。

"你对我有什么建议呢？"迪尔米德问迪尔林。这位德鲁伊教士回答道："跟着格兰妮雅啊，你没得选。但是我很同情你，因为她迟早会要了你的命。"

"那你们所有人给我的建议都是一样的。"迪尔米德伤心地说。

"是啊！"他们齐声说道。

迪尔米德脸上滚下两道热泪，他从座位上站起身，向朋友们诀别。

他从宴会厅出来，爬上了城墙，然后用他的矛杆一撑，就像鸟一样弹向高天，飞越了大墙，平安落在堡垒外面的绿地上。格兰妮雅高兴地跑上前去跟他凑在一起，但是迪尔米德恳求她改变想法。

"格兰妮雅，我打心眼里觉得你走错了路。转过身来！直接回到你的住所吧，芬恩不会知道你想要逃婚的。你嫁给他会更好。如果你和我私奔，他会把爱尔兰四面八方搜个底朝天，我不知道我们要逃到哪里才能躲过他的追捕。你还是回到堡垒里面去吧，格兰妮雅。回到芬恩那里吧！"

"我是绝不会回去的！"格兰妮雅叫道，"我至死都不会和你分开！"

"那好吧，格兰妮雅，我们一起走吧！"迪尔米德说道。

出了城大概一里地，格兰妮雅就告诉迪尔米德她有点累了。

"你累得还真是时候呢，"迪尔米德告诉格兰妮雅，"这意味着你现在就可以掉头回家，没有人会知道你逃婚的事情。况且我还要打个包票，我是任何时候都不会背女人的，不管是你还是别的女人！”

“你不用背我！我父亲的马就在地里，无人看守，而且马车也在附近。你可以回去牵两匹马，套上一辆车，回来这里接上我。我会等你的。”

迪尔米德照办了，他们驾着马车，一路来到了阿斯隆。在香农河上的一个渡口处，迪尔米德对格兰妮雅说：“带着马走，芬恩会更容易追踪到我们。”

“那我们就把马丢在这里，从现在开始我跟你走路好了。”她回答说。

于是迪尔米德放了马，一边岸上各放一匹。之后格兰妮雅和他向西又走了一里地，在浅水里跋涉，这样就不会留下踪迹。他们在康诺特省上了岸，继续行进，直到来到一片叫作德里达博斯的橡树林。在这片森林的中央，迪尔米德开出一片空地，用他砍倒的树苗搭了一个棚屋。他给这屋子开了七个出口，装上了七扇板条门。在棚屋的中央，他铺上有弹性的桦树枝，在上面铺上新鲜的灯芯草，给格兰妮雅做了一张床。

当芬恩·麦克库尔第二天一早在塔拉醒过来之后，他发现迪尔米德和格兰妮雅已经私奔了。他妒火中烧，立刻跑到平原上，召集奈文部落的追踪者们，命令他们找到这两个逃犯。追踪者们循着两人的足迹来到了阿斯隆，在香农河的渡口处断了线索。芬恩对这些猎手大发雷霆，狂怒不已，甚至威胁说如果他们寻不到逃犯的踪迹，就要把他们都吊死在渡口的两岸。于是奈文部落的追踪者们沿河向西走了一里路，看到迪尔米德的马还在他放马的地方吃草。于是追踪者们就发现了一条通向康诺特的踪迹。

"现在我知道迪尔米德和格兰妮雅去哪里了！他们穿过平原，进了德里达博斯森林！"芬恩大叫道。

当莪相、奥斯卡和迪尔米德的其他朋友听到芬恩的话，他们为迪尔米德的安危捏了一把汗。

"芬恩对这块地方太了解了，他极有可能是对的，这对小情人恐怕正是在他所说的地方，"莪相对其他人说，"我们必须警告迪尔米德他已身处险境。奥斯卡，去把布兰找来，让它去警告迪尔米德。那只猎犬就像爱芬恩一样爱着迪尔米德！"

奥斯卡把布兰找来，告诉它必须怎么怎么做。这猎犬有着人类的智慧，听明白之后就悄悄溜到人群后面，这样芬恩就看不到它离开了，然后它追踪着迪尔米德的踪迹，全速前进，直到来到德里达博斯森林。它找到迪尔米德的时候，后者正在那片空地上睡觉，它便将鼻子塞进他的脖子。迪尔米德一惊，醒了过来，定睛一看原来是布兰。他腾身而起，走进格兰妮雅睡觉的地方，将她摇醒。"这是布兰，麦克库尔自己的猎犬。我知道他是来警告我，芬恩正追踪我而来！"

"那赶紧听从警告，远走高飞！"格兰妮雅请求他说。

"我不走！"迪尔米德说，"芬恩就算现在抓不到我，以后还是会抓到我的，反正到最后他总会抓到我的。"

格兰妮雅听到这话，害怕得浑身发抖；布兰则掉头回到了芬尼战士团队中。莪相看到这只狗回到了他们中间，就对奎尔特说："我不知道布兰有没有抓住机会或者找到空隙接近迪尔米德。我们的朋友仍然处在危险之中。我们最好再给他发送一条警告。你的心腹，那个叫法尔戈尔的，一声吼叫十个村镇之外都能听到，他人在哪里？让他发出一声吼叫，让远在德里达博斯森林的迪尔米德听到！"

法尔戈尔给找来了，他发出三声尖厉的号叫，迪尔米德在他的藏身处听到了这声音。他再次叫醒了格兰妮雅。"那是法尔戈尔的声音，他是奎尔特·麦克罗南的亲戚，既然奎尔特现在跟芬恩一伙，这就意味着他们想要警告我，芬恩正在追踪我。"

"那赶紧听从警告，远走高飞！"格兰妮雅再次恳求他。

"我不走！"迪尔米德再次拒绝道，"就算芬恩和他的追踪者们追上我们，我们也不会离开这片森林。"

此时，芬恩正非常紧迫地督促他的追踪者们，让这些猎手进入德里达博斯森林。他们从森林中回来，告诉芬恩，迪尔米德和一个女人就在森林里，但他们辨识不出她的踪迹。

"那些站在迪尔米德一边的人运气都不佳啊！"芬恩生气地喊道，"但是不管他们怎么样，迪尔米德对我造成了巨大的伤害，在我彻底报仇雪恨之前，他是不会离开这片森林的。"

莪相转向他说道："芬恩，迪尔米德哪有这么蠢，明知道你正寻踪而来，他还会在德里达博斯森林里溜达吗？如果你这样幻想，那是你因为嫉妒失去了理智！"

"莪相，你这点鬼话骗不了我！我知道得很清楚，迪尔米德就在附近。你让我的狗去警告他，让他知道我正在追踪他。而且我也听到了法尔戈尔的咆哮声，我知道他大叫是在给迪尔米德发出警告。但是这都是没用的。奥迪夫内让我饱受屈辱，在他为此付出代价之前，他是不会离开这片森林的。"芬恩说完，就跟着他的追踪者们一起进入了森林。

这一次奥斯卡试图最后一次阻挠他。

"你要取他的项上人头，迪尔米德怎么还会待在这座平原上等你？如果你这样想，哪怕只有一分钟这样的念头，肯定是你因为嫉妒而发了狂！"但是芬恩已经来到了那片空地上，看见了迪尔米德搭建的棚屋。

"你可以闭嘴了，奥斯卡。"芬恩指着棚屋说道，"除了迪尔米德，没有人能造这样一座棚屋，温暖密实，带七扇紧致的窄门。"他提高了音量，朝着屋内喊道："谁是对的，迪尔米德，奥斯卡还是我？"

"一如既往，你是对的，芬恩！"迪尔米德回喊道，"我就在这里，格兰妮雅同我在一起！"当着芬恩和他手下人的面，他用双臂环住格兰妮雅，还亲了她三次。

芬恩眼睁睁看着，气得七窍生烟，几乎晕倒。但是他稳住自己，向迪尔米德发誓说，他将为这三个吻付出一个脑袋的代价。于是他让自己的战士将棚屋包围起来。

正在此时，一股寒风将迪尔米德缠住，他的保护神——达努神族的"年轻者"恩古斯现身，对他说道："迪尔米德，你为何陷入了这样的困境？"

"这位格兰妮雅是爱尔兰至高王的女儿，她离开了她的父亲和芬恩·麦克库尔，跟我私奔了。她给我立下了一个戒誓，我是违背自己的意愿跟着她来到这里的。"迪尔米德说道。

"你们两人都溜到我的披风之下，我带你们从这里出去，芬恩和芬尼战士们都不会知道你们已经走掉了。"恩古斯说道。

"把格兰妮雅带走吧，"迪尔米德告诉他，"我是不会跟你走的。

如果我活了下来，我会追随你的脚步；如果我死了，请将格兰妮雅送回她父亲家里，不论好歹，让他来处置她好了。"

于是"年轻者"恩古斯将格兰妮雅放在他披风的尾巴下面，在芬尼战士们毫无察觉的情况下，起身离开了，在利默里克附近落了地。他们一离开这片空地，迪尔米德就站了起来，像一根柱子般挺直了腰杆，穿上了自己的盔甲。他拿起武器，抄起尖利的匕首，从一道门走到另一道门，向门外的芬尼战士发起挑战。他的朋友莪相和奥斯卡以及巴斯克纳部落都堵在第一道门外，他们愿意让他毫发无损地走掉，但是迪尔米德拒绝了他们的保护。另二道门的守卫者是奎尔特·麦克罗南和他的手下，他们提出要保护他，替他战斗至死，但是迪尔米德也拒绝从那扇门离开。科南带着摩尔纳部落的人守在第三道门外，因为他们是芬恩的宿敌，所以他们也提议让迪尔米德安全离开。迪尔米德照样拒绝了提议，接下来两道门也是如此。迪尔米德决心要对抗芬恩本人，不愿意将芬恩的仇恨引到别人身上。在第六道门外，芬恩忠诚的追踪者们已经等候多时。他们向迪尔米德发起挑战，让他出来应战，他们发誓要将迪尔米德砍死，但是迪尔米德轻蔑地拒绝了他们的挑战。他走向第七道门，这一次终于是芬恩自己来回应了。

"我是芬恩·麦克库尔，芬尼战士团的团长，巴斯克纳部落的首领，我带着四百名雇佣兵。你不是我们的朋友，迪尔米德·奥迪夫内，如果你胆敢从这道门出来的话，你就会被砍成碎片。"

"那我给你也发个誓，我就不走其他门，偏偏就要从这道门里出来。"迪尔米德喊了回去。

芬恩被迪尔米德的嘲弄惹得火冒三丈，他命令他的手下，就是死也要拦住他，别让他跑掉了。迪尔米德听到了芬恩的命令，他用矛杆一撑就跃到半空，从门里高高地跳出来，越过了敌人的头顶，动作如此之快，对手连他走了都还不知道呢。他带着胜利者的姿态回头看着他们，用他的成功逃脱嘲笑这些人，然后他将盾牌甩在自己宽阔的背上，猫起腰，冲出了追踪者的射程之外。当他知道他们再也追赶不上他时，他折回去追踪恩古斯和格兰妮雅。他一路不偏不斜，一直跟着那条线路，直到来到利默里克。他发现恩古斯和格兰妮雅在一座温暖明亮的棚屋里，正在一塘毕剥作响的大火堆上烤着半头野猪。当迪尔米德走进来的时候，格兰妮雅开心得不行，她觉得心脏都快要从嘴里飞出来了。迪尔米德把整段冒险经历告诉了格兰妮雅，等他们都饱餐完一顿野猪肉之后，他们便各自睡去了。

恩古斯起了个大早，准备回到他在博恩河畔的地堡，但是在他离开之前，他给了迪尔米德一些忠告，告诉他怎样才能智胜狡猾的芬恩。

"永远不要进一个只有一个出口的岩洞，爬上一棵只有一根枝杈的树。永远不要把船开到一座只有一个海湾的小岛。不要在你做饭的地方吃饭，不要在你吃饭的地方睡觉。早上，不要在你前一天晚上铺好的同一张床上起来。"

恩古斯走了之后，迪尔米德和格兰妮雅再次出发，踏上漫长的爱尔兰环岛之旅，他们一直在走，芬恩总是尾随其后，无情地追杀着他们。

一开始他们向西南方向前进，沿着香农河的左岸，直到他们来到劳恩河，迪尔米德在那里抓住了七条鲑鱼。他把这些鱼用扦子串好，在一个火坑上烤了，但是他留了一条没吃。按照恩古斯的建议，他们来到河对岸吃饭。迪尔米德在河岸上留下了那条他没动过的鲑鱼，然后他们继续走，去寻找一片可以过夜的营地。在德里达博斯森林，迪尔米德同样留下了一块没啃过的鹿肉，以此向芬恩表示，他没有让格兰妮雅成为他的情人。芬恩看到这些标记，明白其中的含义后，他追这两个逃亡者追得更急了，怀着仍然娶格兰妮雅为妻的希望，毕竟她还没有成为迪尔米德的女人。

第二天一早，两人遇到了一名年轻的战士，身材健硕，英武帅气，但是衣衫褴褛，武器也不行。他自称穆阿丹，希望跟随一位冠军力士为他效劳。

"你能提供什么样的服务呢？"迪尔米德问这个年轻人。

"白天我会照料你的各种需求，晚上我会为你站岗放哨。"穆阿丹说。

"迪尔米德，你就收下他吧，"格兰妮雅催促道，"你不可能永远不带手下的。"于是迪尔米德同意接受穆阿丹，双方订立了一份契约。

一行三人向西行进，来到了卡拉河，穆阿丹提议将迪尔米德和格兰妮雅两人背过河去。不管格兰妮雅如何抗议，这位跟班还是将他俩放在自己的背上，蹚过了河。快到天黑的时候，他们在一个沼泽边缘的山洞停了下来，准备躲在这里过夜，穆阿丹为迪尔米德和格兰妮雅备好了散发着芳香的床铺。然后他来到山洞附近的一片小树林，从一棵山梨树上砍下了一根又长又直的树枝，在上面系了一绺头发，做成一根渔线，在线头上捆上一只钩子。他在鱼钩上穿了一个冬青果，便举起这根鱼竿，把鱼钩往河里面一甩。

一条鱼咬了这第一个冬青果，穆阿丹把它从鱼钩上取下来，再次下钩。又一条鱼咬了第二个冬青果，然后他用第三个冬青果钓到了第三条鱼。随后他把鱼竿插到地里，把鱼线和鱼钩塞到腰带里，回到山洞，在火坑上烤鱼。

鱼烤好了，穆阿丹对迪尔米德说："你把鱼分一分吧。"

"还是你自己来分吧。"迪尔米德回答说。

穆阿丹让格兰妮雅来分鱼，她也拒绝了。于是穆阿丹拿了鱼，把它分发好了。

"如果格兰妮雅来分鱼，她会将最大的分给迪尔米德。如果迪尔米德来分鱼，他会将最大的分给格兰妮雅。既然我来分鱼，我会将最大的分给迪尔米德，第二大的分给格兰妮雅，我自己就拿最小的鱼好了。"

他们一起吃了饭。餐毕，迪尔米德和格兰妮雅回到他们在山洞里的床铺，穆阿丹则通宵在外守卫。

天亮时，迪尔米德叫醒了格兰妮雅，让她来负责守望，这样穆阿丹可以睡上一会儿，他本人也可以出去查看此地的方位。他来到最高的岬角，从上面举目四望。

很快他就看见一支庞大而凶险的舰队朝着悬崖脚下的沙滩开来。当这些船抵达岸边，一群战士下船上了岸，人数几乎上千。迪尔米德决定下去会会他们，查探他们是为何而来。

三个陌生人走上前来，与迪尔米德说话，他们是舰队的船长。

"我们三人来自芬恩·麦克库尔的国度，是王室的头领，我们的名号分别是黑脚、白脚和硬脚。我们跨海而来，是为了寻找一个被芬恩追捕的逃犯，这个土匪和叛徒叫作迪尔米德·奥迪夫内。

等我们找到他，我们要把他干掉。我们带了三只有毒的猎犬，来帮助我们战胜那个恶棍，等我们把它们放出来闻闻他的踪迹，它们就会将他一追到底。这些猎犬火不能伤，水不能淹，刀枪不入。有了这些猛犬，再加上我们带来的这一千个战士，我们很快就能干掉迪尔米德。你是谁？报上你的大名。你听说过这个土匪吗？"

"我昨天还见到他了。"迪尔米德对头领们说，"你们看，我只是一个浪迹天涯的普通战士，靠脑子和双手挣口饭吃，但是如果你们碰到迪尔米德·奥迪夫内，那就大不一样了。他根本不是普通人，我就跟你们直说吧！你们船上有酒吗？"

"有。"他们回答说。

"拿一桶酒出来，我给你们玩个把戏。"迪尔米德说。

一大桶酒被搬了过来，迪尔米德从里面喝了一大口，几位头领也照样来了一大口。然后迪尔米德把酒桶扛到山顶上，跳到桶上，让它以飞快的速度滚下坡来，自己站在上面保持平衡。到了山底，迪尔米德停住了酒桶，依然稳稳地站在上面。他重新把酒桶扛到山顶，再一次滚下来，就这样玩了三遍。那些岛外来客一直在旁边看着这把戏。

"如果你们觉得这个把戏足够精彩，那说明你们见识还是太少了！"听到这话，这帮人讪笑起来，其中一人跳到了桶上。迪尔米德往酒桶踢了一脚，这人就从桶上掉了下来，笨重的酒桶一下子就把他给压死了。另一个人上来一试，同样死于非命，就这样一个接一个，直到五十具尸体横在山顶上。天黑了，其他人都回到船上，迪尔米德也回到了格兰妮雅和穆阿丹身边，但是他并没有告诉他们自己当天的冒险经历。

第二天，趁穆阿丹睡下了，格兰妮雅在外守望，迪尔米德又出去与外来的雇佣兵们碰面。

"我再来给你们玩个新的把戏吧。"他告诉他们。

"我们更想打听到奥迪夫内的消息。"他们回答说。

"我见过一个人，这人昨天还见过他。"迪尔米德回答说。

然后他放下自己的武器和甲胄，脱到只剩短袍。他把玛诺南·麦克李尔送他的长矛插到地面上，尖头朝上指着天。他身轻如燕地跳到空中，落在了矛尖上。他在矛尖上玩了一会儿平衡，最后安然无恙地跳了下来。

陌生的来客们又开始嘲笑，其中一人像迪尔米德之前那样跳到空中，但是他重重地落在了矛尖上，长矛的利刃刺穿了他的身体，他一命呜呼了。迪尔米德把长矛再一次竖起来，另一个人前来挑战，也被刺穿了心脏。等到他们放弃挑战，回到船上，玛诺南的长矛已经刺死了五十个人。

第二天一早，迪尔米德又用另一样绝技挑战这些陌生人。他把恩古斯给他的长剑放在两个分杈的树枝上，然后在剃刀般锋利的剑刃上走了三个来回。第一个前来尝试的陌生人落地时两脚各在剑的一边，结果他被从头到脚一劈两半。第二个人横着落到剑刃上，结果被拦腰切成两半。到了晚上，已经死了一百个人。其中一个船长对迪尔米德说："拿走你的剑！太多人死在上面了。告诉我们，你听说过奥迪夫内这个逃犯的消息吗？"

"我见过一个人，这人今天还见过他，我今晚就去问问关于他的消息。"迪尔米德说完就走了，回到了格兰妮雅和穆阿丹那里。

第二天一早，迪尔米德一醒来就穿上了他最重的盔甲，拿起了最厉害的武器。接着他叫醒了格兰妮雅，由她来守卫，让穆阿丹睡觉。当格兰妮雅看到迪尔米德全副武装，一副跃跃欲战的样子，她吓得浑身发抖。迪尔米德安慰她，并向她保证，他是担心与敌人狭路相逢才披上战服的。于是他再一次去与芬恩的外来雇佣兵们会面。

"你打听到迪尔米德·奥迪夫内的消息了吗？"对方问他。

"我刚才还看到他了。"迪尔米德说。

"那就带我们去找他吧，这样我们就能把他的脑袋带给芬恩·麦克库尔了！"他们说。

"对我来说，要按你们说的做，那将不啻于背叛，"迪尔米德告诉他们，"因为奥迪夫内的性命受我的庇护。"

"果真如此？"头领们惊呼道。

"千真万确。"迪尔米德回答说。

"那我们把你的脑袋带给芬恩好了，用不着他的了！"他们高叫着向他冲了过来。迪尔米德举起玛诺南的长矛和恩古斯的长剑，从他们中间冲杀过去，将他们冲得四散飞起，就像一只老鹰把一群小鸟冲得四下飞逃，或者一匹狼在羊群中杀出一条血路。最后只有几个首领率残部逃回船上了。迪尔米德却是毫发无损，他又回到了格兰妮雅和穆阿丹身边。

第二天一早，他又全副武装地出发了，这一回由黑脚、白脚和硬脚三个头领亲自来挑战他。迪尔米德以一敌三，将他们都打败了，摁在地上。他没有杀掉这三人，而是把他们绑了起来，打了很紧很紧的结，让他们几乎喘不过气来，随后把他们丢在地上。他安然无恙地回到了格兰妮雅和穆阿丹身边，对自己的胜利只字未提。

第二天一早，迪尔米德警告格兰妮雅，敌人已经近在咫尺。他第一次把自己几天来的冒险经历告诉了她，包括他是如何凭借武力和技艺在战场上重创大批的敌人。讲到最后，他告诉格兰妮雅，他把三个跨海而来的头领绑起来，放在悬崖顶上了。

　　"但是他们还有三只毒犬，要放出来追杀我，没有任何武器能够伤到这几头邪恶的野兽。"迪尔米德说道。

　　"你为什么不趁机把这几个头领的脑袋砍下来呢？"格兰妮雅听到这些话，放声哭泣。

　　"因为这样他们受的折磨会更长久一些！"迪尔米德说，"只有莪相、奥斯卡和路易能够放这三个头领自由，因为只有他们知道怎样解开这些结。既然他们是我的朋友，那他们是不会这么做的。但是芬恩注定会听到这些消息，他要是得知我击败了他的雇佣兵舰队，一定会心如刀绞。我们必须在猎犬出发追踪我之前，马上离开这个山洞。"

　　于是迪尔米德、格兰妮雅和忠诚的穆阿丹在森林和旷野的掩护下，又一次悄悄地溜走了。当他们到达特拉利荒原的时候，格兰妮雅感到非常疲倦，脚也挪不动了，穆阿丹就背起她走，直到他们来到高耸入云的卢阿赫拉山，他们在那里歇了脚。一番长途跋涉之后，他们终于能洗澡洗衣，格兰妮雅也借用迪尔米德的匕首削了指甲。

　　芬恩派来追杀迪尔米德的舰队只剩下最后几名幸存者，他们第二天一早冒险出来查看，发现主人被绑了起来，孤立无援地躺在地上，上气不接下气。他们赶忙来解结扣，但是他们越忙活，结扣反倒越紧，直到他们的头领都快没气了。

他们回到船上，把三只毒犬带到岸上，松开它们的绳子，让它们闻迪尔米德留下的气味。猎犬们识别出了逃亡者们的气味，带着这些雇佣兵，从一个藏身地点跑到另一个藏身地点，一路追杀而来。他们终于在卢阿赫拉山的山坡上赶上了三个逃犯，这三人正在洗去一路的风尘。

迪尔米德看到对方的旗帜正在逼近，当他瞧见领头战士绿色的披风时，他腾地火冒三丈，满腔仇恨。格兰妮雅赶紧把匕首递还给迪尔米德。穆阿丹将格兰妮雅背起来，三个人沿着山腰又跑了一里路。但是很快他们就看到其中一只恶犬一路嗅着他们的气味，在身后大步追来。穆阿丹让迪尔米德把格兰妮雅护送到安全地点，由他来对付这只狗。于是他从腰带下面取出一只小狗宝宝，将这个小家伙放在展开的手掌之上。当那只恶犬向穆阿丹扑来的时候，它张大了嘴，小狗从穆阿丹的手心直接跳到猎犬的喉管里去了，就像瞄准心脏的离弦之箭，它直接把这大狗的心脏从它的腰上顶了出来。然后这小狗轻轻跳回穆阿丹展开的手掌之上，而那只巨犬则倒在地上死掉了。穆阿丹急忙跟上迪尔米德和格兰妮雅，三个人沿着卢阿赫拉山的山坡又跑了一里路。第二只猎犬又追了上来，跳起来发动进攻。这一次，迪尔米德用他的魔法长矛杀死了这只狗。第三只猎犬是几只里面最凶的，它一路狂追，正当迪尔米德将格兰妮雅放到一块高耸的大石板上的时候，这狗抢到了前面。它跃过迪尔米德的头顶，想要抓住女孩，但是迪尔米德趁它飞过头顶的时候，一把抓住了它的两只后腿，抢着它往石块底部猛地一摔，把脑花都摔出来了。接着迪尔米德使出浑身解数，将长矛扎向领头人的绿色披风，将他撂倒了。他接二连三地掷出长矛，杀死了另外两位头领。喽啰们看到头领倒下了，全都慌了神，纷纷掉转屁股，往船上跑去。迪尔米德乘胜追击，杀得一片狼藉，只有一个活着回到了芬恩那里，向他报告了舰队被迪尔米德歼灭的消息。

不出迪尔米德所料，外族盟军的战败让芬恩颜面扫地，怒火中烧。他从爱尔兰全境召集芬尼战士，人一到齐，就带领他们沿着最快最短的路线前往舰队登陆的地点。到那里之后，他们发现三个船长躺在地上，就像脱水的鱼一样不停地喘着气。

"给这三个人松绑，还他们自由！"芬恩命令夷相道。

"恕难从命！"夷相回答说，"因为我给迪尔米德发过誓，我永远不会释放被他绑起来的人。"

奥斯卡做出了同样的回答，路易也是如此。就在他们争执期间，三个头领因为没法呼吸死掉了。芬恩怀着沉痛的心情埋葬了他的盟友，在坟墓上竖起了一块石碑。

芬恩刚把这三个头领埋好，大军中唯一的幸存者跑上前来。他的舌头耷拉着，眼睛滴溜溜地转着，整个身体也因为恐惧和精疲力竭而站不稳了。他告诉芬尼战士团的领袖，在卢阿赫拉山的山坡上，迪尔米德是如何把他的伙伴们屠杀殆尽的，那三只他们以为不可战胜的猎犬又是如何死掉的。

"迪尔米德现在何处？"芬恩问道。

"这我就不知道了。"那人回答说。

芬恩听到这话，陷入了绝望，因为他知道迪尔米德在智谋上胜他一筹，自己已经沦为手下败将。他转过身来，带着他的手下，向北边的伦斯特进发，而迪尔米德和格兰妮雅则继续在爱尔兰的南部和西部漫游。

　　一天早上，穆阿丹告诉迪尔米德，他已经履约完毕，就要离开迪尔米德了。迪尔米德和格兰妮雅都恳求他留下，但是他却不肯改变主意。穆阿丹向他们诀别后径直走了，不再为他们效劳。失去了这样一个忠心耿耿、全心全意的朋友，两人感到十分悲伤，但是路还是得继续走下去。当天他俩就来到了戈尔韦。一路上，格兰妮雅的体力在变弱，勇气也在消退。此前要是她累了，总会有穆阿丹背她；可现在穆阿丹不在了，只剩下迪尔米德，而他打一开始就宣布了，他不会背她或其他任何女人。格兰妮雅考虑了一番，调整了心态，重新打起精神，恢复力气，继续勇敢前行，为能独自陪在迪尔米德身边而感到开心。

　　当他们蹚过一条小河的时候，一小片水花溅到了格兰妮雅的腿上，她开始嘲笑迪尔米德，笑他在追求女人方面腼腆矜持，与他在战场上的英勇无畏有着天壤之别。"说到爱情，这一小股水流都要比你更富有冒险精神呢。"她挑逗地说。迪尔米德终于鼓起勇气，他对格兰妮雅的爱压倒了他对芬恩的恐惧。当天晚上他们歇脚的时候，他用树苗搭建了一座棚屋，用桦树枝和灯芯草为他俩铺好了床，于是自他们开始流浪以来，迪尔米德·奥迪夫内带着胜利的微笑，和爱尔兰至高王的女儿格兰妮雅第一次躺在一起，结为了夫妻。

　　在他的外族雇佣兵战败之后，芬恩·麦克库尔回到了阿尔兀。不久后的一天，芬恩正端坐在堂，芬尼战士们列坐左右，只见五十个战士正组队朝他们走来。打头的是两个气度不凡的高个子，他们英俊的脸庞和傲慢的姿态十分引人注目。芬恩问他的伙伴们，是否有人认得这些人，但没有一个人认识。

"我也不认得他们，"芬恩说，"但是我隐隐觉得，来者不善！"

战士们走上前来，告诉芬恩他们的确是他的敌人，他们是摩尔纳部落的冠军力士，他们的父亲参加过杀死芬恩父亲的那场克努卡之战。

"但是因为库尔之死，我们自己的父亲也死了。"他们说，"当时我们还在母亲的肚子里，跟这事没有一点关系。我们希望与你缔结和约，在芬尼战士团的行列中占有应得的席位。"

"你们可以在芬尼战士团中占据一席之地，"芬恩说，"条件是你们要补偿我父亲的死。"

"我们没有财产可以补偿你，我们名下既没有金银珠宝，也没有牛羊牲口。"战士们回答说。

莪相请求芬恩对这三个年轻人慷慨些。"芬恩，别要赎罪钱了。他们父亲的死作为库尔之死的补偿已经足够了。"

"要是我死了，莪相，看来你很容易就能达成一个解决方案啊！"芬恩反驳道，"要是不补偿库尔之死，谁也别想加入芬尼战士团。"

"那你要什么样的补偿呢？"年轻的阿尔特·麦克摩尔纳问道。

"我要的是一名战士的首级，或者从杜夫罗斯的山梨树上摘下的一把果子。"芬恩说。

莪相将摩尔纳部落的众人拉到一旁，对他们说："赶快回家吧，别想着向芬恩求和了！你们知道他想要谁的脑袋吗？迪尔米德·奥迪夫内的！芬恩要你们取的就是他的脑袋，即使你们有两千个人之多，也还是战胜不了迪尔米德，更别说砍掉他的脑袋了！"

"那他让我们去摘山梨果，这个任务又怎么样？"麦克摩尔纳几兄弟问道。

"那就更难了！"莪相告诉他们，"杜夫罗斯的山梨树是一棵魔树。达努神族打'应许之地'路过时，掉下来一个山梨果，果子就这样长成了一棵山梨树。树上的果子具有神奇的功效，谁吃了三个，就能远离疾病和伤痛。他会感到心满意足，情绪振奋，就像喝了果酒或啤酒似的，即使已经是百岁老人，心态却像三十岁一般年轻。但是达努神族从他们的国度派了一个凶恶的年轻人来看守这棵魔树。那人名叫沙尔万·洛赫兰，他是一名来自凶残的卡姆部落的巨人，鼻子硕大，大牙歪斜，眼睛迷瞪，胡子拉碴，长相十分粗笨。他的法力着实高强，以至于水火不侵，刀枪不入。他只有一只眼睛，长在前额的正中间。他围着一条厚厚的铁腰带，腰带上用链子拴着一根沉重的铁棒。只有用他自己的铁棒击打三下，才能杀死这个巨人。他所在的地区是一片不毛之地，芬恩和他的手下被这巨人吓得要死，都不敢在这一带打猎。朋友们，这就是芬恩想要你们带给他的果子！"

但是兄弟俩并不在意莪相的警告。他们将手下交给莪相照看，就出发去追杀迪尔米德和格兰妮雅去了，想要按照芬恩要求的那样把迪尔米德的脑袋砍下来。

他们向西走了两天，发现了两人的踪迹，跟着这条线索来到了他们生活的棚屋。迪尔米德听到两兄弟逼近，抓起了武器。他关好门，让来人报上名来。

"我们二人是摩尔纳部落的堂兄弟，名字叫作阿尔特·麦克摩尔纳和艾伊·麦克摩尔纳。"

"你们来此有何贵干？"迪尔米德问道。

"如果你就是迪尔米德·奥迪夫内，那我们来此就是为了取你的项上人头！"他们高声答道。

"正是在下！"迪尔米德叫道。

"好吧，迪尔米德，芬恩要我们做出选择，以补偿他父亲的死亡：要么取你项上人头，要么去摘杜夫罗斯山梨树上的果子！"

"听好了，要拿到这两样东西，可没那么容易！"迪尔米德大叫道，"如果你们要给芬恩卖力的话，我就更同情你们了。我恰好知道正是他杀了你们的父亲。摩尔纳部落补偿了这么多，已经够了吧。"

"你偷走了芬恩的女人，还要再诋毁他，你也真是够了！"艾伊·麦克摩尔纳也大叫道。

"我说这些话，可没有诋毁芬恩！"迪尔米德回答说，"我凭经验知道，不管你把哪样东西带给芬恩，都不会够的。归根结底，这些东西不会给你们换来和平。"

格兰妮雅听到这些话，就对迪尔米德说："芬恩这么想要却得不到的究竟是哪一种果子？"

迪尔米德把杜夫罗斯的魔树和树上结的仙果，以及守卫它的可怕巨人沙尔万·洛赫兰全都告诉她了。

"芬恩自己不敢过来，"迪尔米德对兄弟俩说，"但是当他宣布我是逃犯和敌人之后，我就得到了巨人的允许，在绝对不碰果子的条件下，我可以在他的地盘上打猎。那现在，勇敢的摩尔纳小伙子们，你们做个选择吧：要么为了取我的脑袋跟我拼一场，要么为了得到仙果和那巨人干一架。"

"我们要跟你干一架！"兄弟俩说着，就去拿武器。他们还没来得及把武器捡起来，迪尔米德就已经把他们击败了，还把他们捆了起来。

"干得好，迪尔米德！"格兰妮雅看着这两个无助地躺在空地上的俘虏说道，"但是现在我自己也想要那些仙果了，我迫切地想要尝一尝，尤其是现在我又怀孕了。即使这两人不去摘，我也要尝一尝，不然我就不活了。"

"不要让我打破与沙尔万·洛赫兰的约定，"迪尔米德恳求说，"他也不会让我接近仙果的。"

"把绳子解开，放了我们吧，"兄弟俩说，"我们来帮你和巨人作战。"

"你们可帮不上忙，"迪尔米德说，"巨人只要一瞪眼，就把你俩吓死了。"

"求求你放了我们吧，这样我们至少可以跟你一起去，看你如何对付这巨人。"兄弟俩恳求说。

迪尔米德给他们松了绑，三个战士便出发前往杜夫罗斯。当他们到达的时候，那巨人正在山梨树下打盹。迪尔米德用脚把他踢醒了，巨人瞪了他一眼。

"你是来撕毁约定的吗，奥迪夫内？"他问道。

"我不想打破我们的约定，"迪尔米德说，"但是至高王科马克的千金怀了我的孩子，她迫切想要尝尝你守卫的这些山梨果。我过来是为她求一把的。"

"哪怕你除了格兰妮雅怀的这一个就再不会有别的孩子了，哪怕她会怀着孩子死掉，让科马克家族跟着绝后，我也不会给你哪怕一个仙果让她品尝！"巨人咆哮道。

"我用不着骗你！"迪尔米德咆哮着回应道，"为了拿到仙果，我会不择手段的！"

听到这话，巨人腾地跳起来，拿起铁棒就向迪尔米德挥舞。迪尔米德用盾牌抵挡了三次，尽管他一身功夫，但是巨人力气太大了，他三次都被砸倒在地上，受了伤。沙尔万见对手负伤了，就稍微停了一下，放下了铁棒。迪尔米德趁巨人没有防备，便丢下武器，猛地一跳，扑向对方。他用双手抓住这铁棒，使尽全身力气，用拴在铁棒上的链子将巨人甩了起来，绕着自己抡开一个大圆弧。然后他一松手，巨人从空中掉落，一头栽在地上。就在巨人躺着喘大气的当儿，迪尔米德用铁棒朝他脑袋上用力锤了三下，将他的脑花都砸了出来。迪尔米德这才瘫倒在地，精疲力竭，满身是伤。兄弟俩见巨人一动不动地躺在地上，就从藏身处跑出来，来到迪尔米德跟前。迪尔米德叫他俩把沙尔万·洛赫兰埋在灌木丛里，这样格兰妮雅就不会看到他跟多么丑陋的一个怪物对战了。完事后，兄弟俩去把格兰妮雅带到迪尔米德跟前，她看到他仍然躺在山梨树下，疲惫不堪，流血不止。

"格兰妮雅，"迪尔米德指着树说，"这就是你要我给你弄的果子。伸手尽情地摘吧。"

"如果不是你亲自从树上把它摘下来，再递给我，迪尔米德，我是一口都不会吃的。"格兰妮雅说。

于是迪尔米德站起来，摘了一些仙果，给了格兰妮雅和两兄弟，自己也吃了一些。他们饱餐了一顿，很快迪尔米德的伤口就痊愈了，他战斗后的疲劳也消失无踪，四个人都精神焕发。

这时，迪尔米德摘下一把果子，将他们交给两位战士。"摩尔纳的儿子们，把这些仙果交给芬恩吧，告诉他，是你们杀死了巨人。"

兄弟俩接过珍贵的仙果，衷心感谢了迪尔米德，便出发前往芬恩位于阿尔兀的堡垒。他们走了之后，迪尔米德和格兰妮雅爬到巨人在树顶上做的床，在那里躺下休息。他们随手摘了些仙果吃，味道非常甜，以至于下面的仙果尝起来跟黑刺李一样苦了。

艾伊·麦克摩尔纳和阿尔特·麦克摩尔纳来到阿尔兀，将仙果交给了芬恩。"这些果子就是杜夫罗斯的山梨树上结的。"他们说，"我们杀死了那个巨人，把这些果子撸下来给您，作为您父亲被害的补偿。我们现在希望您能够信守诺言，和平地恢复我们在芬尼战士团中的合法席位。"

芬恩拿过这串果子，仔细检查，确认是他要的仙果。然后他将这些果子凑到鼻子上，闻了闻。"我在这些果子上面闻到了迪尔米德皮肤的味道！"他惊叫道，"是迪尔米德摘了这些果子，是迪尔米德杀死了巨人，根本不是你俩！这些果子对我根本不算补偿。它们不是你们搞来的，你们自然也不会得到芬尼战士团的席位。不过既然我知道迪尔米德人在何处了，我立刻就到杜夫罗斯去，找到那棵山梨树，看看我能不能在那里抓到他。"

芬恩把芬尼战士团的常备军召集起来，一共是七个营，率领他们去了杜夫罗斯。他们追踪着迪尔米德的踪迹，来到山梨树下，发现此树无人看守，就摘下仙果，饱餐了一顿。

正午的热浪从天而降，芬恩躺在树荫里。"我就在这里等热浪过去，因为我知道迪尔米德会待在树顶上。"他说。

"明知道要杀他的人就在下面躺着等他，迪尔米德还会待在树顶上不走？如果你真这样想，芬恩，是嫉妒冲昏了你的头脑吧。"莪相说。

芬恩没有回答。他让人拿来棋盘，邀请莪相开一局。莪相的支持者在棋盘的一方，芬恩独自一人坐在另一方。芬恩精妙娴熟地运子，直到最后落子定输赢的阶段。这时，他以胜利者的姿态对儿子说道："好好瞧瞧吧，莪相！走对就赢，但是我不信你和你的心腹们能走对这一步。"

迪尔米德透过树枝鸟瞰着棋局，发现莪相身处困境。

"莪相，你身处难关，我却帮不到你，真是太糟糕了。"他嘀咕道。

"迪尔米德，比起莪相输掉一步棋，困在巨人的床上，被杀气腾腾的七个营的大军包围，这情形不是更糟糕吗？"格兰妮雅说。

迪尔米德研究了一下棋局，然后摘了个果子，瞄准那个要走的棋子扔过去。莪相便挪动那个棋子，将局势扭转过来。

过了一会儿，莪相又陷入了困境，迪尔米德再一次向要走的棋子投出果子，挽救了局势。芬恩第三次将棋局扳回来，这一次，迪尔米德像之前一样，用第三个果子瞄向关键的棋子，从而让莪相赢得了比赛。观赛的战士们大声欢呼，但是芬恩却发火了。

"莪相，你不仅身边有这三个帮手，头顶上还有迪尔米德·奥迪夫内，都在给你出谋划策，所以你赢得这场比赛并没有什么光彩的！"

"你在树底下躺着等他，迪尔米德还会待在树顶上不走？如果你真这样想，芬恩，是妒忌让你发狂了吧。"奥斯卡对他的祖父说。

芬恩抬起头，透过树枝往上望了望，喊道："我们谁是对的，奥迪夫内？奥斯卡还是我？"

"芬恩，你总是对的！"迪尔米德向下面喊道，"我正在巨人的床上，格兰妮雅就在我身旁！"话音未落，他站了起来，将格兰妮雅拉到怀里，当着芬恩和所有芬尼战士的面亲了她三次。

"你作为我的贴身卫士，将格兰妮雅从我身边偷走，离开了塔拉，比起这亲来亲去的，那一晚的所作所为才更给芬尼战士团丢脸呢！"芬恩轻蔑地说道，"无论如何，你会为此而人头不保。"

于是芬恩命令他的雇佣兵们手拉手，连成一个没有缺口的环，把树团团围住。他警告他们，如果迪尔米德突围走掉，所有人都会没命；他还承诺道，如果谁能提着迪尔米德的脑袋来见他，那人就将在芬恩战士团中脱颖而出，获得至高的荣耀。一个士兵沿着树干往上爬，想要砍掉奥迪夫内的脑袋，这时恩古斯在他布鲁纳博恩的地宫里觉察到自己的养子陷入了窘境，便赶来相助。他乘着一阵寒风，降临在迪尔米德身边，下面的人根本看不见。当那位士兵爬到树顶的时候，恩古斯将他变为迪尔米德的模样，迪尔米德将他一脚踹下去了。他落在自己的战友们身边，这些人扑了上去，砍掉了他的脑袋，还以为他们杀死的是迪尔米德本人。他刚被斩首，就现出了本相，他的战友们认出了他，却为时已晚。九名其他的战士爬了上去，遭遇了同样的命运，直到芬恩介入，才阻止了更多人的尝试。恩古斯用他的魔法披风包裹住格兰妮雅，神不知鬼不觉地把她带回了他在博恩河畔的地堡，而迪尔米德则承诺，如果他能顺利逃出，就与他们会合。

于是迪尔米德向芬恩喊道："芬恩，既然我无论走到天涯海角，你都想置我于死地，那我还是下来会会你吧。既然你不肯放我一马，那我只能单枪匹马与你干上一架了。说起来我也没什么盟友了，因为我对你的忠诚，我把他们都变成了敌人。芬恩，一直以来我都以你的大业为重，为你出生入死，但是现在，我要为自己战斗到死了！"说话间，迪尔米德站起来，立在最高的树枝上。在那里，他用标枪的杆子将自己撑起来，像一只惊飞而起的鸟儿，从下方众人的头顶上空划过。等他们反应过来他逃脱了，已经太晚了。芬恩震怒，可他也无能为力，迪尔米德就这样再一次智胜了他。他率军回到了阿尔兀，而迪尔米德则安然无恙地去博恩河畔找恩古斯和格兰妮雅去了。

第二天一早，恩古斯去阿尔兀堡垒找芬恩，请求他与迪尔米德和解。芬恩同意了。于是恩古斯又去塔拉，请求科马克·麦克阿尔特宽恕迪尔米德，原谅他与公主私奔，科马克也同意了。恩古斯回到了布鲁纳博恩，请求迪尔米德和格兰妮雅与科马克和芬恩和解，他们也同意了。迪尔米德提出如下条件：将他父亲的领地赐予他，从此以后他无须向科马克纳税或进贡；芬恩和芬尼战士团的猎手们严禁在那里捕猎；还要将位于斯莱戈克什科兰的大片领地赐予格兰妮雅本人，使她可以远离她的父亲和芬恩。对方接受了这些条件，于是在经历了十六年的逃亡之后，迪尔米德和格兰妮雅在克什科兰安居下来。两人在那里的格兰妮雅堡里幸福地生活着，膝下有四子一女。他们家族兴旺，富甲一方，财富如此之多，以至于周边的居民都说他们是这片土地上最富有的夫妻。

他们在克什科兰幸福而富足地生活了很长时间，直到有一天，格兰妮雅将迪尔米德叫到一旁，跟他说："鉴于我们家地位如此重要，表现如此卓越，举国上下最显赫、最优秀的两人——科马克·麦克阿尔特和芬恩·麦克库尔一晚上都没在这儿待过，还真是遗憾呢。"

　　"他们为什么要来？"迪尔米德惊讶地问道，"他们可是我们的敌人啊！"

　　"我想为他们举办一场宴会，让他们与你和解。"格兰妮雅说。

　　"我也赞同这么做。"迪尔米德说。

　　"那好，也让你女儿在她家为他们准备一场宴会吧。"格兰妮雅说，"说不定，她可以从中找到一位如意的夫君呢。"

　　格兰妮雅和她的女儿用了整整一年的时间，为这两场盛大的宴会忙前忙后地做着准备。到了年末，准备就绪，他们便差信使去找科马克和芬恩，邀请他们前来赴宴，两人都接受了邀请，带着手下来到了格兰妮雅堡。庆祝活动持续了整整一年，所有人都非常愉快。

　　宴会结束的当晚，迪尔米德从梦中惊醒，慌里慌张地叫醒了格兰妮雅。格兰妮雅抓住他，将他按住，问他是什么让他如此恐慌。

　　"我听到追猎的猎犬在全力狂吠，半夜听到这样的声音非常奇怪。"迪尔米德说。

　　"希望你的保护神好好保佑你！"格兰妮雅叫道，"是达努神族不顾博恩河畔的恩古斯，在对你施法。躺下继续睡觉吧！"

　　但是迪尔米德没法合眼，很快他就再一次听到了猎犬的叫声。

他想要起床寻找这动物，但是格兰妮雅将他拉回来，最后他终于重新睡着了。天亮的时候，他第三次被猎犬的叫声惊扰，这一次格兰妮雅没能留住他。他一只手拿剑，另一只手牵着心爱的猎犬，出发去探寻追猎的所在。他迅速地来到了本布尔本山，因为从那个方向传来了追猎的声音，在那里他发现芬恩·麦克库尔独自坐在一座小丘上。

"是你安排了这场追猎吗，芬恩？"迪尔米德生气地问他。

"不是。"芬恩回答说，"一帮猎人和猎犬在午夜时分出发，碰到了本布尔本山的大野猪，就追猎起来。这畜生之前经常趁他们不备就溜掉，他们现在还要跟着这家伙，可真是蠢啊，更不用说今天上午它已经杀死了几十号人了。你看！它跑过来了！跑啊，迪尔米德！还不赶紧逃命啊！"说话间，芬恩腾地从小丘上跳起来，而这边一群吓坏的猎人正朝着他们冲过来，他们四散奔逃，想要躲避野猪的凶猛冲杀。

迪尔米德一动不动。"我来会会这头野猪！我是不会被他吓跑的！"他喊道。

"你不能这么做，迪尔米德。"芬恩警告说，"你忘了吗，你背着一个戒誓，规定你永远不能猎杀一头猪。这头野猪被施了魔法。它原本是你的一个敌人，后来变成了野猪。有预言说你和他寿命相同，你会把你们俩都害死的。所以快跑吧，迪尔米德，跑啊。时不我待，赶紧自救啊！"

"这么个禁忌我还是头一回听说！"迪尔米德喊道，"但是我不会因为怕一头猪就离开这个地方。芬恩，把布兰留给我，帮助我的猎犬共同对付这头野猪吧。"

"不，"芬恩回答说，"我不会把布兰留给你，因为本布尔本山的野猪之前已多次从布兰那里溜掉了。"

于是芬恩带着布兰，绕过野猪冲来的道路全速跑开，留下迪尔米德独自一人站在山坡上。当芬恩消失不见时，迪尔米德愤愤地喊道："芬恩，我打心眼里明白，是你安排了这场追猎，好让我灭亡。但是我也无可奈何。如果我命数已经到头，我也无法逃脱自己的命运。"

野猪从山腰冲向这座山坡，迪尔米德站在坡上等候来袭。迪尔米德放开他的猎犬，但它卷起尾巴，恐惧地逃走了。迪尔米德抓起黄色的长矛，将它投向野猪。长矛重重地扎中了这畜生，不偏不倚正好砸到猪拱嘴的正中，但是这野猪没有伤到一丁点皮毛。迪尔米德见状，不禁心生怯意，但他还是取出了自己的重剑，用双手抓住，插向猪屁股。野猪的鬃毛没有一根弯折的，倒是这把剑却断成了两截。接着野猪冲向迪尔米德，把他撞得一个前滚翻，飞到猪背上，他就脸朝下逆着猪身趴下了。这头着了魔的野猪顺着山坡冲下去，又跳又扭，但就是不能将迪尔米德从背上甩脱。它在田野间一路狂奔，直到来到红溪的瀑布那里，它在瀑布上来回蹦跳了三次，还是不能将迪尔米德甩脱。于是它折回原路，朝着本布尔本山一路往上冲。到山顶后，它将迪尔米德从背上甩下来，趁人还躺在地上，它朝着迪尔米德大力一蹦，用它的獠牙插伤了迪尔米德，把他的内脏都从身体里扯出来了。趁野猪转身之际，迪尔米德举起还握在手中的断剑的剑柄，勇猛地最后一掷，击中了野猪，将它的脑花给砸了出来。这头野猪倒在了离迪尔米德不远的地方，就这样死在了小丘上。直到今天，山顶上那块地方还叫作纳霍兰之垒，意思是"剑柄之垒"。

在迪尔米德致胜的一掷之后，芬恩和芬尼战士们很快就来到他倒下的地方，找到了奄奄一息的迪尔米德，本布尔本山的野猪陈尸近旁。芬恩冷漠地俯视着已经倒下的仇人，说道："看到你这副鬼样子，我还真是高兴得很呢，迪尔米德。如果所有曾被你迷倒的女人也能看到你这样子，我会更加高兴的。你那举世闻名的英俊容貌哪儿去了，迪尔米德？你那运动健将般的身材又哪儿去了？都没了。现在的你又丑又畸形！"

"也许是吧，芬恩，不过我虽然身受重伤，但只要你愿意，你还是可以把我治好的。"迪尔米德跟他说。

"我怎么才能治好你呢？"

"很容易的。当你在博恩河畔品尝智慧之鲑的时候，你获得了特殊的能力，其中便包括：如果你用手掌掬水喂给病患喝，他不管患的什么病，都能立马康复。"

"要我给你喂水，你不配。"芬恩说。

"别这么说！这资格我还是有的！我曾经多次从你的敌人手上保护过你，我知道，如果当时我负了伤，请求喝一口水，你会毫不迟疑地给我的，那为什么现在就不肯了呢？"

"因为你在塔拉将格兰妮雅从我身边带走，在全体爱尔兰人面前羞辱了我。"芬恩说，"要我掬水喂你，你不配。"

"这件事可怪不得我。格兰妮雅给我立了一道戒誓，让我跟她走。无论如何，我也不能破坏这誓约。我值得你的同情，芬恩，我在前线一而再再而三地证明了我对你的忠诚。当时，如果我需要的话，你一定会给我一口救命水的，所以我求求你，现在也给我吧。"

奥斯卡看不下去了，脱口而出："芬恩，尽管我与你血缘更近，和迪尔米德·奥迪夫内有着亲疏之别，但我坚持认为，你应该给他一口救命水。如果其他人像你现在这样折磨迪尔米德，我们会立刻把他杀掉的。所以你最好马上给他一口救命水。"

"这座山上根本没有泉水。"芬恩说。

"有，有一眼泉，里面盛着世界上最纯最鲜的水，离你只有九尺之遥。"迪尔米德喘息着说。

芬恩来到泉边，掬了一捧水，慢慢走向迪尔米德。当他走到一半的时候，他在手心里打开一道缝，让水从中流走。"我没法把水带给你。"他对迪尔米德说。垂死之人呻吟着说："你是故意的，芬恩。"

芬恩回到泉边，掬起更多的水。当他走向迪尔米德的时候，对格兰妮雅的回忆冲进了他的脑海，他再一次松开手指，让水洒在自己的脚上，流光了。迪尔米德见状，发出一声痛苦的呻吟，奥斯卡则对芬恩吼道："如果你不赶快把水送给迪尔米德，我发誓，我们两人当中必有一人不能活着离开此地！"

这一回芬恩跑向泉边，在手里装满了水，跑回来给迪尔米德，但是为时已晚。就在他回到迪尔米德身边的那一刻，他这位垂死的仇人停止了呼吸。

看到迪尔米德死去，爱尔兰所有的芬尼战士发出了三声巨大的哀号，为他们朋友的离去而悲恸。奥斯卡冲到芬恩跟前，用仇恨和厌恶的目光狠狠盯着自己的祖父。"要是躺在这里的死者是你就好了。"他说，"今天我们失去了最优秀的兄弟。"

芬恩没有回答，他转过身去，召集自己的部队。"我们必须马上离开这个地方。"他催促道，"尽管杀掉迪尔米德的不是我们，可如果博恩河畔的恩古斯在他的尸体旁把我们逮了个正着，他会把账算在我们头上的。"

但是奥斯卡却并不买账。"如果之前我猜到你设计了这场本布尔本山的追猎，就为了让迪尔米德中计并将他杀死的话，我会先下手把你干掉的！"他痛苦地喊道，想要去攻击芬恩，但是莪相把他拉了回来。

于是芬恩牵着迪尔米德的猎鹿犬，带着一众芬尼战士，顺着山腰向格兰妮雅堡走去。但是迪尔米德的四个朋友——莪相、奥斯卡、奎尔特和路易则回到了山顶迪尔米德倒下的地方，用他们的披风裹住了他的尸体。然后他们悲伤地下了山，跟着芬恩来到格兰妮雅的堡垒。

格兰妮雅正在城墙上等待丈夫的消息，当她看到芬恩和他的部队向她走来，芬恩手里牵着迪尔米德的猎犬，她立刻就知道迪尔米德已经不在人世。格兰妮雅此时正值临产，她头一昏，从城墙上掉了下来，三个男婴当场出生，没了性命。

当她苏醒过来，能够开口讲话，她让芬恩把迪尔米德的猎犬留下来，但是芬恩甚至连这一点要求也拒绝了。莪相让芬尼战士们从格兰妮雅躺着的地方折返，并从芬恩的手里夺走了牵狗绳，将那头猎鹿犬还给了格兰妮雅。然后他也跟着剩下的战士离开了克什科兰。

迪尔米德的死讯得到证实后，格兰妮雅发出三声钻心的尖厉长号，她的恸哭响彻整个堡垒。仆人们听到她的号哭后冲了出来，将她抬进室内，想要安抚她。格兰妮雅告诉他们，迪尔米德被人设计与本布尔本山的野猪搏斗，已经被它杀死。她的家人和仆人们听到后，与格兰妮雅一起发出了三声激越的悲哭声，这哭声在苍穹下久久回荡，声震层云，直抵高天。接着格兰妮雅派出了三百位族人，去本布尔本山找到迪尔米德的遗体，将它运回家。

与此同时，"年轻者"恩古斯也听说了迪尔米德的死讯，他带着三百名达努神，乘着寒风来到了他的遗体旁。格兰妮雅的战士们走上前来，认出了这些来自极乐之地的人，便掉转盾牌示意和平，恩古斯也认出了这是迪尔米德和格兰妮雅的手下。于是格兰妮雅和恩古斯这两拨人一起唱起了哀歌，发出三声令人胆寒的巨吼，在浩瀚的苍穹下久久回荡，声震层云，直抵高天，爱尔兰全境也为之颤抖。

格兰妮雅的手下告诉恩古斯，他们是来将迪尔米德的遗体带回格兰妮雅堡的。恩古斯对此回应道，他们不能将它带走，因为他要把它带回自己在博恩河畔的仙丘，在那里他可以让迪尔米德每天复生一小会儿，并且同他说话。于是达努神族将尸体放在停尸架上，将它带回了布鲁纳博恩。格兰妮雅听到这个消息后，知道自己只能接受这个结果，因为她对恩古斯也无计可施。

她将迪尔米德之死告诉了自己所有的孩子，这些孩子正和养父母一起生活，他们纷纷走捷径奔赴克什科兰。格兰妮雅为孩子们举办了一场欢迎宴会，他们坐在她身旁，按照年龄和行序落座，饱餐了一顿。待他们酒足饭饱、精神焕发，格兰妮雅要求大家保持安静，她用清晰、动人的声音对大家说道：

"迪尔米德·奥迪夫内的孩子们，你们的父亲已经被芬恩·麦克库尔杀害了，芬恩破坏了他们两人订立的和解协议，你们必须复仇。这是你们的父亲留给你们的遗产：他的盔甲和武器。好好使用它们！我会将它们分发给你们。至于珍贵的杯盘器皿，以及家中其他宝贝，我会妥善保管，放在格兰妮雅堡。"然后她提高了音量，唱起了战歌，鼓动自己的孩子们与芬恩作战。当她慷慨激昂的演说结束之后，她让孩子们离开克什科兰，去遍访名师，学习作战的技巧和策略。迪尔米德·奥迪夫内的孩子们离开了格兰妮雅堡，去往天涯海角，加入了冠军力士、女战士和战斗专家们的训练营。他们甚至潜入地下世界，去探究仙丘居民使用的神秘绝技。

芬恩听说格兰妮雅的孩子们和手下都去接受军事训练了，便开始仇恨和害怕起来。他从整个爱尔兰召集了芬尼战士团七个营的士兵，等他们在阿尔兀集结完毕，他就告诉他们格兰妮雅已经打发孩子们去学习武艺，等他们回来就要为父亲的死向他寻仇了。

莪相在人群中对父亲大声吼道："你，芬恩·麦克库尔，你得独自为迪尔米德之死负责。你与科马克和迪尔米德签订了协议，然后你破坏了它。你种下了一棵橡树，现在你又梦想把它折弯！"

奥斯卡和其他巴斯克纳部落的族人都与莪相站在同一边，芬恩变成了孤家寡人。他对自己的困境思考了一番，意识到自己要想活命，必须要把格兰妮雅争取到他这一边来。他悄悄地从阿尔兀溜出去，迅速西行来到克什科兰，并立刻找到了格兰妮雅的住所。格兰妮雅见到芬恩后怒不可遏，不肯听他讲哪怕一个字。仇恨令她舌如刀剑，她向芬恩大发雷霆，命令他立刻从眼前消失。尽管格兰妮雅下了命令，但是芬恩并没有离开格兰妮雅堡，他留在当地，继续他的追求。日复一日，他甜言蜜语，百般哄诱，向格兰妮雅求婚，最后终于让她放弃抵抗，转变立场，与自己心意相通了。又过了很长时间，她同意嫁给芬恩了。

格兰妮雅和芬恩情投意合地来到阿尔兀的时候，芬尼战士们还在那里待命。他们看到这两人走上前来，便发出嘲弄的嘘声，格兰妮雅羞愧地低下了头。

"芬恩，从今以后，你可要把格兰妮雅照顾好啊！"莪相讽刺道。

格兰妮雅的孩子们结束了为期七年的军事训练，回到了格兰妮雅堡，准备与芬恩作战。他们听说自己的母亲已经跟着芬恩走了，顿感茫然无措，但是他们依然决心要为父亲的死复仇。他们进军到伦斯特，占据了艾伦山，向芬恩发出挑战。芬恩派出他的首批百人战队，奥迪夫内军一出手便将他们斩为三个尸堆，分别是头颅、躯干和四肢。

芬恩眼见血流成河，便请求格兰妮雅出面调停，希望在他的战队全军覆没之前，她能让她的孩子们与他和解。"我承诺他们将永远自由，他们的子孙后代亦将永远自由。告诉他们，他们可以继承他们的父亲在芬尼战士团的席位，我保证所有这些条件永远不变。"芬恩对格兰妮雅说道。

格兰妮雅独自出去与孩子们见面。她将他们迎进阿尔兀，告诉他们芬恩提出的条件与做出的承诺。她乞求他们停止战斗，不要再流血，最后终于说服孩子们接受了芬恩提出的停战条件。双方用一场盛宴来庆祝两大家族之间的联合，迪尔米德的孩子们也得到了父亲在芬尼战士团中的荣耀席位。格兰妮雅和芬恩相依相伴，走完余生，迪尔米德和格兰妮雅的故事就这样结束了。

莪相在不老乡

芬恩和他的战友们死了数百年后，圣帕特里克来到爱尔兰，带来了基督教信仰。他听说了很多芬尼战士们的冒险故事，对他们十分着迷，而人们说起这些古老的英雄时，更是对他们奉若神明。他们的故事书写在爱尔兰的山水之间：群山密林回荡着他们的传奇，溪谷湾流铭记着他们的英名，丰碑大碣标记着他们的墓冢。

有一天，一个虚弱的盲人老伯被人带到帕特里克这里。这位老者虽然身体弱不禁风，但精神却相当矍铄。帕特里克向他宣讲了新的教义，但是这位年老的战士对这位新来者和他的宗教仪轨十分轻蔑，为反驳帕特里克，他唱起了芬尼战士团的赞歌，赞美他们的荣誉法则和生活方式。他说他就是芬恩的儿子莪相。鉴于芬恩过世至今的时间已经超过了任何人类的寿命，帕特里克对这位老者的话表示怀疑。为了向圣人证明他的说法属实，莪相这位最后的芬尼战士，讲述了这么一个故事。

芬尼战士团的最后一役是高拉之战，在这场战争结束后，莪相、芬恩和少数幸存者向南来到凯里的琳恩湖，年景尚好时他们常去那里散心。现在他们士气低落，因为他们知道他们的时代就要结束了。他们一生身经百战，却在这最后一役中一败涂地，损失惨重。许多战友牺牲在高拉，其中包括最勇敢的芬尼战士——袤相的亲儿子奥斯卡。当芬恩这位久经沙场的老兵看到自己亲爱的孙子躺在战场上死去，他转过身，避开队伍，哭了起来。在此之前，芬尼战士们只看到过一次自己的领袖哭泣，那是在他的猎鹿犬布兰死去的时候。

琳恩湖周围森林葱翠，五月的晨雾开始散去，芬恩和他的手下带着猎犬出发打猎。他们跟着猎犬钻入密林，乡间的美景和追猎的期待让他们的精神振作了一些。突然，一只没有角的小鹿从藏身处跑出来，在森林里跳跃，猎犬们狂吠着紧追不舍。芬尼战士们尾随其后，追猎带来的熟悉的兴奋感让他们重新抖擞起精神。

一个美丽的姑娘突然映入他们的眼帘，打断了他们前进的步伐，她正骑着一匹轻盈柔顺的白马向战士们奔来。这女子美得如梦似幻，戴着一顶王冠，长发垂肩，笼罩在一片灿烂金黄的光环之中。她穿着一件光彩夺目的长长的披风，上面用金线绣着璀璨的星星，披风下垂，覆在丝质的马饰之上。她的眼睛像林中五月的天空一样清亮湛蓝，像草叶上的晨露一样熠熠生辉。她的皮肤白里透红，她的唇齿沁甜得如同蜜酒。她的坐骑披挂着黄金的马鞍，脚踏黄金的马掌，头顶上还戴着一只银色的花环，谁也未曾见过比它更美的动物。

这女子勒住缰绳，来到芬恩跟前，此时的芬恩心迷神醉，痴痴地站着。"我不远万里来找你。"她说道，芬恩方才回过神来。

"你是谁？你从哪里来？"他问道，"告诉我们你的名字和你王国的名号。"

"我是'金发女'妮雅芙，我的父亲是'不老乡'蒂尔纳诺格的国王。"女孩回答说。

"请告诉我们，妮雅芙公主，为什么你要离开那样一个国度，远渡重洋来找我们呢？是你的丈夫抛弃了你，还是其他什么悲剧让你不幸流落至此？"

"我的丈夫没有离开我，"她回答说，"因为我还没有结过婚。在我的国度里，许多男子都想娶我为妻，但我一个都看不上，因为我爱着你的儿子。"

芬恩吓了一跳。"你爱着我的儿子？你爱的是我的哪一个儿子，妮雅芙？告诉我你为何对他情有独钟。"他问道。

"我说的那个勇士就是莪相，"妮雅芙回答说，"听说他有着俊美的容颜和温柔的性情，他的美名甚至传到了我们遥远的不老乡。所以我决定过来找他。"

莪相为这美丽的姑娘所倾倒，一直缄口不语，此刻听到她将自己指认为心上人，顿时从头到脚颤抖不已。但是他马上就恢复了自持，走到公主跟前，牵起她的手。"欢迎来到这里，可爱的妮雅芙。"他温柔地说道，"你是世间最美丽的女子，让万千芳华相形见绌。我很乐意娶你为妻！"

"跟我走吧，莪相！"妮雅芙低语道，"跟我回到不老乡。那是太阳底下最美丽的国度。在那里你不会病倒，也不会衰老。在我的国度里，你将永生不死。那里林木高耸，垂着沉甸甸的果实。土地上流淌着蜂蜜和酒浆，取之不尽，饮之不竭。在蒂尔纳诺格，你可以出入筵席，观赏游艺，宴乐不断，金樽不空。你可以获得数不清的金银珠宝，多得超乎你的想象。你还会得到一百把宝剑、一百件丝绸短袍、一百只机敏的猎犬和一百匹枣红色的千里马。不老乡的国王将会把王冠放到你的头顶，这王冠还从未赐予过别人，它将保护你不遭遇任何危险。你会得到一百头奶牛、一百头牛犊，以及一百只长着金色羊毛的绵羊。你还会获赠一百颗美不胜收的珠宝，以及一百张弓。一百个年轻女子将会为你歌唱，一百名最英勇的年轻战士将会听从你的调遣。除了这些，你还将得到美丽、力量和权力。而我，将成为你的妻子。"

"噢，妮雅芙，我永远不会拒绝你的任何要求，我很乐意随你去不老乡！"莪相一边大喊，一边跳上马背，坐在了她的后面。他拿过缰绳，将妮雅芙抱在怀中，便驱马进发了。

"走慢些，莪相，直到我们到达岸边！"妮雅芙说。

眼看自己的儿子就要被人这么带走了，芬恩发出三声巨大的哀号。"啊，莪相，莪相，我的儿啊，"他高声喊道，"你为什么要离开我？我再也见不到你了。你把我丢在这里，让我心碎不已，因为我知道我们再也不能相见！"

莪相停下来，拥抱了自己的父亲，向所有的朋友道了别。泪水从他的脸上蜿蜒而下，他最后看了一眼岸上的战友们。他看到父亲脸上的挫败和伤感，看到朋友们的哀伤。他想起了同他们在一起的日子，那些追猎的兴奋和战斗的激昂。然后白马抖了抖鬃毛，发出三声尖厉的嘶鸣，向前一跃，跳入了大海。海浪在妮雅芙和莪相面前分开，待他们走过才重新合拢。

当他们在海底行进之时，两边的奇景欻然显现。他们经过了城市、庭院和堡垒，经过了雪白的围墙和堡垒，经过了有着画壁的夏宫和雄伟的大殿。一只小鹿从身旁跑过，一只有着猩红耳朵的白色猎犬紧追不舍。一个美丽的姑娘右手拿着一只金苹果，骑在一匹枣红马上，踏着浪花，奔驰而过。一位年轻的王子骑着一匹白马，跟在她的后面，他容貌英俊，衣着华美，手上拿着一把金刃的宝剑。莪相惊愕地看着这一对俊美的过客，但是当他想要询问妮雅芙这两人是谁的时候，她却回答说，与不老乡的居民相比，他们无足挂齿。

在他们前方，远远地可以看见一座灿烂的宫殿。它有着精致的大理石外墙，在阳光下熠熠生辉。

"那是我见过的最漂亮的宫殿！"莪相兴奋地说，"我们现在在什么国度？谁是这里的国王？"

"这里是美德乡，那是巨人伏莫尔的宫殿。"妮雅芙回答说，"生命乡国王的女儿是这里的王后。伏莫尔从她的宫殿里将她绑架而来，幽禁于此。她给他下了一道戒誓，在一位冠军力士与他单挑之前，他不能娶她。但是因为没有人想要与巨人作对，她就一直被关在这里。"

"妮雅芙，尽管你的嗓音犹如天籁，你讲的这个故事却是如此悲惨。"莪相说，"我要前往这座堡垒，想办法战胜那个巨人，让王后重获自由。"

他们拨转马头，朝着白色的宫殿进发。他们到达后，一位与妮雅芙美得不相上下的女子前来迎接。她将他们带到一个房间，让他们在金椅上落座，享用珍馐美馔、玉液琼浆。宴会结束之后，王后讲述了被囚的经过，眼泪从她的芳颊潸然滚落。她告诉来客，不战胜巨人，她是绝无可能回家的。

"擦干你的眼泪，"莪相对她说道，"我来向巨人挑战，我并不怕他！要么我宰了他，要么我会战斗到被他杀死为止。"

正当此时，伏莫尔逼近了堡垒。他巨大而丑陋，背上背着一堆鹿皮，手里拽着一根铁棒。他看见了莪相和妮雅芙，却没把他们放在眼里。他审视着女囚的脸庞，马上就明白她已经把自己的遭遇讲述给了来客。于是他发出一声巨大怒吼，向莪相发出决斗的挑战。他们打斗了三天三夜，尽管伏莫尔十分厉害，最后他还是败给了莪相，被砍掉了脑袋。两名女子看到巨人被砍倒，发出了三声胜利的欢呼。莪相身受重伤，精疲力竭，已经无力独自前行，两名女子见状，便一左一右轻扶莪相，搀着他回到了堡垒里面。女王拿出膏药和药草敷在莪相的伤口上，不一会儿他就恢复了健康，精神焕发。他们埋掉了巨人，将他的旗子在坟墓上升起，用欧甘字母为他刻好墓碑。然后他们饱餐一顿，钻进为他们备好的羽绒床铺，一觉睡到天亮。

早晨的太阳唤醒了他们，妮雅芙告诉莪相，该继续启程前往蒂尔纳诺格了。美德乡的王后很舍不得送他们离去，他们也对她恋恋不舍。但是王后现在已经自由了，她会回自己的家乡，于是他们向她道别，从此再也没有见过她。他们骑上白色的骏马，奔驰而去，就像三月的海风一样从山巅呼啸而过。

突然之间，天昏地暗，狂风大作，波涛如怒，天光散乱。妮雅芙和莪相在暴风雨中稳步前行，仰望着浓云将太阳遮去，直至风停雨歇，风暴无踪。这时，他们看到前方出现了一片美丽的国度，阳光普照，风光旖旎。在繁茂的平原上耸立着一座堡垒，像棱镜一样在阳光下熠熠生辉。四周的宫殿和楼阁高耸入云，金雕玉嵌，鬼斧神工。妮雅芙和莪相来到堡垒跟前，由最著名的勇士组成的百人团出城来迎接他们。

"这是我见过最美丽的地方！"莪相不禁赞叹说，"我们到不老乡了吗？"

"是的，这就是蒂尔纳诺格。"妮雅芙回答道，"我跟你说过它有多美，真的没有骗你。我跟你承诺过的那些东西，样样都不会差你的。"

妮雅芙说话的时候，一百名美丽的姑娘走上前来，她们全都穿着重金丝线和丝绸制作的织锦，欢迎他们来到蒂尔纳诺格。然后国王和王后领着一众披金戴银的人走上前来。当王室成员们走到莪相和妮雅芙跟前，国王握住莪相的手，向他表示欢迎。接着他转过身来，对众人说道："这就是芬恩的儿子莪相，他就要和我的爱女'金发女'妮雅芙成婚了。"他转向莪相说道："莪相，欢迎来到这个幸福的国度！你在这里会过上长寿和幸福的生活，你再也不会变老。这里有你梦想的一切。我向你承诺我所说的句句属实，因为我就是蒂尔纳诺格的国王。这是我的王后，这是我的女儿'金发女'妮雅芙，她远渡重洋去找你，把你带回这里，你们从此可以长相厮守了。"

莪相感谢了国王和王后。莪相和妮雅芙的婚宴随后举行，庆祝活动一连持续了十天十夜。

妮雅芙和莪相在不老乡幸福地生活着，有了三个孩子。妮雅芙给两个男孩取名叫芬恩和奥斯卡，以纪念莪相的父亲和儿子。莪相给女儿起了一个跟她可爱的脸蛋和随和的性格相配的名字，叫作普露尔纳梦，意思是"艳冠群芳"。

三百年过去了，虽然对莪相来说，这三百年恰同三年一般短暂。他的思乡之情愈发浓烈，渴望回到爱尔兰，见一见芬恩和他的朋友们，于是他请求妮雅芙和她的父亲让他回乡省亲。国王同意了他的请求，但是妮雅芙却对此感到焦虑。

"尽管我希望你没有提这个请求，可我还是不能拒绝你，莪相！"她说，"我只是担心你会一去不返。"

莪相试图安慰自己的妻子。"不要焦心，妮雅芙！"他说，"我们的白马知道来路。它会带我安然回家的！"

于是妮雅芙也同意了，但她向莪相提出了严厉的警告。"听仔细了，莪相，"她向莪相恳求道，"记住我讲的话。如果你从马上下来，你就不能再回到这个幸福的国度了。我再说一遍，你的脚只要一碰地面，你就会迷失道路，永远不能再回到不老乡。"

然后妮雅芙就开始啜泣哀吟，极其难过。"莪相，我第三次警告你：不要把脚放到爱尔兰的土地上，不然你就永远不能回到我的身边了！那里的一切都变了。你不会找到芬恩或者芬尼战士，你只会找到一群教士和圣人。"

莪相试图安慰妮雅芙，但是妮雅芙痛苦地拉扯着自己的长发，根本安慰不好。莪相站在白马的旁边，向孩子们道别，妮雅芙走上前亲了亲他。

"啊，莪相，这是我给你的最后一吻！你将再也不会回到我的身边，回到不老乡了。"

莪相上了马，拨转马头，前往爱尔兰，将不老乡甩在身后。就像三百年前他和妮雅芙来到这里时那样，白马奋蹄狂奔，将他从蒂尔纳诺格带走了。

莪相满腔希冀地来到爱尔兰，他还是从前那个孔武有力的冠军力士，一到就立刻去寻找芬尼战士团。他在熟悉的领地上穿行，但是没有朋友们的任何踪迹。这时他看到一群男男女女从西边向他走来。他勒住战马，这群人看到莪相也停了下来。他们礼貌地跟他打招呼，但是又不停地打量他，对他的装扮和身形感到惊讶。当莪相告诉他们，他是在寻找芬恩·麦克库尔，并打听他的下落时，这些人就更加惊讶了。

"我们听说过芬恩和芬尼战士团。"他们告诉他说，"据说在个性、举止和体格方面，没人能与芬恩相比。关于他的故事实在太多了，我们竟不知道从何讲起是好！"

莪相听到这话，一股萎靡和悲哀浸没了全身，他明白芬恩和他的伙伴们都已经不在人世了。他立刻动身前往伦斯特平原上的阿尔兀，那里是芬尼战士团的总部。但是当他到达那里，那座固若金汤、白得耀眼的堡垒早已荡然无存，空留一座荒凉的山丘，长满了千里光、鹅肠草和荨麻。莪相看到这一派衰败的景象，不禁伤心欲绝。他一一寻访芬恩常去的地方，全都荒弃无人。他在乡间四处寻觅，哪里也没有旧友的踪迹。

他经过威克洛，走过"鸫鸟之谷"格伦纳斯莫尔，在那里看到不下三百人聚集在一起。当他们看到莪相骑马走来，其中一人喊道："快过来帮帮忙！你比我们强壮多了！"莪相来到跟前，看到这些人正在努力抬起一块巨大的大理石板。石头非常重，下面的人支不起来，快要被它的重量压垮了。有些人已经倒下了。领头的人再一次拼命向莪相呼唤："快过来，帮我们抬起这块石板，不然所有人都要被压死了！"莪相难以置信地俯视着脚下这帮人，他们竟然这么孱弱不堪，连块石板都抬不起。他从马鞍上欠了欠身，用手将大理石板抓住，用尽全力将它抬起并扔开，解救了被它压在下面的人。但是石板太沉了，他用力过猛，以至于镀金的马肚带被扯断了，他从马鞍上被甩了出来。他不得不跳到地面上自救，而当主人的脚刚一落地，那马便如离弦之箭般跑开了。我相笔直地站了一会儿，俯视着围观的人，他们都吓呆了。然后，在众目睽睽之下，这位比所有人加起来还要强壮的高个子年轻战士，慢慢地跌坐在地。他强壮的身体萎缩了，皮肤现出道道褶皱，双眸上浮起云翳，失去了光彩。他绝望无助地瘫倒在他们脚畔，变成了一位昏聩盲聋的老者。

一坟三圣

爱尔兰主保圣人的传说

圣帕特里克

帕特里克第一次来到爱尔兰时只有十六岁，当时爱尔兰至高王是"九质王"尼尔，他手下的海盗兵将其作为奴隶从罗马治下的不列颠带了过来。他被卖给了一位北方的头领米卢克，米卢克的领地从内伊湖岸一直延伸至斯莱米什山。有六年的时间，帕特里克在橡树和榛树林里游荡，在斯莱米什山上攀爬，饲养照料米卢克的羊群。这个小奴隶缺衣少食，风餐露宿，还要躲避在森林里出没的野猪和狼群，他总是孤单一人，经常担惊受怕。苦难让他转向了童年时代的信仰，每天他都要不分昼夜地祷告一百次。

一天晚上，帕特里克正在睡觉，他在梦里听到一个声音告诉他，他很快就会回到自己的祖国。几天之后，同一个声音又告诉他："帕特里克，你的船已经整装待发了。"

他立刻丢下了米卢克的羊群，从阿尔斯特逃走了。他历尽艰险，穿越国土，最后安全抵达爱尔兰东南沿海的一座海港，这里距斯莱米什山有足足两百里。一个穷人同情这位逃难的孩子，将他带到自己的小木屋，供他食宿，睡觉的时候帮他守望。

帕特里克一觉醒来，还真的有一条船正要挂帆出发。他请求上船，但是船长看他是个在逃的奴隶，便将他赶走了。他沮丧地向那个穷人的小屋走去，一路走一路祷告。他的祷告还没结束，他就听到有水手喊他上船。船长改变了主意，让帕特里克上了船。他在货舱里发现了一宗奇怪的货物：一群高大的爱尔兰猎狼犬，它们正被运往欧洲市场，因其巨大的体形和凶猛的长相，它们在欧洲被用作价格不菲的看家犬。在整段旅途中，帕特里克都在感谢上帝的救赎，并且向水手们讲述了自己奇迹般的逃脱经历，但是他们对帕特里克的故事和信仰都表示怀疑。

三天之后，货船到达高卢海岸，所有的船员都下了船。他们所到之地刚刚被抢掠过，搞得这帮旅客在路途中既找不到食物，也没有歇宿之所。水手们又饿又气，将火撒向了帕特里克。"基督徒，你现在还有什么可说的吗？"船长嘲弄地说道，"你告诉我们你信仰的上帝是无所不能的。好吧，现在就向他祷告吧！让他给我们送来食物，要不然我们就要在荒野里饿死了。"

帕特里克劝告他们放弃自己的信仰，改信基督，这样他们就能得救了。水手们同意了，于是帕特里克开始祷告，一群猪便出现在他们前方的道路上。这些人看到这奇迹都惊呆了，等他们吃饱之后，他们就为这次拯救进行了感恩祷告。

这群人穿过荒凉的乡野，一连走了好多天，直到来到一座没有被抢掠过的城市。帕特里克在那里与水手们分开，独自行进，从高卢走到意大利，从一家修道院漫游到另一家，直到他设法回到了不列颠，回到了他父亲的土地上。他这一回家，可让父母高兴坏了。失散多年的儿子又回来了，他们简直不敢相信，仿佛他是死而复生一样。

帕特里克回家后不久，一天晚上，他做了一个奇怪的梦，梦中的一切栩栩如生。"我在晚上目睹了一个景象,"他如是说,"一个叫作维克多里科斯的人从爱尔兰带来了无数的信件。他将其中一封给了我,我就开始读这封名为'爱尔兰人的呼声'的信。我读信的时候,听到了西海附近福克卢蒂森林居民熟悉的方音。他们仿佛众口一声在呼唤:'我们请求你,年轻的圣徒,来到我们中间,再走一走吧。'我感到心头剧痛,无法卒读,于是就醒了。"

尽管帕特里克对回到爱尔兰十分恐惧,但是他确信这是上帝的指令,他必须遵从。当他把他的想法告诉父母,他们十分难过,请求他改变主意。他们提醒他作为奴隶所遭受的艰难困苦,以及双亲因为他被俘和流亡而忍受的折磨。他们提出要给他奖赏,请求他不要再离开他们了。尽管帕特里克也很动心,想要留在家中,但是他对梦境的信仰占了上风,他出发前往欧洲,成了一名教士,这样他就有资格回应爱尔兰人的呼声了。

帕特里克第二次来到爱尔兰时,他已经成了一名主教。他带着一群修士,目的是驱逐旧神,使爱尔兰人皈依基督教。

他首先在圣帕特里克岛登岸,那是伦斯特海岸之外的一座岛屿。然后他继续向北航行,在斯特兰福德湾的海滩上登陆。帕特里克上岸的时候,遇到了一个叫狄库的高个子头领,他放出自己凶狠的猎犬来咬他。狗还没有咬到这位主教,就同他的主人一起不能动弹了,仿佛雕像一般。帕特里克同情他们,他开始祈祷,让他们摆脱麻痹的状态,这一人一狗的四肢立刻就恢复了活力。狄库对他的拯救感激涕零,对他的法力深感敬畏,于是他成了一个基督徒。他给了主教一间很大的谷仓作为礼拜之所,这间谷仓被称为索尔法德里格，即"帕特里克的谷仓"。直至今天，那个离斯特兰福德湾不远的地方还叫作索尔。

　　帕特里克向南行进，目标是爱尔兰至高王的驻跸之地塔拉。现在在位的是"九质王"尼尔的儿子莱里。帕特里克来到伦斯特时，正值复活节前夕，同时也是五朔节前夕，爱尔兰人在这一天向太阳神献祭。五朔节的前一天，所有的火种都要熄灭，必须等到德鲁伊大祭司在塔拉点亮第一团火，致敬太阳神，在此之前，不许任何人放火。当黎明时分，圣火点燃之后，伦斯特所有的山巅上，就会陆续升起一团又一团火焰。

　　在五朔节的早上，至高王和他的随从在塔拉的山顶集结。当第一束阳光在地平线上洒落，德鲁伊大祭司上前准备点燃撒满鲜花的篝火。但是还没等他将火点燃，山顶的观众们却惊讶地看到，在更靠东边的斯莱恩山上升起了火苗。那是帕特里克点亮的庆祝复活节的篝火。

　　邻近山头上的这团火烧得越来越旺，莱里看在眼里，恨在心里。"是谁这么大胆，点亮了那堆火？"他责问道。

　　"我们看到了那堆火。"德鲁伊教士们答道，"尽管我们不知道是谁点燃的，但是我们知道除非立刻将它扑灭，否则它就永远不会熄灭了。它会让我们的圣火熄灭，那个点亮这团火的人将会支配我们所有的人，包括至高王本人。"

　　"灭掉那堆火，把点火的那个家伙给我带到塔拉来。"至高王下令道。他的信使们慌忙向斯莱恩山跑去，执行他的命令。他们将帕特里克和他的修士们带到莱里跟前。至高王看到这些光光的头顶、带帽的长袍和曲柄的牧杖，害怕得浑身颤抖。他想起他的德鲁伊教士们三年前就预言了这些人的到来：

> 剃平的脑袋会越过怒涛而来
>
> 他们的长袍有洞伸着头
>
> 他们的手杖弯弯勾着头
>
> 他们的祭坛安在房子的东头
>
> 所有人都应一声"阿门"。

在德鲁伊教士和战士们的簇拥下，莱里宣判帕特里克死刑。但是这位修士毫无惧色，反倒责备至高王崇拜太阳。"我所信仰的上帝为我们创造了我们头顶每天升起的太阳，但是太阳永远不会统治我们，它的辉煌也不会永恒存在。我崇拜的基督才是真正的太阳，祂永生不死，祂会赐予那些服从祂意志的人以永久的生命。"

至高王手下的很多人听到这话，都成了基督徒，尽管莱里本人没有皈依，他还是取消了死刑。

帕特里克带着他的一小拨修士，在爱尔兰走南闯北，四处宣讲福音。尽管他经常受到满怀敌意的头领们的威胁，但还是改变了很多男男女女的信仰，基督教在整个国家广泛地传播开来。

当帕特里克在芒斯特布道的时候，卡舍尔王恩古斯对这位客人产生了兴趣，将他召唤至自己的堡垒。帕特里克宣讲了福音，大王相信了，请求受洗。帕特里克为恩古斯施洗祝祷的时候，他的牧杖的尖刺扎透了恩古斯的脚，但是这位大王没有畏缩。仪式结束的时候，帕特里克发现了他一手造成的伤口，不禁悔恨交加。

"我没有喊叫，也没有抗议，"恩古斯解释说，"因为我以为这穿刺乃是我要经受的仪轨的一部分。"

在帕特里克初到索尔之后许多年，他感到他的生命行将结束，便前往阿马，来到他创立的教会的总堂，等候生命的终结。正当他休息的时候，一位天使出现在他的梦中，对他说道："回到你的出发点，回到谷仓，回到索尔。那里才是你的归宿，而不是阿马，正如你对狄库承诺的那样，你会死而复生。"

"要是我不能安葬在我心仪的地方，我到死也不过是一个奴隶罢了。"帕特里克伤感地说道。

"别难过，帕特里克，"天使回答说，"你的尊荣权威将常驻阿马。"

于是老人去了索尔，女修道院院长布里吉德一直照料着他，直到他去世。他被埋在唐帕特里克，布里吉德死后，也葬在他的身旁。爱尔兰的第三位主保圣人科伦基尔据说也埋在同一座坟茔里。

一坟埋三圣：
帕特里克、布里吉德和科伦基尔。

圣布里吉德

布里吉德的母亲名叫布罗伊绍，父亲名叫杜弗塔赫，杜弗塔赫是一名头领，而布罗伊绍正是他手下的一名女奴。杜弗塔赫的妻子对这名女奴十分嫉妒，她让丈夫在女仆和她本人之间选一个。杜弗塔赫爱着布罗伊绍，不愿意跟她分开，但是他的妻子坚持要他这么做。于是他十分难过地带着这名女仆出发，准备将她卖给别的主人。途中他经过了一位德鲁伊教士的房子，这位法师听到了马车轮子的声音，跑出来看是哪位头领路过。他认出了杜弗塔赫，便问他马车里坐在他身旁的那个奴隶的主人是谁。

"她归我所有，"杜弗塔赫回答说，"而且还怀着我的骨肉，但是我的妻子非要我把她给卖掉。"

德鲁伊教士将布罗伊绍打量了一番，然后给她怀着的孩子做出了预言："你妻子的孩子，将会成为这个女仆的孩子的仆人，因为她肚子里的这个女儿就像群星中的太阳，将会非同凡响，声名赫赫。"

杜弗塔赫听到这话，便掉转马车，带着布罗伊绍回到家中。

岁月迁流，杜弗塔赫的妻子越来越妒忌这位女仆，最后杜弗塔赫被逼无奈，只得将她送走。他将布罗伊绍卖给了一位德鲁伊教士，并约定好他只是卖出了母亲作为奴隶，未出生的孩子并没有卖。她还是他的孩子，生下来就是自由人。

布罗伊绍在德鲁伊教士的家里当挤奶工。有一天，她拎着一桶奶正要进屋，就生下了一个女儿。她用桶里的奶给孩子冲洗，给她取名为"布里吉德"，意思是"带火的箭矢"。

布里吉德长成了一位美丽、聪慧和善良的姑娘。她在德鲁伊教士的家里牧羊、喂家禽，并照料上门的乞丐。有一天，她听到帕特里克的一位修士在布道，就信了新的宗教，成了一名基督徒。从此，她对穷人的善心和关爱与日俱增。

尽管她在德鲁伊教士家中待遇不差，她还是想见到自己的父亲。于是她鼓起勇气，向德鲁伊教士请求准她回家。教士同意了，派人去找了杜弗塔赫，布里吉德被送还父亲身边，成了一个自由人。

杜弗塔赫让他的女儿掌家，但是布里吉德乐善好施，把到手的东西都给了穷人，不管这些东西是不是能留一下。甚至迷途的动物都能从饭锅里得到一份肉食。随着时间的流逝，杜弗塔赫对女儿的大手大脚开始心生厌恶，但布里吉德对他的抱怨置若罔闻，依旧我行我素。杜弗塔赫的妻子也讨厌这个漂亮的姑娘，就像嫉妒她妈妈一样嫉妒起她来。两人合谋想要摆脱布里吉德，打算将她雇给伦斯特的大王。

布里吉德和父亲上了马车，出发前往大王的堡垒，这时杜弗塔赫决心要挫挫女儿的傲气，就对她说："我想要你知道，不是因为你本人怎么了不得，让你坐着我的马车过来，而是因为我打算将你当作奴隶卖给你的新主人，让你在磨坊里磨面粉！"

到了大王的堡垒之后，杜弗塔赫让布里吉德待在马车里，在堡垒外等候。他离开后，一位露着疮疤的乞丐走近马车，请求帮助。布里吉德没有别的东西可以给，就把杜弗塔赫的宝剑给了他。在堡垒里，头领正提议将女儿卖给大王。

"你为什么要卖掉你的女儿呢？"大王惊讶地问道。

"她不停地卖掉我的财产，把我的财富施舍给流浪汉和没用的乞丐，我再也无法忍受了！"杜弗塔赫生气地回答说。

"让这姑娘进来吧。"大王下令说。

杜弗塔赫出了堡垒，要到马车里把布里吉德带进去。当他发现她将自己的宝剑施舍出去了，气得七窍生烟。他把她赶到国王跟前，向他讲述了经过。

大王看着布里吉德，大声说道："如果你把你父亲的财富都施舍光了，那你会怎么对待我的财产呢？"

布里吉德回答说："我向上帝发誓，即使我拥有您的权力、您的土地、您的财富，即使我拥有整个伦斯特，我还是会将它放弃，将它交给世间万物的主宰！"

听到这样的答案，大王便对杜弗塔赫说道："你我都不能决定这个女子的命运。她在神的眼中比在人的眼中更受青睐！"

于是他释放了布里吉德，让她回家，同时赐给杜弗塔赫一把象牙柄的宝剑，替代那把被送出的剑。

布里吉德实在太美了，许多人都想娶她，但是她拒绝了所有人的提亲。她想要找个修道院，奉献一生来做善事，帮助穷人。然而有这么一个人铁了心要娶她为妻，因为布里吉德一再拒绝他的求亲，他的火气也越来越大。

"如果你不从枕头上望着你的丈夫，长这么一双清亮的眸子又有什么用呢？"他嘲弄道。

布里吉德听到这嘲笑，十分气恼，倍感屈辱，她竟从眼眶里挖出一只眼睛，让它挂在了脸颊上。

看到女儿宁可破相也不愿成婚，杜弗塔赫承诺说，他再也不会强迫她结婚了。得到这样的保证之后，布里吉德将手放到眼睛上，它立刻就恢复如初。

布里吉德在基尔代尔创建了她的第一座修道院，她还在那里建了一座小教堂，紧挨着一株枝繁叶茂的橡树。有一天她正在教堂里祷告，在她的头顶上出现了一根火柱，越升越高，直抵屋脊。一个叫作梅尔的主教看见火舌，就知道这是布里吉德已经被上帝选中的信号。他让她当了修道院院长，并让她的教阶与主教级别相当。梅尔手下的教士当中，有些人反对一个女子取得这样的荣耀，但是主教告诉他们，这样的任命不是由他做出的，而是来自上帝的选任。

随着她的会众不断增多，布里吉德需要一座更大的教堂和修道院，于是她去找大王，请求他赐予一片土地，用于建设。大王许给她一片土地，但是因为他并不情愿出让他的任何领地，所以他一直都不肯兑现承诺。布里吉德不断地请求，大王不断地拖延，直到布里吉德失去了耐心。

"好吧，至少给我用我的披风能够罩得住的一小块地吧。"她恳求说。

大王欣然同意，于是布里吉德解下披风。她手下四名修女各牵着罩袍的一个角，似乎是要将它平展在地面上，但她们并没有这么做，而是转向四个方向，开始全力奔跑，手里紧抓着披风的四个角。修女们一拉，披风就变得越来越长，越来越宽，直到它盖住了整整一里见方的土地。大王吓了一大跳。

"停！"他喊道，"快停下！你们在干什么？"

"我要拿你许诺给我的土地啊。"布里吉德回答道，"作为对你吝啬的惩罚，我会把你整个省都拿走的。"

"只要你们这些女人停止不跑了，我就把你的披风现在覆盖的土地统统给你！"国王喊道。

于是布里吉德让她的修女们不要再跑了。大王信守了承诺，布里吉德得到了盖教堂的地皮。

在一个下雨天，布里吉德跑到修道院里避雨。她脱下湿漉漉的披风，抖掉雨滴。正当此时，太阳出来了，阳光穿过窗户，倾泻了一屋。布里吉德将披风摊开，放在光柱之上，这些光柱就像椽子一样将披风托起。它就这样挂在空中，直到晾干。

布里吉德希望她在基尔代尔的教区遵守圣彼得和圣保罗的教规。因为自己不能亲赴罗马，她便派出七名手下去那里访求教法，取经回国。但是他们一回到爱尔兰，没有一个人能记得所学到的哪怕一个字。于是布里吉德又派出了七名使者，结果他们回来的时候，同样把教法忘得一干二净。第三次，布里吉德又从教区派了七个人去往罗马，但是这一次布里吉德让他们带上一个失明的男孩。布里吉德相信这孩子能够记住教规，因为他有着过耳不忘的本领。

马恩岛外刮起了暴风雨，布里吉德的使团不得不在海岸抛锚。

暴风雨消停之后，他们想要拔锚起航，但船锚纹丝不动，因为它被水下一座教堂的尖顶稳稳地钩住了。他们掷骰子来决定谁要顺着绳子爬下去，解脱船锚，结果失明的男孩抽到了这签。于是他滑下绳索，消失在水下，从教堂屋脊的瓦片上解开了船锚。他的伙伴们拉起了船锚，等他浮上来，但是这孩子再也没有从水里出来。他们十分难过，决定将他抛下，扬帆出发，一行人最后安全地来到了罗马。

一年之后，他们正在回家的路上，在同一个地点，又起了一阵巨大的风暴。水手们再次抛下船锚。突然，让他们惊讶不已的是，失明的男孩从水中出现了，他顺着锚绳爬到船里。他的手上拿着一口钟，而圣彼得和圣保罗的教法已经装在了他的脑子里。他是在水下的教堂里记住的。

当他们到达爱尔兰，失明的男孩向布里吉德转告了教规，她和她教区的会众从此便遵奉此规。那口钟被供奉在一个众人景仰之处，从此就一直被称作"圣布里吉德教区之钟"。

布里吉德十八岁进入修道院，八十八岁死在阿马。她被埋葬在唐帕特里克圣帕特里克的身旁。圣帕特里克年老垂危的时候，就是她来负责照料的。她一生中所触碰的事物无不兴旺发达，她所做的祈祷无不得神应允。她饱含同情和耐心，随时准备供养饥民，安慰病患，与流浪者友善。她所行的奇迹和非凡的成就使她声名远播。人们称赞她，说她像鸟中的鸽子、林中的藤蔓，像群星之中的太阳。

在她死后，人们在艰险困顿中向她祷告，祈求帮助。大家请她平息风暴，驱逐瘟疫。人们相信她是基督的先知，称她为"南方女王""盖尔人的圣母马利亚"。

圣科伦基尔

科伦基尔出生在多尼戈尔，有王室血统。在他父亲这边，"九质王"尼尔是他的曾祖父；在他母亲这边，另一位爱尔兰至高王卡希尔·莫尔是其先祖。他自己本来也可以称王，但是他决意出家，成了修士。

他自小就十分虔信，所以左邻右舍的小孩就给他起了一个绰号，叫作科伦基尔，意思是"教堂的驯鸽"。他们每周有一次与这位王室的伙伴玩耍的机会，可是要等他完成祷告才能加入他们的游戏，这让他们十分着急。"小鸽子可算从教堂里出来了呀？"有一天他们这样对他喊道。从这以后，他就被称作科伦基尔了。

科伦基尔长大后去了莫维尔的修道院学校，校长芬尼安是一位著名的修道院院长和传教士。他在那里学会了修士的清规戒律，也是在那里萌生了对书籍终身不渝的热爱，并且掌握了抄录的技巧。他从莫维尔的修道院学校搬到一名叫作葛曼的诗人开办的诗歌学校，在老师的严格指导下，他学会了创作诗歌。

科伦基尔二十五岁的时候，已经是一位有名的圣人、作家和诗人了。每个认识他的人都尊敬和爱戴他。他严于律己，宽以待人，尽管他贵为王子，却对阶级差异毫不挂心。他高大强壮，一头鬈发，脸庞俊朗，灰色的双眸带着点儿俏皮。他的嗓音十分温柔，但是当他对众人发言之时，虽然他身边的人听到的不过是正常的音量，但远在一里地之外的人却能把每一个音节都听得清清楚楚。据说他常和天使们交谈，有些时候，和他一起居住的修士们能看到他包裹在无尽的光晕之中，不仅仅是在夜晚，大白天也是如此。

当科伦基尔待在格拉斯奈文著名的修道院学校的时候，一场瘟疫席卷了爱尔兰，圣人和罪人都在劫难逃。科伦基尔两位最亲密的朋友——格拉斯奈文修道院院长莫韦和克朗麦克诺伊斯修道院院长伽隆都死于这场瘟疫。科伦基尔向北出发，以逃避瘟疫。在莫优拉河畔，他祈求瘟疫不要越过这条河。上帝回应了他的祈求，爱尔兰北部地区因此而幸免于难。

科伦基尔回到故土，受到了盛大的欢迎，当地的大王是他的亲戚，他给了科伦基尔一片土地来建造他自己的修道院。那是一座椭圆形的山包，面积大约两百亩，两边有河流蜿蜒围绕。山坡上美丽的橡树林十分繁茂，这个地方因此而得名迪拉，意思就是"橡树林"，也就是今天的德里。科伦基尔热爱这片橡树林，即使是为了造教堂也不肯让人砍伐。因此他的第一座教堂并不是如传统那样坐西朝东，因为那样的话就要砍掉橡树林了。

有一天，仿佛命中注定一般，科伦基尔回到了他在莫维尔的第一所学校，因为他听说他之前的老师芬尼安去了罗马，带回来一本珍贵的书。那是圣哲罗姆所译《诗篇》的一个抄本，还是第一次有这样的书流传到爱尔兰。科伦基尔看到这件宝物，简直欣喜若狂，他请求芬尼安允许他抄录这本书，置于德里的修道院。芬尼安拒绝了，他说现在还不是抄录这本书的时候。但是他向科伦基尔保证，只要时机一到，他会成为本书的第一个抄写员。科伦基尔可等不了。他把书拿到自己的房间，夜复一夜，秘密而迅速地（他抄起来又快又好）将芬尼安的这本无价珍本如实地抄录下来。

一天晚上，当教区信众们正在诵读日课时，芬尼安的一位修士注意到科伦基尔并没有待在教堂中他自己的位置上。他悄悄来到后者的住所察看原因。当他凑近科伦基尔的居室，灯光从条条门缝里泄露出来。他将眼睛凑上一条窄缝，向屋内瞅去，发现科伦基尔在桌旁奋笔疾书。在他偷窥的时候，科伦基尔的宠物鹤蹦到门后，将它长长的尖喙伸过裂缝，啄了这修士的眼。修士痛得大叫，跑回教堂，将事情的经过告诉了院长。芬尼安冲到科伦基尔的房间，发现科伦基尔违背了他的指令，正在抄录那本书。他勃然大怒，宣布抄本归他所有，要科伦基尔交给他。科伦基尔拒绝交出抄本。芬尼安向至高王迪尔米德请求仲裁，两位修道院院长便前往塔拉，等待至高王的裁断。

芬尼安和科伦基尔携信众到达的时候，塔拉正在开会议事。双方各自向至高王陈述了案情，迪尔米德在征求了谋士们的意见之后，做出了宣判："小牛属于母牛，抄本属于原书。"因此，这一抄本要交给芬尼安。

科伦基尔对这个决定感到出离愤怒，但他之所以对至高王有如此大的怒气，却还有另外一个原因。当他还在塔拉等候裁决的时候，一位康诺特头领杀了人。这是对大会庄严章程的破坏，在大会期间，任何争端都是明令禁止的。这位康诺特头领知道自己将会因上述罪行而被处以极刑，便逃到了阿尔斯特盟友们那里寻求庇护。这些阿尔斯特头领将他转交给了他们的亲戚科伦基尔，这位修道院院长就庇护了这个逃犯。至高王决意让罪犯伏法。他派仆人去往科伦基尔的住所，将这人揪出来处死了。此举冒犯了神圣的庇护法则，令科伦基尔十分愤怒，他性格倨傲，意气用事，难以忍受这双重的羞辱。他悄悄离开了塔拉，回到北方，召集起自己人，以捍卫他的荣誉。

迪尔米德发现之后，召集起他的军队，两军在康诺特的库尔德莱弗纳交战。科伦基尔在阵线后方待着，祈祷迪尔米德的军队败北。结果确如所期，但是战斗十分血腥，牺牲者达三千之众。

盛怒消退之后，科伦基尔吓坏了，看到因自己的傲气而造成生灵涂炭，他对自己头脑发热后悔不迭。于是他跑去德弗尼什岛上隐士穆拉谢的居所，向他求教如何才能弥补这场屠杀。穆拉谢给他定下了最严苛的赎罪办法。他让科伦基尔永远离开爱尔兰，去苏格兰拯救尽可能多的皮克特人的灵魂，就把他们当作已在库尔德莱弗纳战场上遭遇不幸好了。于是科伦基尔怀着沉重的心情，登上一艘船，开始了他的流放。带着不多的几个随从，他远离了心爱的德里，沿福伊尔湾溯流而上，在苏格兰海岸外的爱奥那岛上了岸。他在那里建立了一座修道院，并从那里出发，巡行苏格兰宣扬福音。他走到哪里，就有群众聚集，来看这个能平复海涛、驱魔治病的修士。很快，他就像在爱尔兰一样，在苏格兰也饱受景仰和爱戴。

终其一生，科伦基尔都有未卜先知的法力，能够预言大大小小的事件。有一天，他正在爱奥那岛上抄录一部书，却听到有人在海峡对面呼喊。他转向自己的同伴迪尔米德，对他说道："那个呼喊着要过来的人是一个笨拙的伙计，他会撞翻我桌上的墨水瓶！"迪尔米德守在缮写室门口阻截来客，但是中途他被人叫走了，就在那一眨眼的工夫，那个人就到了。他匆匆忙忙冲进屋子，慌里慌张地拥抱科伦基尔，结果袖口扫翻了墨水瓶，将墨水洒了出来。

还有一次，一位修士过来和科伦基尔讲话，他发现院长正在出神，从他脸上发出灿烂的光芒。这位初学的修士吓得不敢说话，掉头就跑。科伦基尔轻轻地拍了拍手，把他叫了回来，问他什么事惊吓到了他。当年轻人承认说，他是被院长的容光惊骇到的时候，科伦基尔便劝慰安抚他。年轻的修士恢复了镇定，便问科伦基尔他是否看到了异象。

"我看见罗马城遭遇了可怕的灾难，"院长回答道，"火焰和硫黄倾泻如雨，成千上万的人死去。在今年年底之前，你就会听到来自高卢的水手，给你证实我所说的话。"

几个月之后，在去金泰尔访问的路上，年轻的修士遇到了一位船长，就像科伦基尔之前预言的那样，他带来了罗马城毁灭的消息。

科伦基尔八十八岁时，预知自己将不久于人世。尽管他已经太过疲倦和衰老，几乎离不开修道院了，他还是去了爱奥那岛的西端，向在那里工作的修士们做最后的告别。在抚慰完同道们之后，他坐到马车上，面向东方，祝福整座岛屿。

几天之后，他正在教堂外面的一块石头上休息，却见一匹白色的驮马驮着牧场的牛奶走上前来，将头放在他胸前，哭了起来。

它嘴里流涎，眼中淌泪，就像人类一般伏在老人的腿窝上。侍者企图将马拉走，但是科伦基尔阻止了他。"让这生灵悲悼吧。他通过本能了解到你们理性的头脑所不见的隐情。他知道他以后再也见不到我了。"于是老院长慢慢踱回院内，走进自己的房间，完成他尚未抄完的颂歌。

"那些追寻天主的人，绝不会匮乏于善。"写完这句话，他搁下了笔。"我必须停止写作了。我已经写完了这页，让比辛来完成这项工作吧。"

第二天午夜，他赶在其他修士之前走进教堂，独自跪在祭坛之前。当他的仆人迪尔米德走近教堂大门之时，他看见教堂里充满了灿烂的光辉，可等他进了门，这光就黯淡下来，他置身于黑暗之中。

"神父，您在哪里？"他大声喊道，他的声音因泪水而哽咽了。无人作答。其他修士举着灯跑了进来，看见科伦基尔倒在祭坛脚下，奄奄一息。迪尔米德抬起垂死的老院长的手，帮助他最后一次祝福整个教区。科伦基尔死去的时候，修士们围跪在他的身旁，他的表情是如此宁谧，仿佛陷入了深沉的安睡。

参考文献

我在下面列出了本书中每个故事的主要出处。除此之外，我还补充了一个我觉得特别有用的书单。所列著作，既有学术研究，又有故事重述，我从中选取了部分事件和细节，化零为整地嵌入了我的文本之中。

神话故事集

达努神族

Gray, Elizabeth A., *Cathe maig Tuired, The Second Battle of Mag Tuired,* Irish Texts Society, Dublin, 1982.

Gregory, Augusta, *Gods and Fighting Men*, London, 1904.

米狄尔和艾汀

Cross, Tom Peete and Slover, Clark H., *Ancient Irish Tales*, London, 1937.

Gantz, Jeffrey, *Early Irish Myths and Sagas*, London, 1981.

Leahy, A. H., *Heroic Romances of Ireland*, London, 1905.

Müller, Eduard, from *Revue Celtique* III, Paris, 1876–1878.

李尔的子女

O'Curry, Eugene, "The Three Most Sorrowful Tales of Erinn", from *Atlantis* IV, Dublin, 1858.

米利先人来到爱尔兰

Mac Alister, R. A. S. and Mac Neill, Eoin, *Leabhar Gabhala: The Book of Conquests of Ireland* I, London, 1917.
Gregory, Augusta, *Gods and Fighting Men.*

布兰的远航

Meyer, Kuno and Nutt, Alfred, *The Voyage of Bran, Son of Febal,* London, 1895.

阿尔斯特故事集

阿尔斯特人的虚弱

Hull, Eleanor (ed.), *The Cúchullin Saga in Irish Literature*, London, 1898.

库乎林诞生记

同上。

库乎林的童年

Dunn, Joseph, *The Ancient Irish Epic – Táin Bó Cualgne,* London, 1914.
Hull, Eleanor (ed.), *The Cúchulinn Saga in Irish Literature.*

库乎林得名记

同上。

库乎林成为战士

同上。

追求艾娃

Meyer, Kuno, from *The Cúchullin Saga*, ed. Eleanor Hull.

布里克鲁的盛宴

Cross, Tom Peete and Slover, Clark H., *Ancient Irish Tales*.

孔拉之死

Cross, Tom Peete and Slover, Clark H., *Ancient Irish Tales*.
Brooke, Charlotte, *Reliques of Irish Poetry*, Dublin, 1816.

阿尔斯特之恸黛尔德露

O'Flanagan, Theophilus, "Deirdri", from *Transactions of the Gaelic Society of Dublin*, 1808.

渡口决胜记

Dunn, Joseph, *The Ancient Irish Epic – Táin Bó Cualgne*.

库乎林之死

O'Grady, Standish Hayes and Stokes, Whitley, from *The Cúchullin Saga*, ed. Eleanor Hull.
Hyde, Douglas, *A Literary History of Ireland*, London, 1901.

芬恩故事集

芬恩的童年

Hennessy, W. M., *Revue Celtique* II, Paris, 1873–1875.

Kennedy, Patrick, *Legendary Fictions of the Irish Celts,* London, 1891.

O'Donovan, John, "The Boyish Exploits of Finn Mac Cumhill", from *Transactions of the Ossianic Society* IV, Dublin, 1859.

O'Grady, Standish Hayes, *Silva Gadelica*, Dublin, 1892.

Mac Neill, Eoin, *Duanaire Finn* I, Irish Texts Society, London, 1908.

芬恩入主芬尼战士团

Keating, Geoffrey, *The History of Ireland,* Irish Texts Society, London, 1908.

O'Grady, Standish Hayes, *Silva Gadelica.*

Kennedy, Patrick, *Legendary Fictions of the Irish Celts.*

芬恩的猎犬诞生记

From *Transactions of the Ossianic Society* II, Dublin, 1856.

Hennessy, W. M., *Revenue Celtique* II.

Kennedy, Patrick, *Legendary Fictions of the Irish Celts.*

莪相诞生记

Kennedy, Patrick, *Legendary Fictions of the Irish Celts.*

追捕迪尔米德和格兰妮雅

O'Grady, Standish Hayes, "The Pursuit of Diarmuid and Grainne", from *Transactions of the Ossianic Society* III, Dublin, 1857.

Ni Sheaghda, Nessa, *The Pursuit of Diarmuid and Grainne*, Irish Texts
Society, XLVIII, Dublin, 1967.

莪相在不老乡

O'Looney, B., *Transactions of the Ossianic Society* IV.
Joyce, P. W., *Old Celtic Romances*, London, 1914.
Cross, Tom Peete and Slover, Clark H., *Ancient Irish Tales*.

爱尔兰主保圣人的传说

圣帕特里克

Kennedy, Patrick, *Legendary Fictions of the Irish Celts*.
Mac Neill, Eoin, *Saint Patrick, Apostle of Ireland*, London, 1934.
Stokes, Whitley, *Lives of the Saints from the Book of Lismore*, Oxford,
1890.

圣布里吉德

Hyde, Douglas, *A Literary History of Ireland*.
Kennedy, Patrick, *Legendary Fictions of the Irish Celts*.
Stokes, Whitley, *Lives of the Saints from the Book of Lismore*.
—— *The Calendar of Oengus*, Dublin, 1880.

圣科伦基尔

Hyde, Douglas, *A Literary History of Ireland*.
Keating, Geoffrey, *The History of Ireland*.
Stokes, Whitley, *Lives of the Saints from the Book of Lismore*.
—— *The Calendar of Oengus*.

McCarthy, Daniel, *Life of Saint Columba translated from Adamnan*, Dublin, 1861.

延伸阅读

Campbell, J. J., *Legends of Ireland*, London, 1955.

Coghlan, Ronan, *Pocket Dictionary of Irish Myth and Legend*, Belfast, 1985.

Curtain, Jeremiah, *Hero Tales of Ireland*, Dublin, 1894.

Dillon, Myles, *The Cycle of the Kings*, London, 1947.

—— *Early Irish Literature*, Chicago, 1948.

—— *Irish Sagas*, Dublin, 1954.

Ellis, P. Berresford, *A Dictionary of Irish Mythology*, London, 1987.

Flower, Robin, *The Irish Tradition*, Oxford, 1947.

Green, Miranda J., *A Dictionary of Celtic Myth and Legend*, London, 1992.

Gregory, Augustus, *The Blessed Trinity of Ireland,* London, 1985.

Hull, Eleanor, *Cuchulain – the Hound of Ulster*, London, 1909.

Hyde, Douglas, *The Three Sorrows of Storytelling*, London, 1895.

Jackson, Kenneth Hurlstone, *A Celtic Miscellany*, London, 1951.

Kavanagh, Peter, *Irish Mythology*, New York, 1959.

Kinsella, Thomas, *The Tain*, Oxford, 1970.

Kinsella, Thomas (ed.), *The New Oxford Book of Irish Verse*, Oxford, 1986.

Mac Cana, Proinsias, *Celtic Mythology*, London, 1970.

Mac Neill, Eoin, *Duanaire Finn* I, London, 1908.

Meyer, Kuno, *Death Tales of the Ulster Heroes*, Dublin, 1913.

—— and Nutt, Alfred, *The Voyage of Bran, Son of Febal*, London, 1895.

Montague, John (ed.), *The Faber Book of Irish Verse*, London, 1974.

Murphy, Gerard, *Duanaire Finn* II, London, 1933.

Nutt, Alfred, *Ossian and Ossianic Literature*, London, 1899.

—— *Cúchulainn: The Irish Achilles*, London, 1900.

O'Connor, Frank, *Kings, Lords and Commons: an anthology from the Irish*, New York, 1959.

—— *The Little Monasteries*, Dublin, 1963.

O'Faolain, Eileen, *Irish Sagas and Folk Tales*, London, 1954.

O'Grady, Standish Hayes, *Silva Gadelica*, 2 vols, Dublin, 1893.

O'Grady, Standish James, *Fionn and His Companions*, Dublin, 1892.

—— *The Coming of Cuchulain*, London, 1894.

—— *The Triumph and Passing of Cuchulain*, London, 1920.

O'Hogain, Daithi, *Myth, Legend and Romance*, London, 1990.

O'Rahilly, Cecile, *Táin Bó Cuailgne* (from the Book of Leinster), Dublin, 1967.

—— *Táin Bó Cuailgne* (from the Book of the Dun Cow), Dublin, 1978.

O'Rahilly, Thomas F., *Early Irish History and Mythology*, Dublin, 1946.

Rees, Alwyn and Brinley, *Celtic Heritage*, London, 1961.

Rolleston, T. W., *Myths and Legends of the Celtic Race,* London, 1912.

—— *The High Deeds of Fionn*, London, 1910.

Smyth, Daragh, *A Guide to Irish Mythology*, Dublin, 1988.

Sjoestedt, M. L., *Gods and Heroes of the Celts*, Paris, 1949.

Stephens, James, *Irish Fairy Tales*, London, 1924.

译名对照表

A

阿尔斯特	Ulster
阿尔特·麦克摩尔纳	Art Mac Morna
阿尔兀	Almu
阿基尔	Achill
阿兰	Aran
阿马	Armagh
阿梅尔津	Amergin
阿纳弗林那	Ath na Foraine
阿斯隆	Athlone
埃尔克	Erc
艾尔梅德	Airmed
艾赫特拉	Echtra
艾利尔	Aillil
艾利亚赫	Aileach
艾连·麦克米奥纳	Aillen Mac Miona
艾伦	Allen
艾瑟琳	Eithlinn
艾塔尔	Etar

艾汀	Etain
艾娃	Emer
艾文玛哈	Emain Macha
艾伊·麦克摩尔纳	Aed Mac Morna
爱奥那	Iona
爱尔	Eiriu
安雷	Ainle
奥尔东	Ardan
奥基·阿伦	Eochai Airem
奥基·麦克埃尔克	Eochai Mac Erc
奥坎	Abcam
奥斯卡	Oscar

B

巴拉	Baile
巴洛	Balor
巴斯克纳	Bascna
拜芙	Badb
班恩	Bann
班库安	Banchuin
班特里	Bantry
班瓦	Banba
本布尔本	Ben Bulben
比辛	Baithen
毕罗格	Birog
波伏·达里格	Bodb Dearg

博恩	Boyne
博拉赫	Borrach
布拉伊	Blai
布兰	Bran
布雷	Breg
布雷甘	Bregan
布雷萨尔	Bresal
布雷斯	Bres
布雷原野	Magh Breg
布里伽顿	Brigaton
布里吉德	Brigid
布里克鲁	Bricriu
布里雷	Bri Leith
布鲁姆山	Slieve Bloom
布鲁纳博恩	Brugh na Boinne
布罗伊绍	Broicseach

达格达	Dagda
达蒙	Daman
达努	Danu
达努神族	Tuatha De Danaan
黛尔德露	Deirdre
丹纳	Demne
德弗尼什	Devenish
德克缇拉	Dechtire

德拉瓦拉湖	Lough Derravaragh
德里	Derry
德里达博斯	Derry Da Both
德鲁伊教士	druid
邓布雷瑟	Dun Breth
邓达尔甘	Dun Dealgan
邓罗里	Dun Rudraige
狄安·凯赫特	Dian Cecht
狄库	Dichu
迪尔林·奥巴斯克纳	Diorruing O'Bascna
迪尔米德·奥迪夫内	Diarmuid O'Duibhne
迪拉	Doire
蒂尔纳诺格	Tir na n-Og
杜夫罗斯	Dubhros
杜弗塔赫	Dubhtach
多拉	Daire
多纳尔	Donall
多尼戈尔	Donegal
夺牛之征	Tain Bo Cuailnge

e

莪相	Oisin
恩妮雅	Eithne

F

法尔戈尔	Feargoir
法赫特纳	Fachtna
法利亚斯	Falias
范纳尔·麦克奈赫同	Fannall Mac Nechtain
菲德尔玛	Fidelma
菲利米德	Felimid
菲雅尔	Fial
菲亚哈	Fiacha
菲亚赫拉	Fiacra
费迪亚	Ferdia
费尔伯格人	Fir Bolg
费古斯·麦克罗伊	Fergus Mac Roi
费亚尔	Febal
芬狄亚斯	Findias
芬恩·麦克库尔	Finn Mac Cumhaill
芬库艾姆	Finnchoem
芬玛格	Fernmag
芬纳基	Fionnachaid
芬娜瓦尔	Finnabair
芬内加斯	Finnegas
芬尼安	Finnian
芬尼战士团	Fianna
芬努拉	Fionnuala
弗伽尔	Forgall
弗摩尔族	Fomorians
伏莫尔	Formor

芙阿姆纳赫　　　　　　　Fuamnach
芙拉　　　　　　　　　　Fodla
福阿德山　　　　　　　　Slieve Fuad
福克卢蒂　　　　　　　　Focluti
福拉曼　　　　　　　　　Folaman
福伊尔·麦克奈赫同　　　Foil Mac Nechtain
福伊尔湾　　　　　　　　Lough Foyle

G

伽隆　　　　　　　　　　Ciaran
伽玛尔　　　　　　　　　Gamal
盖布尔加　　　　　　　　Gae Bolga
高拉　　　　　　　　　　Gowra
戈尔·麦克摩尔纳　　　　Goll Mac Morna
戈尔韦　　　　　　　　　Galway
戈夫努　　　　　　　　　Goibniu
戈里亚斯　　　　　　　　Gorias
格拉斯盖夫兰　　　　　　Glas Gaibhleann
格拉斯奈文　　　　　　　Glasnevin
格兰妮雅　　　　　　　　Grainne
格里亚农　　　　　　　　grianan
格伦纳斯莫尔　　　　　　Glenasmole
葛曼　　　　　　　　　　Gemman

H

海豹礁	Carraignarone
黑法师	Dark Druid
红枝战士团	Red Branch Knights

J

基安	Cian
基尔代尔	Kildare
戒誓	geis
金泰尔	Kintyre
"九质王"尼尔	Niall of the Nine Hostages

K

卡尔布雷	Cairbre
卡拉	Carra
卡兰	Callan
卡利廷	Calitin
卡玛尔	Camal
卡姆	Cam
卡瑟瓦思	Cathbad
卡舍尔	Cashel
卡索诺克	Castleknock

卡特	Cat
卡希尔·莫尔	Cahir Mor
凯里	Kerry
凯瑟琳	Ceithlinn
康诺特	Connacht
科伦基尔	Columcille
科马克·麦克阿尔特	Cormac Mac Art
科纳尔·卡尔纳赫	Conall Cearnach
科南	Conan
克朗麦克诺伊斯	Clonmacnoise
克雷涅	Credne
克里瓦尔	Crimhall
克鲁阿罕	Cruachan
克伦户	Crunnchu
克努卡	Cnuca
克什科兰	Keshcorran
孔迪拉	Condere
孔恩	Conn
孔拉	Connla
孔诺·麦克奈萨	Conor Mac Nessa
库阿尔	Cuar
库尔	Cumhall
库尔德莱弗纳	Cooldrevna
库乎林	Cuchulainn
库里	Cu Roi
库利	Cooley
库林	Culann
奎尔特·麦克罗南	Caoilte Mac Ronain

L

莱尔格伦	Lairgren
莱里	Laoghaire
莱沃罕	Levercham
劳恩	Laune
李尔	Lir
利菲	Liffey
利默里克	Limerick
利亚符尔	Lia Fail
琳恩湖	Lough Lene
卢阿赫拉的格雷	Grey of Luachra
卢阿赫拉山	Slieve Luachra
卢赫	Luchet
卢乌	Lugh
鲁赫塔	Luchta
路易	Lugaid
伦达瓦尔	Lendabar
伦斯特	Leinster
罗坎	Lochan
洛赫兰	Lochlann
洛伊格·麦克里昂加弗拉	Laeg Mac Riangabra

M

玛格妮丝	Maignis
玛哈	Macha

玛诺南·麦克李尔	Manannan Mac Lir
芒斯特	Munster
梅尔	Mel
梅芙	Medb
米狄尔	Midir
米利	Mil
米利先人	Milesians
米卢克	Miliucc
米亚赫	Miach
摩尔纳	Morna
摩丽甘	Morrigu
莫兰	Morann
莫韦	Mobhi
莫维尔	Moville
莫伊尔	Moyle
莫伊图拉	Moytura
莫优拉	Moyola
穆阿丹	Muadan
穆尔海弗纳	Muirthemne
穆尔纳山	Slieve Mourne
穆尔娜	Muirna
穆甘	Mugain
穆克山	Slieve Muc
穆拉谢	Molaise
穆里亚斯	Murias

N

纳霍兰之垒	Rath na h-Amhrann
奈赫同	Nechtan
奈文	Nevin
内伊湖	Lough Neagh
妮雅芙	Niamh
尼谢	Naoise
"年轻者"恩古斯	Aengus Og
努阿哈	Nuada

O

欧甘字母	Ogham
欧格玛	Ogma
欧文	Eogan

P

帕特里克	Patrick
皮克特人	Picts
普露尔纳梦	Plur na mBan

S

塞芙	Sadb
桑格林	Sainglain
扫阴节	Samhain
沙尔万·洛赫兰	Searbhann Lochlann
申哈	Sencha
圣帕特里克岛	Inis Padraig
斯根纳河口	Inver Sceine
斯凯	Skye
斯凯闵	Scemen
斯凯特	Scet
斯凯特涅	Scetne
斯卡哈赫	Scathach
斯寇兰	Sceolan
斯莱恩	Slane
斯莱戈	Sligo
斯莱米什	Slemish
斯棱	Sreng
斯特兰福德湾	Strangford Lough
苏阿尔达夫·麦克罗伊	Sualdam Mac Roich
索尔	Saul
索尔法德里格	Sabhal Phadraig
索维尔多纳赫	Samildanach

t

塔尔廷	Tailtinn
塔拉	Tara
泰格	Tadg
唐帕特里克	Downpatrick
特拉克特艾西	Tracht Eisi
特拉利	Tralee
特伦莫尔	Trenmor
特斯瓦	Tethbae
图阿赫尔·麦克奈赫同	Tuachell Mac Nechtain
图琳	Tuiren

w

威克洛	Wicklow
维克多里科斯	Victoricus
乌阿哈赫	Uathach
乌兰	Iollan
乌什纳	Usnach
五朔节	Bealtaine

x

仙丘	sidhe

香农	Shannon
谢坦塔	Setanta

Y

鸦嘴	Srub Brain
伊尔布拉赫	Ilbrach
伊菲	Aoife
伊芙	Eve
伊尼什格洛拉	Inish Glora
伊瑟	Ith
伊瓦尔	Ibar

Z

哲罗姆	Jerome

图书在版编目（CIP）数据

爱尔兰神话全书 / (爱尔兰) 玛丽·希尼
(Marie Heaney) 著；项冶译. -- 长沙：湖南文艺出版
社, 2023.4
（幻想家）
书名原文: Over Nine Waves
ISBN 978-7-5726-0419-5

Ⅰ.①爱… Ⅱ.①玛… ②项… Ⅲ.①神话—作品集
—爱尔兰—现代 Ⅳ.①I562.73

中国版本图书馆CIP数据核字(2021)第209305号

OVER NINE WAVES: A BOOK OF IRISH LEGENDS
by MARIE HEANEY

Copyright © 1994 by Marie Heaney

 幻想家

爱尔兰神话全书
AIERLAN SHENHUA QUANSHU

著　　者：〔爱尔兰〕玛丽·希尼　　　　　　　　　译　　者：项　冶
出 版 人：陈新文　　　责任编辑：吴　健　　　封面插画：陆文津
装帧设计：Mitaliaume　　　　　　　内文排版：钟灿霞　钟小科

出版发行　湖南文艺出版社（长沙市雨花区东二环一段508号 邮编：410014）
印　　刷　恒美印务（广州）有限公司
开　　本　880 mm×1230 mm　1/32　　印　张：10　　字　数：200千字
版　　次　2023年4月第1版　　　　　印　次：2023年4月第1次印刷
书　　号　ISBN 978-7-5726-0419-5　　　　　　　　　　定　价：68.00元